LOS SOBRENATURALES

2021

LOS SOBRENATURALES

Abdenal Carvalho

Copyright © 2021 Abdenal Carvalho

Título: Los Ssobrenaturales

Categoría: Terror / Sobrenatural

Diseñador de casas de autor

Revisión del autor

Formato: "6 x 9" / 3ª edición / 344 páginas

Fecha de cierre de la publicación: 2 /2021

Traducción de autor

RESUMEN

Primera Parte

Arcángeles y Demonios

Prólogo

Mi nombre era João Batista, nací en una familia incrédula acerca del mal que me rodeaba y un día descubrí que era el hijo del maligno, algo que solo supe después de mucho ser atormentado por esos seres oscuros. Esa mañana, como muchos otros, vinieron a recibirme mientras estaba aterrorizado.

Me quedé envuelto en una vieja hamaca, hecha de tela áspera, con mal olor debido a varios meses sin lavarme, se podía escuchar sus pisadas dirigiéndose hacia el lugar donde temblaba de miedo al toque aterrador de esos repulsivos seres. Con la mentalidad de un niño de tan solo ocho años, no entendía nada.

No pude entender que eran espíritus desencarnados, los demonios, que venían directamente de la oscuridad para atormentarme, conmigo, a poca distancia, mi hermano era tres años mayor que yo, pero no notó nada. Durmió profundamente mientras el terror de esa maldita persecución me impidió dormir toda la noche.

Lo peor de todo es que al amanecer ni él ni ningún miembro de mi familia dieron crédito a mis informes, para ellos no eran más que las fantasiosas historias de un niño temeroso que estaba aterrorizado por su propia sombra. Ese martirio bajo el poder de las tinieblas que me atormentó durante toda mi infancia, adolescencia y juventud fue terrible, me tocaron por todo el cuerpo.

Sus manos heladas se deslizaron sobre mí de la cabeza a los pies. Me hicieron cosquillas en las costillas, debajo de mis pies, soplaron en mis oídos. Parecían divertirse escuchando mis llamadas de auxilio en un sonido que solo ellos podían escuchar, me convertí en una especie de diversión para esos malditos seres oscuros que parecían haber salido de las profundidades del abismo para atormentarme. Los vi claramente, había cinco seres demoníacos que me visitaban todas las noches.

Hicieron de mi vida un infierno con sus juegos irritantes, parecían no querer hacerme daño, solo divertirse con mi agonía. Se reían todo el tiempo, se divertían cuando me veían gritar, sabiendo que no serviría de nada, porque el que lloraba era mi alma inocente y el sonido de mi voz se silenciaba.

Nadie escucharía, no ayudarían, ninguna ayuda me sacaría de ese siniestro y terrorífico espectáculo, duró mucho tiempo, durante muchos años viví con los hijos del maligno rodeándome por todas partes, cada vez que intentaba dormir

Primer Capítulo: Tormentos

Mi familia siempre ha sido rechazada por los vecinos del pequeño pueblo donde vivíamos, desde que nací no hubo ni una sola visita de vecinos, familiares ni de nadie más, ni siquiera mis tíos frecuentaban nuestra casa por los rumores de que mi padre era un hechicero extremo y que fue suficiente para determinar la muerte de alguien e individuo convertido en jamón.

Pero puedes estar seguro de que esto era una verdad profunda, papá luchó con ese tipo de cosas, ciencias ocultas, buena brujería, nunca dejó a un solo cliente insatisfecho con los trabajos ordenados. Creo que por eso los demonios vagaban libremente por las habitaciones de nuestra casa, me atormentaban todo el tiempo como si fuera un elegido.

Recuerdo las muchas veces que traté de convencer a mis padres y hermanos de la constante persecución de los espíritus malignos, pero en vano, incluso se burlaron de mí, para ellos era todo puro miedo y cobardía de un niño que todavía orinaba en la hamaca. .

Por eso, quedé a merced de seres malvados. Castigé como un preso sin encontrar la manera de librarme de esa terrible situación, porque siempre que terminaba el día y comenzaba una nueva noche, el tormento era cierto. Vinieron a burlarse de mí, a lastimarme el alma, a gritarme en los oídos, a hacerme cosquillas en las palmas ... ¡me vuelven loco!

En una de las tantas ocasiones de angustia, cuando el amanecer terminó la noche y aparecieron los primeros signos de un nuevo día, ya estaba demasiado cansado por las varias horas de tortura, me levanté. Salté de la red de un salto, sin entender de dónde había sacado tanto coraje, salí corriendo de allí y fui a la casa de al lado donde estaban mis padres y dos hermanas mayores, pidiendo ayuda a gritos. Ante mi desesperación, pudieron ver que mis supuestos insinuaciones sobre una supuesta persecución por demonios eran ciertas.

— Dios mío, niña, pero ¿qué está pasando?

— ¿Qué es eso de golpear la puerta de la casa en medio de la noche chico, te volviste loco?

— Cálmate, José, ¿no ves que el chico está aterrorizado?

— ¿Otra vez esta estúpida historia de demonios? ¡Este chico se merece una buena paliza!

— ¡Ni siquiera te atrevas a golpear a mi hijo, si está tan asustado es porque debe haber pasado algo! Ven, hijo mío, acuéstate aquí con papá y mamá ...

— Era justo lo que necesitaba ...

— Deja de murmurar, hombre, ¡qué cosa!

Ese resto al amanecer hubiera sido tranquilo si los seres oscuros no hubieran sido tan atrevidos como para ir a buscarme. Allí, incluso con mis padres, acostado entre ellos y envuelto de la cabeza a los pies, ni siquiera estaba a salvo de los malvados.Porque justo después de que todo volvió al silencio y la pareja durmió plácidamente.

Comencé a sentir ese escalofrío habitual que indicaba la presencia de seres del otro mundo. ¡Allí, pensé, están aquí para atormentarme! Ni siquiera tuve tiempo de gritar, se me quedó la lengua atascada en la boca y mi cuerpo esquelético ya no podía moverse, solo mis oídos podían escuchar el gatear de sus pasos, acercándose a la cama y los ojos de mi alma pudieron visualizar cada uno. de ellos en sus formas más escalofriantes.

Se pararon frente a la cama, mirándome con ironía, como burlándose del miedo que sin duda estaría estampado en mi rostro, emparejados, uno al lado del otro, ante nuestros pies. El primero parecía haber sido un soldado que luchó en la guerra, ya que vestía un uniforme militar verde, pero todo desgarrado y sucio.

Todo indicaba que lo habían matado en el campo de batalla y se convirtió en un alma perdida, seguía riendo, era el bastardo quien me hacía cosquillas en los pies y las costillas. Otro era grande, alto, enorme. Su truco consistía en meter sus largas manos dentro de mis pantalones cortos y apretar mis testículos hasta que explotaran por completo.

Sí, el desgraciado me hacía eso todas las noches y se divirtió con mi amargo dolor, sin embargo era solo una ilusión, parece que fue solo mi alma la que sufrió esa tortura, porque al despertar no había pasado nada, mis granos estaban intactos.

La mujer vestida de rojo parecía una prostituta. Siempre fumaba un cigarrillo que aparentemente nunca se apagaba ni se terminaba. Ella me miraba y en el espacio de cada trago sonreía tristemente, dando la impresión de sentir satisfacción con mi sufrimiento.

Su habitación llevaba un hacha pequeña y afilada en su mano derecha, varias veces me cortó el cuello a la altura. El quinto era negro. Cientos de veces vi mi cabeza rodando por el suelo de la casa, fue algo asombroso que me arrancaran la cabeza del cuerpo y que los ojos del alma la vieran tirada al suelo. El quinto era el más feo y perverso, este habría sido en algún momento de su existencia un pirómano muy malvado, porque me quemó vivo varias veces en las llamas ardientes.

Mientras amanecía comenzaron a practicar conmigo sus males sin que mis padres notaran ningún movimiento brusco de mi cuerpo tendido en la cama, entre ellos, aparentemente tranquilo, dando la impresión de que estaría en un sueño profundo. En ese momento hubo varios flashes a los que me transporté inexplicablemente.

En uno de ellos me encontré atado a un poste de madera, rodeado de un fuego cuyo fuego era tan alto que cubría toda la vista a su alrededor, pero se veía que habría una enorme cantidad de gente mirando todo, gritaban, blasfemaban, parecía gustarles. para verme arder. Las llamas lamieron mi cuerpo inerte, derritiéndose poco a poco.

A pesar de que fue algo que ocurrió solo durante una visión espiritual y no física, el dolor se sentía real, el ardor de las quemaduras en mi carne era cierto, lo que me llevó al agotamiento ante tal martirio. Luego fui transportado a otro escenario donde me encontré atado por los tobillos a una cuerda, de pie al revés.

El espíritu oscuro de mayor estatura, con sus manos largas, me agarró con fuerza los escrotos. Los apretó con tanta fuerza que estallaron, pude sentirlos romperse, el dolor nuevamente era insoportable.

Pero no era posible desmayar ni morir, porque nuestro las almas no entran en estos dos estados reservados sólo para el cuerpo humano. En un momento me encontré acostado en una hamaca que estaba armada en el patio trasero de la casa donde vivía, los cinco demonios me mecían con un fuerte impulso, de lado a lado, mientras podía sentir mi espalda golpeando algo que parecía un montón de arcilla. Cuando me levanté un poco me di cuenta de que era una tumba y me invadió el terror.

Se reían y hablaban entre ellos, el sonido de sus voces era horrible, hecho por una especie de siseo estridente, espantoso, repugnante, de repente en segundos ya estaba de vuelta en la cama con mis padres. Los oscuros todavía estaban de pie frente a la cama en el dormitorio, ahora medio iluminados por la brillante luz del sol afuera.

Ya que ya estaba amaneciendo. Poco a poco sus imágenes empezaron a desenredarse como si fueran brumas, se disiparon ante mi mirada asustada y aún congelada por la parálisis que se produjo en mi cuerpo por la presencia de los cinco seres asombrosos. Tan pronto como el efecto paralizante pasó y fue posible moverme y abrir la boca, grité tan fuerte que papá se sobresaltó.

Volviéndose en mi dirección, me golpeó en varias partes de mi flaco cuerpo a pesar de las súplicas de mi madre a mi favor, estaba fuera de sí y totalmente loco de rabia. Como ya había amanecido el nuevo día, se fue a trabajar y ella me aconsejó que dejara de tener miedo.

— Hijo mío, deja de tonterías, solo viste lo que despertó a gritos a tu padre. Sé que algo te molesta, pero debes controlarte. A veces creo que naciste con un problema de cabeza

— ¡Es mamá, está loco! - gritó mi hermana mayor

— ¡No estoy loco!

— ¡Eso es lo que parece, hombre con problemas! - Otro hermano estuvo de acuerdo

— ¡Detengan esta pelea ahora, ustedes tres, o perderé los estribos! - alertó la anciana ya con cinturón de cuero en sus manos

— Mamá, no me crees, pero es verdad que existen y vienen todas las noches a buscarme, son feos, me lastiman toda la noche

— ho, mi chico, estoy muy preocupado por ti

— ¡Tienes que meter a este loco en un manicomio!

— ¡Mamá, mírala!

— ¡Ya ordené detener las provocaciones!

— ¡La señora siempre defendiendo la frescura de este chaval solo porque es el más joven! - se quejó Joaquim, mi hermano tres años mayor que yo

— Sí, y si escucho a alguno de ustedes quejarse de eso otra vez, ¡le daré una bofetada!

La discusión llega a su fin y estoy descontento con la defensa que normalmente recibía de mamá. Los demás salen por la puerta sin decir nada más sobre el tema, en cuanto a mí, me estaba preparando para enfrentar otra noche. Cuando esos malditos espíritus oscuros volverían a atormentarme, a pesar de pasar casi una hora de rodillas, rezando al Dios del cielo.

Recomendándole mi vida, pidiendo su protección, exigiéndole que enviara un ángel que pudiera detener la acción de los cinco. seres oscuros contra mí, fue inútil. Siempre venían y me atormentaban, me llevaban en espíritu a diferentes lugares e hicieron lo que les gustaba conmigo, es decir, con mi pobre alma.

Varias veces me ahogaron, estrangularon, desgarraron, me vaciaron los dos ojos, me enterraron vivo y bajo la tierra me encontré muriendo lentamente, sin aire para respirar. En estos casos, preferiría que todo fuera real, de hecho morir de verdad, poniendo fin a esa existencia maldita y sufrida. Odiaba la vida, odiaba todo lo que tenía reservado para mí, lo odiaba desde que nací hasta el día de mi muerte, porque creía que las cosas nunca cambiarían, que siempre serían así.

A los diez años seguía siendo perseguido por ellos, sin embargo, las cosas empeoraron, porque empecé a verlos durante el día, despierto, a esa hora de los hechos ya no era necesario que llegara la noche aunque yo estuviera en la hamaca, ellos pasaron justo frente a mí, desfilaron uno al lado del otro y pude verlos con naturalidad.Los vi pasar a mi alrededor, caminar por los pasillos, en el patio, en el patio de la casa donde vivíamos, de pie apoyados en los árboles, sentados en una silla junto a nosotros, cuando estábamos en la mesa del almuerzo o la cena.

Vivir con esas aberraciones se volvió rutina, ya no me asustaban sus constantes apariciones. Simplemente se manifestaban, me rodeaban, pasaban veinticuatro horas a mi lado, ya no me atormentaban más, frenaban a los mártires, se acababan los viajes de un escenario macabro a otro, el cosquilleo aburrido y todo tipo de disturbios.

Sin embargo, comencé a sentir que me estaban influenciando, era como si me estuvieran induciendo a hacer el mal. Para empezar, comencé a recolectar las sobras de cigarrillos en las calles, metí todo en una bolsa y fui a fumarlos escondidos en el fondo de la propiedad, que era un lugar enorme, escondido entre muchos árboles.

A los doce años no solo fumaba sino que también probé y me volví adicto a las bebidas alcohólicas, y no eran cervezas ni nada de eso, mi negocio era realmente la cachaza. Recibí la bebida de Pedro, un colega que conocí durante mis andanzas, fue él quien me dio la primera dosis, pensé que era horrible, pero la mujer de rojo se me acercó en una visión demoníaca, me tocó y dijo eso desde ese momento. Me gustaria el alcohol. Iban y venían ante mis ojos, caminaban a mi lado.

Nos hicimos como amigos, ya no temía sus macabras apariciones, me acostumbré a la presencia de esos cinco seres del infierno, me gustaba hablar con ellos. Siempre fui un chico extraño, raro comparado con otros niños, le gustaba estar aislado. Hablaba poco y detestaba a las personas conversadoras.En casa nadie iba a la escuela porque papá entendió que no había necesidad de estudiar para vivir, afirmó que era analfabeto y consiguió un gran trabajo en una empresa federal.

Trabajando como proveedor de combustible utilizado en vehículos gubernamentales. De esa manera todos éramos manadas de burros, sin educación alguna, criados como animales irracionales y sin ninguna perspectiva de un futuro mejor que ese miserable presente en el que vivimos. Afuera, otras personas nos despreciaban por vivir de esa manera, similar a los animales salvajes, de esa forma no tenía amigos.

Ni recibía invitaciones para ir a la casa de alguien, a una simple fiesta de cumpleaños o lanzar una pelota con los niños. De hecho, mi padre era tan atrasado que decía que el fútbol era un acto de violencia donde los jugadores se golpeaban entre sí, pensaba que todo no tenía futuro, odiaba el deporte y si nos atrevíamos a practicarlo, seguro que nos ganaban.

Entonces, nunca fuimos deportistas, nuestra diversión fue inventar ciertas travesuras en el lugar o trepar a los árboles para cosechar fruta madura para comer. Esto generó en mí una personalidad indiferente a la importancia de otras personas y no les dio ningún valor, sintiéndome atraído por convivir con los seres de las tinieblas.

Día tras día me dejé involucrar, seguí sus consejos, finalmente dominé mi mente, dirigí mis pasos hacia sus caminos, me induje a hacer exactamente lo que les gustaría practicar si tuvieran un cuerpo físico como el mío. Fumar, beber alcohol y después de un tiempo comencé a querer sexo.

Un fuego inmenso empezó a existir en mis testículos, un calor incontrolable mantenía mi pene erecto todo el tiempo, haciéndome querer meterlo en algún agujero que estaba caliente y húmedo como la vagina de una mujer. Lo que no tardaría en pasar con la presencia de tantas guarras en un prostíbulo que se encuentra cerca.

— ¡Mamá, necesito decirte algo muy serio!

— ¿Qué era María?

— Se trata de la locura de João, mamá

— ¡No trates así a tu hermano, niña!

— ¿Y si está realmente loco? Y ni siquiera sabes lo que ha estado haciendo a escondidas

— ¿És lo qué és? ¡Vamos, niña, habla!

— ¡Ese loco fuma y bebe cachaça!

— ¿Como es? Pero qué cosa más absurda es esto, hija mía, tu hermano solo tiene doce años, ¡ni siquiera sabe qué son estas cosas!

— La señora que piensa, doña Ana, su querido hijito es adicto. Lo acabo de atrapar escondido ahí al final de la tierra fumando y bebiendo cachaça, vamos te lo muestro ...

— ¡Vamos, quiero ver esto con mis propios ojos!

Maldita sea, esa vez me lo tomé con calma y me pillé con la boca en el frasco, mamá demostró que las acusaciones hechas por mi hermana eran ciertas y recibí una tremenda paliza de ella hasta el punto de poner los ojos en blanco después de una larga secuencia de pestañas por todo el cuerpo con ramas de un árbol, eso realmente duele. Después de las repetidas palizas todavía me hizo bañarme con agua y sal, me trataron como carne de sol para que las heridas no se incendiaran.

Fue una semana de vendaje. Durante este período los cinco seres traviesos me hicieron compañía al lado de mi hamaca. Hablamos de varias cosas, una de ellas fue sobre quiénes eran y por qué me eligieron para ser atormentada, ahí fue cuando comencé a entender un poco lo que pasó después de la muerte. El que se vistió de soldado me dijo que no eran demonios, sino espíritus perdidos, todos habían vivido en la tierra como personas y no tenían derecho a la salvación.

Me dio una revelación sorprendente, dijo que se llamaba José igual que mi padre, había servido en el ejército en el momento de la guerra entre Brasil y Paraguay, allí no hubo suerte y murió en combate en una explosión provocada por una bomba, entonces me apareció vestido así, con ropa de combatiente, todo desgarrado. Pero su revelación fue más allá.

— Mi nombre es José porque tengo el mismo nombre que mi padre, es decir, nuestro padre

— ¿Qué quieres decir con nuestro padre?

—¿Alguna vez has visto una foto en la pared de la habitación con la imagen de un soldado, vestido con un uniforme verde y un sombrero en la cabeza?"

— Sí, papá dijo que era nuestro hermano mayor que ... ¡Dios mío, eres tú!

— Sí, fui el primer hijo de nuestros padres, me llamaron a la guerra y no sobreviví

— Cruz credo, ¡qué historia tan peluda! ¿Y por qué diablos no fue aceptado allí?

— Fui un mal hijo, desobediente a nuestros padres, me volví adicto a las drogas, al alcohol y caí en la prostitución. Solo fui reclutado para servir a mi patria por falta de contingente, tomaron a cualquiera y ordenaron la guerra.

— ¿Así que ni siquiera tuviste tiempo para pedirle perdón a papá o mamá? Debe ser terrible ir al revés cómo arreglar las cosas por aquí, por tanto, ¿cómo seremos responsables ante Dios?

— No, fue demasiado rápido. Cuando las astillas de la explosión atravesaron mi vientre y vi mis vísceras expuestas afuera, sentí mi sangre vaciando mis venas y la muerte acercándose para llevarme al otro lado. Fue en ese momento que me di cuenta de que debería haberme despedido de nuestros padres y llevarme bien con ellos, pero ya era demasiado tarde.

— ¿Y cómo es morir, hermano? ¡Dime cómo fue moverse de un lado a otro!

— Bueno, en mi caso estaba sintiendo la vida desaparecer lentamente de mi cuerpo, mis ojos comenzaron a perder su brillo, todo comenzó a oscurecerse, las cosas a mi alrededor desaparecieron y en su lugar solo había una tremenda oscuridad. De repente se aclaró y me di cuenta de que estaba allí, todavía tirado en el suelo, en el mismo lugar donde ocurrió la explosión donde había muchos combatientes por todo el lugar, todos heridos, rotos, desgarrados, algunos sin brazos y otros sin piernas, pero vivos además de yo también lo estaba, nuestra condición era terrible, pero nadie parecía tener dolor o estar muerto.

— Dios mío, ¿y tú tampoco sentiste ningún dolor?

— No, noté que mi barriga estaba desgarrada por la mitad.

Mis intestinos estaban en parte adentro y los otros extendidos en el piso, pero no parecía haber ninguna diferencia.

— ¿Y qué pasó después?

— Entonces me levanté y fui en dirección desconocida, por un camino que me llevó hacia una sombra que se quedó parada a cierta distancia, como esperándome.

— ¿Fue la muerte?

— Fue un ser maligno que fue enviado para llevarme al infierno, vino de la oscuridad para llevarme al cautiverio de las almas perdidas

— Esto les pasa a todos aquellos que no son dignos de luz o salvación por sus muchos pecados - agrega el gigante de manos enormes

— ¿Todos pasaron por esto?

— Sí, todas las personas que fueron o serán asesinadas pasarán por esto, después de despertar de la muerte física serán conducidas por seres oscuros a la oscuridad o por ángeles celestiales a los cielos.

— Espera, ¿me estás diciendo que salimos del cuerpo y ya hay alguien esperando para llevarnos al cielo o al infierno?

— Así es, hermano pequeño, empieza a prepararte para que un día venga a conocernos.

— ¿Como asi? No quiero ir a la oscuridad ni vivir contigo, ¿estás loco?

— El padre de las tinieblas te eligió y nos puso a los cinco a tu lado para que sigas nuestros pasos, cometas todo tipo de pecados y seas rechazado por Dios.

Para que puedas ser llevado a las tinieblas donde él te espera ansioso.

— ¡Santo Dios! ¡No puedes hacerme esto, hermano!

— Desculpe, menino, somos obrigados a cumprir nossas ordens, o pai das trevas nos domina, não temos vontade própria. Fazemios submitnte aquilo que ele nos manda, somos como seus servos, o tal vez tus verdaderos esclavos — dijo la mujer

23

— ¿Pero por qué está tan interesado en mí?

— Solo quiere que vuelvas a casa - advirtió el gigante - Si no recuerdas que eras uno de nosotros antes de nacer en esta casa y en esta familia

— Oye, espera un minuto, ¿quieres decir que una vez fui un alma perdida como tú? ¿Que he vivido en el infierno y he servido al diablo?

— De hecho eras uno de los niños más queridos por él.

— ¿Hijo? Pero, ¿qué locura es esta ahora?

— Mi hermano déjame explicarte algo: Están los hijos de Dios y los hijos de Satanás, son almas creadas por el Altísimo, pero que cometen más pecados en la tierra que otros, cometen tantas iniquidades que en las tinieblas es reconocido y admirado por el padre de los demonios, por eso espera con ansias su muerte y cuando pasan al otro lado los lleva a su reino, en las tinieblas, allí los hace sus hijos, herederos, príncipes de las tinieblas. Esto te pasó, pasaste varios siglos a su lado, comandando sus demonios, manejando el mal en la vida de los seres humanos, pero un día el Dios de todo el Universo determinó su regreso a este mundo, tomando una nueva forma física, naciendo en esta familia. .

— ¡Misericordia!

¿Entonces tu misión es garantizar mi regreso al infierno?

— ¡Exactamente! Y para eso es necesario que cometas los mismos pecados y crímenes cometidos en la vida anterior para que el Creador de las almas te rechace en el Paraíso.

— ¡Pero ustedes bastardos son ustedes! ¡Asumieron que me haría pecar!

Se echaron a reír, el sonido de su risa era asombroso y me hacía temblar, todo en ellos era oscuro y aterrador, daba la impresión de que el mismo príncipe de las tinieblas vivía dentro de cada uno de ellos. Poco después de esa larga conversación, desaparecieron y pasaron días sin que yo pudiera verlos, pero sentí su presencia cerca.

Como mencioné anteriormente, comenzaron a influir negativamente en mi vida, llevándome a la adicción y despertando mis deseos sexuales casi incontrolables. Siempre que dormía, una condición que adquirí después de que dejaron de atormentarme durante las noches, soñaba con tener relaciones sexuales con diferentes tipos de mujeres.

Cuando desperté me encontré con un pene duro y muchas veces todo esperma, porque en este período ya tenía trece años y tenía un físico envidiable, ya no era ese niño flaco y sin la menor belleza, todo fruto del plan. diabólico para llevarme a una vida de lujuria e iniquidad. Empecé a ser acosado por prostitutas que vivían en un burdel ubicado frente a nuestra casa, al otro lado de la carretera, cada vez que pasaba cerca me invitaban a entrar, decían que tenían sed de llevarme a la cama, hasta ese momento.

Nunca había tenido sexo ni siquiera con las yeguas criadas por mi padre, los otros muchachos del barrio solían meterse en todo tipo de animales, desde cerdos hasta burros, pero estas cosas me repudiaban y estaba esperando la oportunidad de perder mi virginidad con una mujer de verdad. Para apagar el fuego del deseo que ardía dentro de mí, comencé a ir a las orillas del arroyo de aguas que corría allí mirando a las putas. Allí solían bañarse junto a sus amantes a quienes follaban todos los fines de semana, sin la más mínima ceremonia.

Allí miraba todo, me masturbaba a escondidas sin que nadie se diera cuenta, venía, ponía los ojos en blanco en el momento del placer, imaginando el día donde finalmente pondría el palo en un coño. Era mi mayor fantasía, meter todo mi mástil en la cola de una de esas perras, venir como un caballo, llenar su agujero de leche, delirando hasta desmayarme de placer. Todo lo que pensaba y deseaba hacer estaba influenciado por las almas condenadas de mi hermano muerto, junto con los otros cuatro seres oscuros del infierno para tentarme.

¿Qué hacer para escapar de un destino tan desastroso? ¿Era cierto todo lo que supe de mi hermano muerto en la guerra? ¿O era solo un emisario del diablo que vino a inventar mentiras, a convencerme de que yo sería hijo del diablo y así aceptar la idea de cometer todo tipo de pecados? Decidí investigar.

— Madre, ¿de quién es este retrato en la pared?

— ¿Qué? ¿Los soldados?

— Si, quien era el? ¿Ha muerto?

— ¿Pero por qué este interés ahora, hijo mío? Esta imagen ha existido durante décadas y nunca te importó un comino

— Es cierto, pero ahora tengo curiosidad. ¿Cuéntame esa historia, mamá?

— Ese era tu hermano mayor, muy rebelde por cierto, solo nos traía tristeza y asco. Un borracho, sin autocontrol que se perdió en la prostitución, nos dio mucho trabajo en la vida. Eso tiene Dios

— Vaya, ¿entonces estaba tan equivocado?

— Hijo mío, puede parecer una actitud inhumana de mi parte, como madre, pero le di gracias a Dios que lo sacaron de esta vida en la mitad de la vida para que deje de hacer tanta locura y nos traiga la paz.

— Dios, madre, pero qué falta de sentimientos, ¡después de todo era tu hijo!

— Es cierto, pero solo trajo vergüenza, dolor y decepción. Varias veces fue arrestado, golpeado por la policía, su padre vivía en la comisaría de la ciudad, liberándolo de la cárcel por cometer disturbios en fiestas, bares, causando problemas por todos lados. Honestamente, su muerte fue un alivio para todos los que lo conocieron, incluso para nosotros.

— ¿Y cómo fue su muerte, madre?

— Un día llegó aquí emocionado, dijo que había sido convocado para pelear en la guerra y su padre estaba muy orgulloso, pero la conversación entre ellos fue corta y al día siguiente viajó con uno de los pelotones del ejército para enfrentar a los enemigos. Sin ningún entrenamiento de batalla no duró ni una semana. Después de su partida, recibimos la noticia de su muerte, su cuerpo en el campo de guerra, no pudimos presenciar un partido digno, su padre todavía estaba allí.

— ¿Le dispararon los otros soldados?

— El Comando del Ejército solo dijo que murió en la explosión de una bomba, queríamos saber más detalles, pero nada más pudimos saber sobre su muerte.

— Entonces me dijo la verdad ...

— ¿Como?

— No es nada, mamá, solo pensé en voz alta

Ese pobre diablo había dicho la verdad sobre su vida rebelde, su comportamiento vergonzoso mientras estaba vivo, su muerte prematura y violenta. ¿Sería esa charlatanería que había reencarnado después de haber vivido cien años como uno de los niños favoritos de la Demo? ¿Realmente habría regresado del infierno?

Bueno, era algo a considerar considerando esos cinco seres oscuros que me seguían desde que me entendía a mí mismo, la capacidad de ver lo invisible, hablar con los muertos y notar lo que se movía en la oscuridad. Después de todo, ¿por qué los miembros de mi familia no pudieron ver las mismas cosas que yo?

¿Cuál es la explicación de ser una persona tan diferente a los demás? No es común que un niño de mi edad charle con demonios o tenga visiones del más allá. Realmente había algo mal en mí, necesitaba investigar un poco más y descubrir detalles sobre esta existencia anterior.

Todos los males que había cometido, días después de la desaparición de los cinco seres oscuros, en una tarde en la que decidí descansar en esa maldita hamaca, sentí el escalofrío que anunciaba la llegada de los condenados, habían regresado de la oscuridad y seguro que se quedarían allí para una nueva conversación. . Sería mi oportunidad para aclarar un poco más mis dudas.

— ¡Vamos, acércate, ya no te tengo miedo!

— ¡Es bueno saberlo! - Completó la mujer vestida de rojo

— Quiero más explicaciones sobre mi vida pasada.

— ¿Quién te dijo que tenemos esta información que estás buscando? Ella dijo

— José dejó claro que saben mucho de mí, tanto de esta vida como del pasado.

— Chico listo, no en vano la Demo lo eligió como su hijo - agregó el que tenía un hacha súper afilada en la mano derecha

— ¡Vamos, deja de tonterías y dame las respuestas que necesito para entender toda esta horrible historia que vine del infierno, donde fui elegido como el hijo de los Malditos por haber vivido una vida de crimen y violencia en el pasado!

— ¡Es una larga história! - Advertí a mi hermano muerto

— ¡Atornillarlo! Todavía me queda mucho tiempo por vivir en este mundo y ustedes ya están muertos y condenados, así que no tenemos prisa.

— Muy bien, vamos.

Todos somos el resultado de lo que existió en el pasado, es decir, el Dios del Universo es el Padre de todos los espíritus, sean buenos o mus. Él nos creó, desde Satanás y sus demonios hasta cada alma viviente en la tierra. Cuando elegimos seguir las pautas del Maligno y apartarnos del bien, él se aparta de nosotros y nos entregamos al dominio del mal, terminando en la oscuridad después de la muerte física. El Diablo es aficionado a quienes más cometen atrocidades, practican un mayor número de males contra sus semejantes, colocándolos de forma destacada en su reino, por lo que somos considerados sus hijos.

— Entiendo, ¿eso es exactamente lo que me pasó?

— Eso es, ya entendiste todo

— Pero todavía hay algo que necesito saber

— ¿Qué es?

— ¿Quién era yo en la vida anterior a eso? Cual era mi nombre

— ¿Que importa?

— Quiero entender quién era exactamente y quién hice en vidas anteriores.

— Sí, por supuesto, incluso usted fue reconocido en la penúltima encarnación como el peor de todos los individuos de su tiempo.

— Santo Dios. Pero vamos, dime de una vez ¿qué nombre tenía en ese momento en la existencia humana?

— Primero, explique cómo va a investigar su pasado en la historia si ni siquiera sabe leer o escribir correctamente — preguntou la prostituta

— ¿Me conoces muy bien y me haces esa pregunta? Aunque inexplicablemente nunca fui a la escuela, aprendí a leer, todos en mi familia admiran esta habilidad.

— Deja de tontear, te hicimos esto chico, todo lo que es ahora y será después viene de nuestra influencia

— ¡¿Chicos, voy a tener que esperar mucho tiempo para que me den la respuesta que estoy buscando ?!

— ¡Deja de ser impaciente, muchacho! — el más grande de todos se enfureció — ¡En la vida las cosas tienen que cumplirse en el tiempo dado!

Intercambian miradas y, pareciendo estar totalmente de acuerdo, el espíritu oscuro que se dice que es mi hermano muerto en la guerra toma la palabra:

— No se nos permite revelarte quién llegó a ser en la vida pasada, pero podemos decir que por los actos de locura y locura cometidos contra la humanidad se convirtió en un hombre inmensamente conocido como el peor de los seres humanos y tu nombre quedó grabado en el historia como el que más se acercó a la semejanza de satanás

— ¡Qué diablos, solo dime quién es!

— No podemos ir más lejos de lo que ya hemos revelado, pero es suficiente que investigues, sin embargo, te aconsejo que consideres el presente y el futuro, ya que estas dos etapas de la vida aún se pueden cambiar, pero tu pasado ya está está cerrado y no hay nada que puedas hacer para cambiarlo

Cuando me dijeron estas cosas, los cinco espíritus desaparecieron en una bruma de humo y desperté de ese leve estado de vértigo. Que solía ocurrir cada vez que se me acercaban. Pasé varios días pensando en las palabras que escuché, cada vez más consumido por el inmenso deseo de saber más sobre la persona terrible que fui en mi otra existencia. La influencia negativa de los seres oscuros persistió en dominarme para volver a practicar actos ilícitos, pecaminosos, lo que me llevaría a ser una vez más digna de regresar del lugar de donde vengo, la oscuridad. Decidí dedicarme a la oración y pasé horas de rodillas clamando misericordia divina, pero parecía inútil. Porque los deseos impuros solo aumentaban cada día hasta el punto que en una tarde soleada de ese verano intenso…

Tuve la pésima idea de quedarme a orillas del arroyo que pasaba por detrás del puteiro donde se bañaban las guarras, escondiéndome entre el follaje de la maleza. , viendo todo eso ardiendo de lujuria. Mientras las parejas follaban sin parar yo ahí detrás de los arbustos me pegaba una paja y con cada corrida ponía los ojos en blanco y casi me desmayo, pero en cuestión de minutos ya estaba duro otra vez, deseando ser uno de esos machos en el agua para follarme esos. perras. Me volví adicto hasta el punto de ir todos los días a ver la mierda y masturbarme.

Ahora, además de beber alcohol y fumar me volví adicto a la inmoralidad sexual, mi corazón se volvió completamente negro con tantos deseos, ideas, pensamientos inmorales que cada día me convertía en una persona totalmente convertida en oscuridad. Los cinco seres demoníacos nunca me dejaron, me arrastraron con su poder mental para hacer el mal. A partir de los catorce años, nada ni nadie me detuvo, bebí, fumó, consumió diversos tipos de drogas.

Segundo Capítulo: Violación

Me detuvieron y fallecieron hace tres años, no morí porque era un hombre y una moral, frente a los compañeros. Pero espera, me olvido de decidir cuando finalmente puse la encuesta en un lugar cómodo por primera vez, después de todo este importante detalle de esta historia.

Bianca era la única hija de Senhora Ana, una mujer extremadamente religiosa, una ferviente católica que no admitía que su pequeña ni siquiera se hiciera amiga del hijo de brujos. Esa anciana era una de esas personas problemáticas, odiaba a nuestra familia, quería ver a Capeta ante sus ojos y no tener que vernos, ni siquiera de lejos.

 Por eso, decidí que me iba a follar a la marimacho a toda costa solo para mostrarle a esa vieja repugnante que el coño de su hija no estaba bañado en oro. Cada vez que la niña de piel blanca, cabello largo y rubio y ojos azules iba a la escuela, me veía sentada debajo de un frondoso árbol plantado frente a mi casa.

Ese era su viaje diario, la única forma en que podía llegar a la escuela donde estudiaba, sería imposible evitar caminar allí. Ella siempre me miraba brevemente, un poco tímida, bajaba la cabeza y sonreía, cuando nos encontrábamos en la tienda de abarrotes o en la panadería, yo la miraba fijamente y la chica le faltaba derretir de vergüenza.

Cierto viernes por la noche, cuando comenzaba el amanecer, cuando mi hermano roncaba en la hamaca de al lado, los hijos de Maligno y yo hablábamos sobre la mejor manera de romperme ese coño, me aseguraron que ayudarían a despertar su lujuria. yo.

— Ustedes me ponen esa maldita tara, casi irresistible, camino a morirme de paja, viendo a esas perras follando en el arroyo con sus machos. Maldita sea, ¡ayúdame a conseguir que una mujer se vaya a follar!

— Sinceramente no entiendo como un joven tan atractivo tiene que pedir ayuda a los demonios para echar un polvo — bromeó la prostituta

— Sí, después de ser adolescente mejoré mi forma física, pero no tengo mucha suerte con las mujeres

— Tu padre es un mago respetado aquí, tiene prestigio con sus clientes, todo lo que hace funciona, ¿por qué no le pediste que desatara tu suerte por las mujeres? — preguntó uno de ellos

— Bien pensado, ¿por qué no hablas con el viejo?

— ¿Pero por qué molesto a mi padre si te tengo a ti que puedes resolver todo por mí? ¿O no tienen el poder de volver la cabeza de una mujer para joderme? Son demonios, sirvientes de la Demo, ¡deben poder hacer algo además de torturarme como lo hicieron antes, en mi infancia!

— Recibimos de nuestro señor el poder de hacer cualquier tipo de mal, solo el bien que no podemos hacer

— ¡Así que no pierdas el tiempo, cuídate de hacer que esa perra de ojos azules se asuste completamente por mí! ¡Porque estoy loco por cruzarlo con mi mástil gigante!

— Lo haremos, pero con una condición.

— ¿Qué?

— Todo lo que hacemos por los vivos es para ganar algo a cambio que beneficie a nuestro amo.

— Explícalo mejor, ¿qué quieres de mí?

— Mañana tendrás la oportunidad de follarte a esa marimacho, sin embargo, tendrá que ser a base de violencia, a la fuerza, es para que la jodan, porque cada vez que un humano comete males incitado por un demonio, diablos se estremece y el diablo se regocija

— Mira, luché mucho contra tu maldita influencia sobre mí, incluso pasé días, semanas, rezando para deshacerme de ti, pero nadie allá arriba parece haberse interesado en escucharme y ayudarme. Por eso, decidí entregarme en cuerpo y alma a ti, al diablo ya cualquier otra persona. Lo que quiero es un coño para meter el palo, no me importa nada, ¡se puede astillar!

— ¡Entonces, todo listo! Mañana se esconde en ese matorral al costado de la carretera que la lleva de casa a la carretera, antes de que se ponga en camino atacas a la marimacho, la arrastras al monte, las tiras al suelo y le quitas la ropa, luego haz lo que querer y satisfacer tus deseos satánicos

— Y si grita, ¿cómo lo hago?

— Cúbrele la boca, pero no te preocupes, porque estaré por ahí incitándola a que quiera follarte, ¡ella sentirá su coño con ganas de tomar una polla! — prometió la prostituta, siempre fumando su cigarrillo interminable

— ¡Perfecto, así se hará!

— Golpéala, muerdela, haz todo tipo de locuras, ¡ese es el precio!

— ¡Está bien, solo lléname con este loco deseo de follar y maltratar a la piraña al mismo tiempo!

Desaparecieron después de mi declaración, pero no pude dormir con los ojos durante el resto de la mañana, así que la manera era masturbarme para aliviar la tensión. Después de despellejar mucho el palo con una mano, finalmente salpicó leche del palo y pude relajarme.

Sin embargo, muy temprano en la mañana me desperté con una polla dura hasta el punto de ir a cumplir mi misión. La rubia, como de costumbre, se fue camino de la escuela, quizás pensando que me volvería a ver sentada debajo de ese árbol, pero ese día las cosas serían bastante diferentes. Tan pronto como la perra dobló en la curva del camino angosto, que separaba el lugar donde vivía con su madre del camino asfaltado, aparecí de repente, fuera del arbusto.

— ¡Detente ahí, caliente!

Se asustó y tiró los libros con los cuadernos al suelo, trató de darse la vuelta y correr en dirección contraria, pero la sujeté con fuerza por el brazo.

— ¡Espera un segundo!

— ¡Por favor déjame ir!

— ¡Tranquilo, te lo dije!

Después de recoger sus pertenencias que estaban esparcidas por el suelo, la arrastré al monte…

Luego de alejarme cien metros del camino de tierra, lo arrojé sobre unas hojas de palmera previamente preparadas para la práctica del acto. Salté sobre la traviesa y comencé a quitarle la ropa, ella pateó por no querer desnudarse.

Fue un trabajo infernal quitarle solo la camisa, porque a pesar de no tener mayor fuerza física que yo era bastante resistente, logrando desviarme de mis acciones. En un momento miré hacia un lado y vi al demonio acercándose a nosotros luciendo como una mujer vestida como una lasciva, una prostituta.

Con sus labios pintados de rojo, semidesnuda, cuyo vestido también en color rojizo tenía un largo escote a la altura de sus pechos y muslos. Se acercó al adolescente que todavía estaba luchando. Tratando de liberarse de mis garras, tocó y tomó posesión de su cuerpo, invadió su mente, adormeciendo su alma. Me asusté cuando de repente la niña ya no era ella misma, parecía haberse convertido en otra persona, dejó de luchar contra mis ataques y se rindió a mis caprichos. Sin desgana, empezó a preguntarme lo que ya tenía la intención de hacer:

— ¡Vamos, caliente, bésame la boca y baja con esa lengua caliente a mis pechos, chupa mis pezones, luego deslízate por la mitad de mis piernas, lame dentro de mi coño y chupa mi entrepierna necesitada de sexo!

No esperé mucho para tomar la iniciativa de obedecer sus órdenes, besé su boca y me tragué la lengua. Le chupé las tetas y luego extendí ambas piernas lo más que pude, lamí dentro de su coño y chupé su pequeño perchero, que a pesar de no haber sido frotado nunca con un palo ya estaba crecido y carnoso.

Luego deja esa posición y recostada sobre las hojas de palma que allí puse al inicio del día abre las piernas, dejándome ver el chochito carnoso y aún sellado de la pequeña, me ordenó que la penetrara, era hora de romper ese. agujero virgen, que hice sin demora.

Siempre bajo su guía, coloqué la enorme cabeza de mi polla en la entrada de la vagina de la chica, me acosté sobre su pecho y presioné el palo en el coño que se rompía con cada empujón, sentí los pliegues rompiéndose, el agujero abriéndose y en unos minutos, mi polla ya estaba atorada en ese pasaje que antes estaba apretado.

Vale, la hija de doña Ana había perdido la calabaza, era tan chiquita como cualquiera de las tantas que existían allí, pero la sección aún no había terminado, aún quedaba mucho por hacer. Pasé unos diez minutos golpeando el palo en ese coño, ya que era la primera vez que el agujero era del ancho de mi madera.

Todavía era posible sentir mi pene curvándose en las paredes de esa vagina suave y caliente, ahí entendí la importancia de ser el primero en arrancar un coño, solo el primero siente este tipo de placer, los demás que vendrán después tendrán suerte si tienen la polla gruesa, porque si es delgado, será como si estuvieran entrando en una zanja suelta e interminable.

Después de esa ola de embestidas ella le dijo que se detuviera, se colocó a cuatro patas, apoyó la frente en las pajitas de coco y levantó su culo carnoso lo más alto posible. Ordenándome primero lamer tu callejón, la entrada a tu culo que parpadeaba con lujuria, luego chupar el estrecho agujero.

Inmediatamente cumplí sus órdenes, unos segundos allí estaba cayendo sobre ese culo volteado, con ganas de ser follada, lamiendo, chupando con enorme placer mientras ella gemía y rodaba como una perra en celo. Lo siguiente que tenía que hacer era clavar mi mazo en esa zanja para romper el segundo sello de la tumba, y así lo hice.

Cuanto más metía el palo en el agujerito ella rodaba el culo y gruñía como un perro cachondo, nunca imaginé que una mujer pudiera sentir en su culo la misma lujuria que todos sienten en su coño, pero ese demonio de la prostitución sentía todo eso a través del cuerpo de la chica. , sólo quedaba por ver si tanto placer quedaría en él después.

Pasé aún más tiempo follándome ese culo, me gustó más que el coño porque estaba más caliente, apretado y delicioso, me volví fan del sexo anal desde esa primera vez. Empecé a tener ganas de correrme, sería mi primer orgasmo en un culo o en un coño, pero ella eligió otro lugar para que me tirara la leche de la polla.

— ¡Vamos, chico, ven aquí y déjame tragar tu hot rod!

Ella se arrodilló frente a mí y yo me quedé de pie, mi polla brincando tan fuerte que era, la maldita perra puso su boca sobre él sin preocuparse que segundos atrás estaba metido en el culo de la chica, tragaba hasta el final, gimiendo cachonda ella empezó a hacer el de ida y vuelta, luego fui yo quien empezó a golpear, me follé esa garganta con locura. Agarré su largo cabello rubio, lo golpeé dentro y fuera sin piedad, lo hice como si me estuviera follando un coño, como si estuviera en ese culo caliente. La perra solo gimió porque con un palo tan grande en la boca era imposible decir nada.

En poco menos de media hora, de las casi cuatro que estuvimos allí, finalmente no pude resistir más y me vine, de la cabeza de la polla expiró una enorme cantidad de esperma que parecía ser suficiente para llenar medio vaso. Ella siguió chupando mientras tragaba esa leche cremosa, caliente y pastosa, nunca vi a nadie disfrutar tanto bebiendo gala. Después de que terminó la violación, el demonio que poseía el cuerpo de la niña me explicó cómo deberían suceder las cosas a partir de ahora:

— Qué gusto joderte, muchacho, hacía mucho tiempo que no experimentaba tanto placer, pero ha llegado el momento de llevarme ese cuerpo a casa. No te preocupes, después de mi partida no recordará nada, todo será solo un sueño que ella pensará que tuvo mientras dormía. Mientras tanto, ella se sentirá intimidada cada vez que te vea porque ella habría sido el personaje principal en esa historia donde fue violada, pero todo en su mente es solo una fantasía.

— ¿Está usted seguro de eso?

— ¡Por supuesto que es!

— Aclara una duda: Toda esta lujuria que la hizo sentir, tanto en su coño como en su culo, las locas ganas de tragarme la polla, ¿quedará todo en su cuerpo después de tu partida?

— Solo si quiero darle todas estas cosas

— Entonces, por favor, porque una mujer que no tiene estas cualidades sexuales no puede considerarse buena en la cama, compensaremos lo que le quitamos dándole tales cualidades.

— Está bien, así se hará, la haré una perra

— Gracias demonio, conviértela en una perra super cachonda, que las ganas de mamar, le dan culo y coño para quemar por dentro día y noche

— Quieres follarla de nuevo, ¿no es así, bastardo?

— Sí, pero esta vez quiero que sea un polvo limpio y justo, con ella incluso queriendo follarme y no con un demonio dentro de ella.

— Está bien, lo que quieras

Después de vestirse y recoger sus útiles escolares, el espíritu oscuro lleva a la niña a casa, al llegar allí encuentra a su madre en la cocina preparando el almuerzo, la adolescente se queda en silencio y la mujer encuentra su comportamiento extraño

— Bianca, hija mía, ¿pasó algo en la escuela?

— No, mamá, ¿por qué?

— Te ves raro hoy ...

— ¿Qué quieres decir con extraño?

— Todos los días cuando llegas a casa de la escuela vienes aquí, hablamos y vas directo a las ollas, siempre hambriento, hoy te fuiste directo a tu habitación, ni siquiera me hablaste

— Lo siento, mamá, no me siento muy bien hoy.

— ¿Qué sientes, algún dolor o malestar?

— Madre, por favor, después de que descanse y me sienta mejor hablamos, ¿de acuerdo?

— Está bien, te prepararé té cuando te despierteso demônio que havia…

Se apossado da menina não sabia a exata forma de relação entre mãe e filha, então acabou se atrapalhando, mas conseguiu contornar a situação. Depois de tomar um banho, limpar as partes íntimas da moça lhe conduziu para o quarto, deitando-a na cama onde retirou-se do corpo, lançando um pesado sono sobre o mesmo.

Mientras tanto, no muy lejos de allí, esperaba ansiosamente el regreso del espíritu oscuro con las últimas noticias sobre Bianca, lo que pronto sucedió, porque de repente apareció una especie de humo ante mis ojos y pude ver a ese ser maligno que venía hacia mí. un terrible olor a azufre me inundó

— ¿Cómo te fueron las cosas allá, demonio?

— Todo salió según lo planeado

— Entonces la anciana no sospechaba nada, ¿todavía crees que tienes una hija calabaza?

— ¡Peor que eso, viejo idiota!

El espíritu de las tinieblas me dio esta respuesta mientras se acomodaba en algún rincón, se sentaba en una silla vieja que existía en el lugar, cruzaba las piernas y seguía fumando ese maldito cigarrillo que nunca se acabó.

Pasamos horas hablando y tuve la oportunidad de conocer más sobre la historia de esos cinco demonios.

— Para empezar, chico, deja de llamarnos espíritus oscuros o demonios, ¿de acuerdo?

— Y los voy a llamar, ¿cómo?

43

¿Tiene un nombre propio como João, Maria, Pedro ...?

— Puedes apostar que lo es, pero no se parece a los nombres de los vivos.

— Tengo entendido que hay nombres usados por los muertos, pero ¿desde cuándo un alma o un espíritu todavía tiene un nombre?

— ¡Vaya, no sabes ni un tercio de las cosas sobre el mundo espiritual!

— Por supuesto que no, ¿cómo iba a saber algo sobre el otro lado si nunca he estado allí?

— Pero, como ya te dijimos, has estado en nuestro mundo varias veces, simplemente no te acuerdas

— Creo que esto es una tontería, ¿de qué sirve la reencarnación del alma humana si olvidas todo lo que viviste en vidas anteriores? ¿Cómo podrá corregir los errores cometidos en el pasado si no recuerda nada en el presente?

— Las decisiones superiores no deben discutirse

— No podemos permanecer inertes mientras Dios o el diablo juegan con nosotros

— El regreso del alma a este plano es necesario para que ocurra la evolución de la raza humana, pues el Creador del Universo terminó la Creación después de los siete días y desde entonces hemos sido una repetición de existencias en este mundo

— ¿Estás tratando de convencerme de que la generación actual está formada por las mismas almas que existían al principio de la Creación?

¿Se reencarnaron las personas que murieron en el Diluvio de los descendientes de Noé y desde allí todo se repite?

Ella sonríe y continúa con sus explicaciones:

— Así es exactamente como suceden las cosas, todo debido a la acción del poder del pecado que extinguió la vida permanente de los seres humanos en la tierra, luego de que nuestro maestro convenciera a la primera pareja de practicar la desobediencia que su reino se estableció en este mundo, ahora, todo lo que nace debe morir inevitablemente y luego volver a la vida

— ¡Qué perra es esta! ¿Pasa lo mismo con los animales?

— Sin duda, incluso con las plantas. ¡Todo en la naturaleza se renueva, se rehace!

— ¿Cuántas existencias has tenido?

— Yo, varios, ellos también

— ¿Después de que el alma incorpórea recuerda todas sus existencias anteriores o solo la última?

— Recordamos todos los detalles de todas las vidas anteriores, nada se oculta en nuestros ojos, incluso somos capaces de repasar lo que fuimos y practicar lo bueno o lo malo

— ¿Qué diablos, entonces no puedo recordar quién era antes de esa encarnación porque estoy atrapado con ese cuerpo?

— ¡Exactamente! De hecho, ambos hemos tenido una participación íntima en una de nuestras vidas pasadas, vivimos como marido y mujer.

— Joder, ahora entiendo por qué me follaste tan cachonda!

— Así es, muchacho, ¡fuiste uno de mis mejores amantes!

— ¿Y cómo terminó así, como un demonio de la prostitución?

— ¡Primero, quiero que dejes de llamarme demonio de nuevo!

— Lo siento, ¿cómo debería llamarte?

— Debido a que mi última existencia en este mundo mortal se convirtió en promiscuidad, inmoralidad sexual y varios tipos de delitos, Satanás estaba complacido conmigo hasta el punto de ponerme en el aire de sus mujeres, mi nuevo nombre es "Pomba-Gira" que significa "Reina de las putas"

— Credo, ¡qué cosa tan horrible!

— No lo creo, solo que me dio tal título

—¿Y te dejó salir del infierno y caminar?" Si fuimos amantes en el pasado, ¿no se siente celoso? Después de todo, ese tipo de sentimiento viene de él.

— Tiene el poder de ver a través de nuestros ojos y escuchar a través de nuestros oídos, por lo que lo sabe todo.

— Entender. Entonces, ¿nos está viendo y escuchándonos ahora mismo?

— ¡Completamente!

Mi conversación con la Reina - la forma en que comencé a tratar al demonio de la inmoralidad - fue muy productiva y esclarecedora

Tercer Capítulo: La Oscuridad

Con ella entendí cómo funcionan las cosas en el mundo espiritual aunque. Como ella me explicó, ya sabía de todo lo que decía, sin embargo. era imposible recordar estar encarnado en materia física. A través de ella también fui consciente de que Bianca, la adolescente violada, despertó de su sueño horas después sin recordar nada de lo que le había pasado.

Ni sus dos pequeños orificios o garganta le dolían, porque la Reina se cuidó de que esto no pasara, de esa manera ella no se quejaría con su madre y no la llevaría al médico. En las siguientes semanas seguimos usando y abusando del cuerpo de la ardiente marimacho sin que ella se diera cuenta, la Reina la incorporó y la follamos hasta que mi polla escupió leche.

Pero poco a poco me cansé de follarme siempre con la misma mujer. y mi nueva amiga empezó a tener otros cuerpos, mejorando la rutina sexual. Empezamos a practicar todo tipo de inmoralidad sexual, entraba en los cuerpos de chicas.

Mujeres adultas casadas o solteras, ancianos, incluso en gays me metía el palo en el culo. Me perdí en todos los sentidos, los otros cuatro espíritus oscuros que me atormentaban al principio estuvieron ausentes.

Por un tiempo, la Reina me dijo que estaban en otras misiones a instancias de la Demo, su esposo, pero de repente un día regresaron para informar que el Diablo estaba muy satisfecho con los resultados obtenidos por su esposa.

47

La misión de los cinco era transformarme en un ser extremadamente maligno hasta el punto de ser rechazado por Dios. Perder así la posibilidad de morir al ser llevado al cielo, porque me quería a su lado, lo cual la Reina estaba logrando hacer con mucho. éxito.

Sin embargo, la nueva orden dada directamente por el líder de los espíritus oscuros fue aumentar la dosis. Los cuatro regresaron con la misión de empeorar aún más mi estado de calamidad moral, al ir más allá de ser esclavo de la prostitución, convertirme en un completo delincuente. El demonio que se me presentó como Joseph, que en la vida anterior era el hijo de mi padre y mi hermano mayor, tenía la tarea de darme la destreza para empuñar un arma de fuego.

El que tenía un hacha muy afilada en mi mano derecha me daría agilidad para usar todo tipo de armas cortantes y el hombre grande de manos largas que solía aplastarme los testículos cuando era niño me daría fuerza física para luchar cuerpo a cuerpo con cualquier oponente. Así fue y a los veinte años me convertí en un criminal sin límites.

El primer paso que dieron mis padres fue expulsarme de casa, luego me arrestaron por asesinato, robo a mano armada, tráfico de drogas y muchos otros delitos atroces. Me dieron una sentencia de quince años en régimen cerrado, pero los oscuros me ayudaron y salí de la cárcel por la puerta principal con la condena perdonada por la justicia.

Los demonios se apoderaron del cuerpo del juez y este último me expidió el Permiso de Liberación, estuve solo una semana tras las rejas, además de ser liberado todavía me sacaron mi nombre de los archivos policiales, es decir, nada aparecería en mi contra.

Consciente de que podía contar con la ayuda del infierno, comencé a cometer peores crímenes, perdí la cuenta de cuántas personas maté. Cuando tenía veinticinco años fui invitado por el padre de las tinieblas a visitar su reino y fui trasladado en espíritu a las tinieblas, allí pude ver con los ojos del alma cuán tremendo es el sufrimiento de los que mueren lejos de Dios. Solo hay oscuridad donde quiera que vayas, por todos lados puedes escuchar gemidos, gritos y crujir de dientes. Recordé lo que está escrito en las Sagradas Escrituras sobre el destino de aquellos que rechazan la salvación y cuyos nombres no están escritos en el Libro del Cordero:

"Vi tronos; y se sentaron sobre ellos, y se les dio el poder de juzgar; y vi las almas de los que fueron decapitados por el testimonio de Jesús, por la palabra de Dios, quienes no adoraron a la bestia ni a su imagen, no recibieron la marca en sus frentes ni en sus manos;

Y vivió, reinó con Cristo por mil años. Pero los otros muertos no volvieron a vivir hasta que pasaron los mil años. Esta es la primera resurrección. Bienaventurado y santo el que participa en la primera resurrección;

La segunda muerte no tiene poder sobre estos; pero serán sacerdotes de Dios y de Cristo, y reinarán con él mil años. Cuando pasen los mil años, Satanás será liberado de su prisión, engañará a las naciones que están en los cuatro confines de la tierra.

Gog y Magog, cuyo número es como la arena del mar, para reunirlos en la batalla, subieron a lo ancho del país y rodearon el campamento de los santos. También la ciudad amada; y fuego descendió de Dios del cielo y los devoró. El diablo, que los engañó,

Ffue arrojado al lago de fuego y azufre, donde están la bestia y el falso profeta; y de día y de noche serán atormentados por los siglos de los siglos. Vi un gran trono blanco y el que estaba sentado en él, de cuya presencia huyeron la tierra y el cielo; y no se encontró lugar para ellos. Y vi a los muertos, grandes y pequeños, que estaban delante de Dios, y los libros fueron abiertos; y se abrió otro libro, que es el libro de la vida. Y los muertos fueron juzgados por las cosas que estaban escritas en los libros, conforme a sus obras.

Los muertos dieron el mar que estaba en él; la muerte y el infierno entregaron a los muertos en ellos; y cada uno fue juzgado según sus obras. La muerte y el infierno fueron arrojados al lago de fuego. Esta es la segunda muerte. El que no se halló inscrito en el libro de la vida fue arrojado al lago de fuego ". Apocalipsis 20: 4-15

Caminé por senderos que en un momento eran estrechos, en otros anchos, resbaladizos, cubiertos de barro, barro, totalmente mojados y sucios. Las almas condenadas viven encadenadas a postes, colgadas boca abajo, desnudas, azotadas, humilladas, sufriendo piedad.

Ver todo eso me hizo preguntarme si la dirección en la que fui allí era ideal para mí, si querría terminar como esas miserables criaturas o elegir ir al Reino Celestial. Fui llamado a comparecer ante el príncipe de las tinieblas para recibir algún tipo de honor de él.

Pero todavía no estaba seguro de si aceptaría tal regalo. Caminamos por lo menos media hora hasta que vimos el palacio de los condenados, La Reina, junto a los demás demonios seguidos a mi lado, como una escolta, alrededor de cientos de seres armados con lanzas puntiagudas.

Vestidos de guerreros listos para la batalla, poseídos. en la espalda había dos alas enormes que volaban de lado a lado. Tenía los ojos enrojecidos, humeaban como llamas de fuego, su pecho portaba algo con apariencia de coraza impenetrable, un casco reluciente en la cabeza, de su boca salía un vapor amarillento, cuyo hedor era parecido al azufre. De hecho, todo lo que había allí tenía este olor desagradable, así que pude entender por qué este horrible olor en las cinco sombras.

Finalmente llegamos frente al asombroso castillo de la Demo y nos dijeron que nos estaba esperando en su espacio real, la Reina se adelantó con los demás seres demoníacos mientras yo los acompañaba escoltados por dos demonios vestidos de guardias con sus armas en puños, los el lugar estaba oscuro, helado. Parece extraño decir que da escalofríos si en ese momento yo estaba en el espíritu ahí, sin embargo.

Es muy importante recordar que nuestros sentidos como el dolor, el miedo, la alegría y la tristeza, la desesperación o el pavor, así como todo lo que nuestro cuerpo siente proviene de alma y no la suya, de ahí que sea necesario que sepamos cómo evitar ir a las regiones inferiores de la tierra.

Sí, porque para quienes no lo sepan, el infierno realmente existe y está en la parte central de este inmenso planeta, sin embargo, es un lugar totalmente invisible al ojo humano y esta es la respuesta para los escépticos. Los seguidores de la ciencia moderna, donde todo lo relacionado con lo espiritual, hasta los materialistas que solo creen en lo que se puede tocar. A cada paso que se daba una nueva escena de horror para ser vista y escuchada, en el amplio salón del palacio de los horrores por donde pasamos había innumerables compartimentos.

Dentro de los cuales veíamos las almas de personas - antes distinguidas en el mundo exterior - encadenadas, atrapadas por los pies y manos, algunas con anillos de hierro alrededor del cuello, la escena era realmente macabra. Satanás es un gran recolector de almas, especialmente las de la tierra que se han vuelto importantes dentro de la sociedad mundial.

Que cometen males contra los menos afortunados, engañan, roban, matan, corrompen, acumulan bienes materiales, riquezas terrenales, ambiciosas al extremo, estas muy llama tu atención. Vi las almas de celebridades del cine y la televisión, actores, actrices, grandes y reconocidos científicos, periodistas, médicos, abogados, jueces, políticos corruptos, sacerdotes pedófilos, pastores evangélicos que vendieron el Evangelio y se enriquecieron a costa de la fe de los demás ... Todos estaban allí porque el pecado era grande contra sus semejantes.

Había un cartel clavado en la parte superior de las celdas donde pagaban sus plumas, en él estaba escrito el nombre de cada uno de ellos, describiendo sus orígenes, quiénes eran, por qué estaban allí, en letras grandes y claramente visibles, por esta razón pude identificar ellos fácilmente. Estas personas se consideraban poderosas debido a su riqueza, ahora estaban en agonía de dolor, sus parientes ciertamente creían que todos descansarían en el cielo:

La religión católica enseña en su doctrina sobre la muerte que todos van directamente al cielo cuando se desencarnan, ¡pero qué idiotez! — Sin embargo, estaban tus seres queridos ardiendo en las llamas del infierno, porque una cosa es cierta, en el Reino de Dios este tipo de personas no entrarán.

Al final del amplio corredor, con cadenas a ambos lados, giramos a la derecha hacia el lugar donde el que nos esperaba iba a estar al tanto de nuestra llegada a su reino. Finalmente estuvimos cara a cara con el Demo, se nos permitió dirigirnos a él y la Reina me presentó al maldito.

— Según lo solicitado, aquí está el que Su Majestad nos ha confiado traer aquí.

Se levantó de su asiento, vestido con un traje negro, un par de enormes cuernos en lugar de sus orejas, su nariz era similar a la de un cerdo gigante, se le colocó un gran anillo de oro macizo, el individuo debería medir alrededor de dos metros o más, sus manos eran enormes al igual que las uñas de sus largos dedos. Sus pies eran como los de un pato y su mirada ardía en llamas, al hablar todo el reino se estremeció y sus súbditos se inclinaron para adorarlo.

Sin embargo, yo permanecí de pie, a pesar de que los dos seres armados colocados a mi lado me ordenaban humillarme. en presencia del maligno, sin embargo, me negué insistentemente a obedecer tal orden. En ese momento, no podría explicar por qué me negué a adorarlo, siendo un rey en su propio reino espiritual, pero hoy comprendo las razones de mi actitud audaz. Después de mucha insistencia por parte de los dos matones para que me arrodille, se entromete a mi favor:

— ¡Déjalo en paz! — La orden se obedece de inmediato - Sigues siendo el mismo testarudo y rebelde de siempre, hijo mío, ¡no ha cambiado nada desde que decidió irse y reencarnarse allá arriba!

Es interesante cómo lo que la Reina me había dicho acerca de que el alma recordaba fácilmente todas sus vidas pasadas era realmente cierto, cuando escuché las palabras de quien dijo que mi padre espiritual me vino a la mente toda mi historia antes de mi última encarnación, llevándome a recordar cada detalle de ese lugar.

— Ahora estás observando este entorno más de cerca, ¿no? Bueno, sí, le había cerrado la mente para que no se acordara de su propia casa, sin embargo, ahora le permito ese derecho, porque estaba muy orgulloso de todo lo que ha hecho allí.

Después de mirar a mi alrededor y asegurarme de cada detalle, me di cuenta de que realmente lo que la Reina y los otros cuatro seres oscuros me dijeron era cierto. Ella y sus compinches fueron al trono del Demo y se pararon a su lado, él me tendió las manos, llamándome para que me uniera a ellos en ese falso papel de familia.

Sin embargo una vez más me negué a ser parte de ese teatro, al fin y al cabo, ya que cuando Satanás pierde el tiempo demostrando afecto por alguien, siendo él el peor enemigo de la humanidad, de Dios, de la obra más importante de sus manos que es la familia, por qué razón. ¿Estaba haciendo esa ridícula escena, aterrizando como un padre rodeado de su esposa e hijos?¡Tremenda payasada! - pensé – si me llamaran allí para contemplar un momento tan cómico, regresaría inmediatamente de donde vine, sin embargo, consciente de mis pensamientos.

Pronto gritó con esa horrible voz de demonio.

— ¡No te atrevas a darme la espalda otra vez, muchacho! He sido paciente en extremo con sus actos de rebelión, pero ahora he llegado a mi límite, estoy decidido a castigarlo severamente si doy solo un paso más hacia la salida de este castillo, ¿entiendes?

Sin embargo, ya estaba de cara al inmenso corredor, de pie sobre esa alfombra roja casi infinita, frente a los dos guardias gigantes que colocaron sus brazos cruzados sobre mi pecho. Para evitar que siga adelante. Al escuchar palabras tan amenazantes, me volví hacia ese rey y le di una respuesta acorde con su arrogancia:

— ¡No seas tan arrogante como para pensar que puedes intimidarme con tus amenazas, ni con esta horrible apariencia de cerdo gigante ni con cualquier otra cosa que quiera hacerme temer!

— Eres insolente, ¿cómo te atreves a desafiarme así?

— ¡Ya dije que no tengo miedo ante tus amenazas!

— Respeta a tu padre, ¡no es cualquiera para dirigirse a él de esa manera! — rugió la reina

— ¿Y quién crees que es para darme esa orden?

Ojalá nunca me hiciera una pregunta así, porque la respuesta intrigó mucho y perturbó mi conciencia al descubrir el peor de todos los errores que ya cometí en mis pocos años de existencia.

— ¡Ella es tu madre, idiota!

Asómbrate con la situación, preguntándome qué diablos estaba pasando

Ese espíritu oscuro se manifestó ante mí afirmando ser la esposa de Demo, luego me puso cachondo. Luego me propuso encarnar en los cuerpos de varias mujeres para que yo pudiera tenerla sexualmente.

Dijo que en una de sus encarnaciones tuvimos un romance, nos enamoramos, ella se convirtió en mi esposa, ahora descubro que en el mundo espiritual siempre fue mi madre ? Santísima María, pero ¡qué locura! — Pensé

— ¿Te sorprendió, hijo? ¡Sí, somos tus padres aquí en el mundo de las tinieblas y por eso nos debes respeto!

— Papá, ¿me dejas darle una corrección a ese idiota? - pregunta uno de los demonios

— ¡Nada de eso, no te metas en este tema!

— ¿Qué quieren, muggles, creen que pueden enfrentarme?

— Chico, no olvides que el coraje, la fuerza y la habilidad que tienes viene de nosotros, solo una orden dada por nuestro padre y ya eras, ¡no será nadie más!

— Detengan esta discusión sin futuro, un reino que pelea entre sí será derrotado, todos somos la misma familia, ¡les ordeno que se respeten! - El rey de las tinieblas se enfureció

— Miren ustedes dos, quiero volver inmediatamente a mi cuerpo allá arriba, ¡he estado aquí abajo por mucho tiempo y podría morir!

— Qué idiota, ¿preferirías volver a vivir en esa miserable vida del crimen que estar con nosotros en ese reino al que tú también perteneces?

— ¡Puedes apostar!

— ¡Bien sepas que no te dejaré volver, tu lugar está aquí a nuestro lado!

— Si ya logré salir de este maldito infierno y comencé una nueva existencia en la tierra, entonces debe haber una manera de regresar sin que dependa de ti, ¡tu hocico de cerdo!

— ¡Guardias insolentes, atrapen a ese bastardo en el peor agujero de este reino!

— ¡Cálmate, mi rey, es nuestro hijo!

— ¡Maldita sea, es hora de enseñarle a este chico que aquí da las órdenes!

Me agarraron salvajemente los dos matones que me llevaron a uno de los muchos fosos en el exterior del palacio, luego me arrojaron allí dentro de la trampilla cubierta por una pantalla de acero sobre ella, con mucho barro podrido que me cubría hasta el cuello, pasé varios semanas atascado en esa droga según mi propio recuento. Me preocupaba todo el tiempo en qué estado podría estar mi cuerpo ahí arriba, porque en la cama de un hotel barato del barrio de Urubu, temía que alguien hubiera entrado allí.

Me acompañara y me llevara al hospital. Si los médicos no pudieran revivirme, me considerarían muerto, enterrado como desamparado, entonces ese sería el fin de la picadura, Permanecería encerrado en la droga de esa tumba durante el tiempo que determinara el Demo y luego regresaría al castillo encantado para siempre. ¡Malditos demonios! Tenían la intención de mantenerme preso en esa droga de las tinieblas, quitarme la libertad.

Cancelar la nueva existencia que adquirí de alguna manera cancelar la nueva existencia que adquirí de alguna manera, pero yo no permitiría tal cosa. Necesitaba descubrir cómo volví al mundo de los vivos y reencarné, ¿fue Dios quien ordenó al Diablo que permitiera esta nueva vida? ¿O los demonios tienen el poder de reencarnarse por sí mismos sin que el Padre de los espíritus interfiera en el proceso? No tenía respuestas a esas preguntas, así que necesitaba salir de allí lo antes posible para saber qué hacer para levantarme y retomar mi vida. Si clamaba al Padre de las Luces, ¿enviaría un ángel para ayudarme?

Otra pregunta desafortunada sin respuestas que me ayudaría a resolver tal problema, la solución fue esperar a que el hocico del cerdo enviara a sus subordinados a rescatarme de ese agujero inmundo, lleno de barro podrido. Allí no llovía, la luz del sou no llegaba hasta nosotros, pero había una cascada de suciedad que corría constantemente hacia las zanjas.

No fui solo yo quien casi me ahogo en esos pozos, muchas otras almas estaban luchando allí, pero ciertamente no tenían esperanza de ser sacadas de allí en ningún momento. Como hijo del maldito Demo, mi castigo sería limitado, era solo un correctivo, ciertamente pronto se daría la orden de mi liberación. Sin embargo, mientras tanto,

mi sufrimiento aumentó la casa donde el barro subía dentro de la zanja, siendo drenado de una especie de cascada proveniente de una costra ubicada en la parte más alta del lugar donde estábamos atrapados. Me sorprendió escuchar los gritos espantosos de uno de los prisioneros que se acercaba a mí. Algunos brutos pusieron sus lanzas puntiagudas a los pobres diablos que no pudieron defenderse de los ataques.

Porque el espacio era demasiado pequeño para esquivarlos, por lo que fueron expuestos a todo tipo de torturas. Todo el tiempo estuve de pie y con el barro a la altura del cuello apenas podíamos respirar, viendo tanta crueldad que me pregunté si no sería el próximo. El resto de los prisioneros fueron torturados de diferentes formas, solo gritaron sin ningún medio para deshacerse de los grilletes que los ataban, cada uno pagó allí lo que debía. De repente dos de los animales feos se acercaron, dejaron de hablarse, dando la impresión de que estaban decidiendo qué hacer en mi contra, los tomé en serio.

Dudando si se atreverían a atormentar al hijo de su amo con sus lanzas puntiagudas, pero luché con mis conceptos, porque mientras hablaban parecían haber recibido la orden mental de castigarme. Pronto se fueron al foso donde yo estaba y sin perder tiempo empezaron a atacarme con sus armas

Créame si quiere, pero las personas fuera del cuerpo físico siguen sintiendo los mismos dolores, en ese momento no pude evitar gritar cada vez que las puntas afiladas de sus armas parecían traspasarme, aunque estuviera en espíritu. En realidad todo parece real, pero en el fondo es ilusorio, como si estuviera en un sueño, ¡pero duele grabar!

Estando ahí, de pie y atado a la pantalla de acero colocada en lo alto del sucio agujero donde me metieron, por las cadenas de acero, tuve que soportar el martirio que me causaron esos dos cabrones. Mi mayor odio no era contra ellos, sino contra el bastardo que ordenó mi castigo, me juré a mí mismo que me vengaría. Tal vez no tendría el poder suficiente para enfrentarme al rey oscuro o su ejército.

Pero podría hacer mucho daño en ese reino miserable, bueno, al menos lo intentaría. Luego se alejaron dejándome descansar. En ese espacio de tiempo tuve la idea de buscar la ayuda del Padre de las luces, a través de una breve oración. Entonces, comencé a hablar con nuestro Creador en pensamiento, creyendo que él era escuchado, quién sabe que de alguna manera mis súplicas serían respondidas, él podría enviar ayuda, rescatarme de las garras del maligno, restaurar mi vida en la tierra, permitir mi regreso al cuerpo que de alguna manera me había dado, busqué refugio en él mismo, atrapado en esa oscuridad.Pues recordé que en las Sagradas Escrituras está escrito:

" ¿Adónde me iré de tu espíritu, o adónde huiré de tu rostro? Si subes al cielo, ahí estás; si hago mi cama en el infierno, he aquí, tú también estás allí. Si tomo las alas de la mañana, si vivo en los extremos del mar, tu mano me guiará allí y tu diestra me sostendrá. Si digo: Ciertamente las tinieblas me cubrirán; entonces la noche será clara a mi alrededor. Ni siquiera la oscuridad me cubre de ti; pero la noche brilla como el día; la oscuridad y la luz son lo mismo para ti "

Salmo 139: 7-12

Más tarde, descubrí dónde estaba confinado el tiempo suficiente para sentir que mi fuerza estaba cayendo, tanta admiración, que no estaba en mi cuerpo. Me llevaron a un manantial de agua dulce donde me dijeron que me bañara y limpiara el barro sucio que me cubría de pies a cabeza. Luego me llevaron con ropa nueva a la presencia del hocico de cerdo que insistía en decir mi padre. Luego de rechazar nuevamente sus demandas, se determinó que me ataran a un poste de madera.

Estaba atado por fuertes cadenas que corrían desde mis piernas hasta mi pecho. Me colocaron mucha leña seca a mi alrededor. Se encendió un fuego cuyo fuego me lamió entero. Podía sentir el calor derritiéndose en un dolor extraordinario, mis gritos aterradores se perdían en un eco intenso reflejado en las paredes sucias.

Llenas de barro de ese lugar maldito. En un abrir y cerrar de ojos cesó la desesperación porque todo desapareció ante mis ojos, el fuego se fue, yo ya no estaba pegado al poste y no sentía dolor.

Se formó otro escenario, ahora los soldados del mal me arrestaron con fuertes ataduras por los pies, me colocaron boca abajo y golpearon a puñetazos y patadas durante varias horas. Cada vez que perdía el conocimiento recibía un balde de agua en mi cara y me despertaba con otra ola de golpes, parecía durar para siempre.

Finalmente, uno de los cinco espíritus oscuros que se me acercó de niño se acercó a mí, fue el que portaba su inseparable y muy afilada hacha. El bastardo me rodeó por unos segundos, ya que estaba de cara a su sucio suelo.

Era difícil enfrentarlo en la cara, pero por el arma que llevaba en la mano derecha y sus piernas pude identificarlo perfectamente, pidiendo su ayuda, pero él si se negaba a ayudarme, se reía mucho para ridiculizar mi miserable estado.

— ¡Mira al niño descarriado de papá, pidiendo piedad! ¿Dónde está esa mierda, tonto? ¿Dónde está tu arrogancia?

— ¡Amigo, sácame de aquí, déjame ir!

— ¡Mierda, no vine aquí para dejarte libre, sino para cortarte la cabeza con mi arma!

Cuando dijo eso, pasó su hacha por mi cuello y mientras mi cabeza rodaba por el suelo mis ojos pudieron ver, mis oídos escucharon su risa irónica que resonaba dentro de esa maldita celda.

De repente todo se oscureció, pero a los pocos segundos mi visión se iluminó, fui transportado a otros escenarios macabros. Primero me encontré acostado bajo una guillotina gigante, dos partes hechas de acero me sujetaban por el cuello y las dos manos.

De repente escuché un ruido como si algo cayera desde arriba, era la hoja afilada que venía hacia mí. La desesperación por saber que en unos segundos mi cabeza se separaría de mi cuerpo nuevamente me hizo estremecer. Aterrado, quería salir de ahí, pero era imposible hacerlo, estaba indefenso, completamente atrapado e indefenso, una vez más sentí ese sabor amargo de estar dividido en dos partes.

Luego, pegado a una silla, me sacaron las uñas, me gotearon los ojos, me quemaron con brasas humeantes, me rompieron los pies y las manos con martillazos ...Se me han lanzado varias formas de martirio debido a mi decisión de no acatar las ordenanzas del Demo dentro de su propio reino, rebelándome definitivamente contra su autoridad. Finalmente, me llevaron de regreso a la presencia del Maligno que ordenó que cesara el castigo que me aplicaba, por mi insubordinación. La Reina y los demás oscuros se quedaron de pie junto al trono del morro de cerdo, mientras me regañaban de costumbre, luego se transportaban en espíritu por todo el reino, mostrándome todo.

Nunca renunció a tenerme a su lado, parecía querer darme el mando de todo allí, aunque en realidad no éramos sus verdaderos hijos. Porque el Diablo no puede tener sexo ni generar vidas. Él, junto con sus ángeles caídos, no tiene cuerpo físico y para eso es necesario actuar como la Reina, poseer el cuerpo de alguien vivo. Luego de tal caminar por las partes altas y bajas del infierno vi tanto horror que no pude entender como en algún momento de mi existencia pude querer vivir allí.

Con los demonios, la cantidad de almas perdidas es inmensa, parece ser otro mundo en el centro de la tierra. , y todos están siempre gimiendo, gritando, maldiciendo a Dios por su dolor. Pero esto es pura ignorancia, después de todo, nosotros somos responsables de nuestras acciones y no él, antes de irme al infierno hice todo, como mencioné.

Pero no culpo a nadie por eso. Satanás me llevó a la oscuridad y me mantuvo cautivo durante mucho tiempo, bueno, al menos eso pensé, y fui castigado por mi rebelión. Sin embargo, lo que hice fue humillarme en la presencia de Dios y pedirle que de alguna manera se deshaga de esos lazos, no esperé mucho para recibir la respuesta.

El hocico de cerdo decidió ordenar mi liberación. Esas pobres almas fueron condenadas por su propia culpa, después de caminar por las partes altas y bajas de la oscuridad, después de ver de cerca el sufrimiento de tanta gente perdida y comprender los resultados de las malas decisiones que tomamos en la vida mientras vivíamos en la tierra.

Demo me llevó de nuevo al palacio, donde estaban. Reunidos a Reina y los otros espíritus oscuros, allí me colocaron en un día de reposo estrecho en el que exigieron una toma de decisiones inmediata.

Querían que me posicionara a favor o no de quedarme en el reino de las tinieblas, entregando la vida allá arriba. Sin embargo, al dejar morir el cuerpo de mi nueva existencia, no estaba decidido a renunciar a lo que había recibido de Dios. De esta manera, se enojaron mucho, me presentaron sus amenazas, dándome un ultimátum como resultado de mi opción de rechazar la oferta de Satanás:

- Entiende ahora que si eliges volver a vivir entre mortales, ya no podrás contar con nuestra protección total cuando te encuentres en una mala situación, tendrás que arreglártelas por tu cuenta para escapar de las persecuciones de tus enemigos , cárceles y todo lo que viene en contra de tu vida, porque les daremos la espalda - advirtió Demo

- Y hay otro detalle, hijo mío, desde el momento en que todo el infierno nos dé la espalda, se convertirá en tu enemigo, te mandaremos a ser perseguido por el peor de nuestros súbditos que dominará la mente de los humanos con la intención de perseguirte, buscar su muerte veinticuatro horas hasta que por fin sea arrancado de su cuerpo y regrese aquí, pero no será recibido como un príncipe de las tinieblas, sino como una de esas muchas almas condenadas - completó la Reina

— No hay problema, acepto correr el riesgo siempre y cuando me permitan volver

"Muy bien", concluyó el rey de las tinieblas, "que así sea". A partir de ahora este reino no te volverá a recibir como hijo, príncipe y heredero, sino que seremos tus enemigos hasta el final de su existencia en el mundo de los mortales. Luego de la muerte de tu cuerpo físico, te lanzaremos al pozo más profundo que será preparado exclusivamente para ti.

El pozo más profundo que será preparado exclusivamente para ti. Al despertar no recordarás nada de lo que viste, escuchaste o viviste aquí. ¡Mientras tanto cumpliremos con todo lo que acabamos de anunciar! Habiendo dicho estas palabras, extendió la mano en mi dirección y pude escuchar una tremenda explosión, seguida de un humo terrible con un olor a azufre insoportable, fajuta donde estaba antes de que los demonios me llevaran al infierno"

Lo más interesante es que las manecillas del viejo reloj, colgadas en la pared de la habitación, parecían haberse detenido todo el tiempo que yo viajaba en espíritu a través de la densa oscuridad o de lo contrario todo había pasado en apenas unos minutos, porque aún era el final del mismo amanecer, el mismo día, mes y año cuando vinieron a buscarme allí.

De hecho, como me prometieron en ese momento, no recordaba nada, para el mío parece haber sido un sueño, solo años después me vino a la mente toda esta historia. Antes de mi viaje a las regiones más bajas de la tierra para conocer la parte más terrible del mundo espiritual, estaba poseído por las fuerzas del mal y cometí muchos males. Violé, maté, robé, practiqué cosas absurdas de las que todavía hoy me arrepiento, quedándome impune.

Pero había llegado el momento de dar cuenta de mis acciones, el infierno me había prometido que me perseguiría, se quedaría en mi rastro hasta que me destruyera por completo, así que empezó a actuar cuanto antes para que sus amenazas se cumplieran debidamente. Desde allí se enviaron demonios para despertar en mis enemigos el deseo de venganza para que me pasara lo peor.

Tan pronto como desperté con tiempo para respirar por todo mi cuerpo, vi que la puerta se abría, el lugar fue invadido por policías armados hasta los dientes que me sobrecogieron por sorpresa. De allí me llevaron ante la presencia de una autoridad que anunció mi arresto en cumplimiento de una orden judicial que expulsó un juez, resulta que siempre me deshice de los diversos delitos cometidos contra la sociedad porque la Reina, junto con sus súbditos, dominó la mente de los defensores de la ley para ordenar mi liberación. Nunca pasé veinticuatro horas en una celda de la policía.

Pronto llegó la orden de ponerme en libertad, fue así que nunca pagué pena después de cometer todas las innumerables atrocidades contra personas inocentes, pero a partir de ese momento, sin la protección del mal, todo me sería exigido. Cada uno de mis crímenes, los actos de violencia, las injusticias.

El dolor que hice sentir a muchas familias cuando perdieron a sus seres queridos ... Se les pagaría. Días después de mi arresto, comparecí ante el juez en la audiencia donde sería juzgado por mis delitos, por un jurado popular, donde el veredicto final fue de culpabilidad. La pena máxima establecida de conformidad con la ley fue de treinta años de prisión en régimen cerrado.

Durante el juicio hubo decenas de personas, la mayoría familiares de las víctimas asesinadas por mí, así como algunas de las que de alguna manera fueron victimizadas por mis crímenes que alentaban mi inmediata condena. Tan pronto como entré a la habitación miré a mi alrededor para ver si los miembros de mi familia estaban presentes, pero ninguno de ellos asistió. Pero entendí tus razones.

Después de todo, ¿quién querría estar conectado con un criminal del tipo más alto como yo? Una vez finalizado el juicio, es escoltado a una prisión de máxima seguridad. Todavía eché un último vistazo fuera del Tribunal de Justicia para tratar de ver a mis padres o hermanos y esta vez tuve suerte porque vi a mi madre a lo lejos. Fue apoyada por una de mis hermanas, exactamente la menor de ellas a la que violé varias veces, lo que me conmovió mucho saber que su presencia allí significaba su perdón.

Nuestra mamá estaba llorando por mi desgracia, pude ver este detalle que me conmovió mucho, pero mis otros hermanos y papá no mostraron la cara de vergüenza. Me llevaron al centro de detención a unos diez kilómetros de la ciudad, durante todo el viaje me preguntaba qué sería de mí después de encontrarme entre otros criminales de la peor especie.

Especialmente aquellos con quienes tuve peleas, ya que muchos de ellos tuvieron contiendas conmigo, otros perdieron parientes, amigos o les robaron bienes preciosos. Había sido un terror en la vida de los otros bandidos. El autobús que nos llevaba a ese lugar se detuvo, haciéndome consciente de que habíamos llegado, por lo que me sentí cada vez más aprensivo, ya que era hora de prepararme para lo peor. Me introdujeron en el pasillo, recibí un traje amarillo, toallas y otras pertenencias.

Me empujan a la celda número 365 donde ya había dos detenidos más, me bautizaron 2233, ese sería mi nombre en adelante como condenado. Todos conocían mi historia, esperaban la llegada del individuo que sembró el miedo y el terror en todo el estado sin haber sido arrestado ni una vez, creían que tenían parte con el diablo. Lo peor de todo es que ni siquiera pensaban que sus sospechas fueran ciertas.

Pero ahora la situación era diferente porque había perdido la protección de la oscuridad, estaba expuesta, vulnerable, incluso podían matarme si querían. Pero ni siquiera recordaba todos estos detalles. Los dos malos me miraron ardiendo de odio, haciendo planes en mi contra, eran tres camas alojadas en esa celda apretada. Mide alrededor de seis metros cuadrados, lo que nos obligaba a estar muy cerca unos de otros, aumentando la posibilidad de un ataque brusco.

Las horas pasaron por una fuerte tensión entre nosotros, me miraban todo el tiempo y yo respondí seriamente, mostrando coraje, en un momento vi que la pared detrás de ellos se volvía negra, abriéndose una rendija por la que salía el demonio José. Junto con otra oscuridad. Se rieron de mí con sarcasmo, invadieron los cuerpos de los detenidos.

Me atacaron con la furia del infierno en un intento de matarme, uno de ellos me golpeó fuerte en el estómago y cayó. El otro me pateó la cara que me sangraba la nariz, comenzó una secuencia de patadas y patadas que duró casi una hora, intenté defenderme, tomé represalias un par de veces, pero mi poca fuerza física no fue nada para evitar la golpiza. Antes, ningún bastardo podría hacerme eso porque tenía la fuerza de un gigante. Sin embargo, ahí estaba yo sin ninguna defensa.

Porque Satanás me quitó la velocidad, la fuerza, la agilidad que recibió, no era más que un pollo sin ninguna destreza que me llevaría a enfrentarme a la altura con esos demonios malditos. Mientras me golpeaban, encontraron gracia, se burlaron, criticaron mi estado de vergüenza, pero no entendí nada. Sus ojos estaban en llamas, sus dientes estaban nudosos, tenían sed de muerte en sus rostros.

Pero parece que aún no era mi momento, así que no pudieron hacer más que aplicar un correctivo. Pronto volvieron a la oscuridad por la misma grieta en la pared. Dejando a los dos detenidos inconscientes de lo que había sucedido allí en la cama, dstaba toda rota, herida, sangrando mucho por las palizas sufridas a manos de los condenados, mis ojos estaban inmensamente hinchados que apenas podía ver. Por mis gritos los otros presos se despertaron y empezaron a golpear los barrotes.

Provocando mucho ruido en el pasillo de la celda, esto llamó la atención de los carceleros que fueron a ver qué había pasado, sin embargo se demoraron demasiado en tomar esta iniciativa, permitiendo que los sinvergüenzas me separaran. De hecho, incluso creo que se tomaron el tiempo a propósito.

Como ya esperaban que los otros internos me pegaran, todo estaba planeado, lo que no se imaginaban era que los demonios enviados desde el infierno echarían una mano a mis compañeros de celda, porque todavía me veían como ese criminal bueno, invencible, nunca vencido antes. Resulta que había perdido toda mi agilidad desde que regresé de la oscuridad, estaba desprovisto de tales defensas, lon la llegada de los carceleros, los dos compañeros de celda se despertaron.

Asombrado por el hecho de que tenía razón, sin entender nada, juré inocencia a los guardianes que estaba preocupado por sus acciones contra mí. Sal en la habitación del enfermo para curar hereds. Cuando miré hacia arriba en dirección a uno de los que me llevaron acostado en esa cama, vi el fuego del infierno ardiendo en sus ojos, cuando llegué al destino, todos allí también estaban poseídos por los espíritus malignos.

Satanás dominaba a cada uno de ellos. La enfermera me cosió las heridas, trató los moretones sin decir nada. Vi a otros demonios rondando, parecían encargarse de todo allí, sus influencias en la vida de esas personas eran notorias, todo eso me aterrorizaba, preguntando qué podían ser esos seres del otro mundo, porque me había olvidado quiénes eran. tratado. Me sorprendió todo eso.

Desde que abrí la grieta en la pared, verlos poseer a los dos internos que me golpearon, en el instante en que abandonaron sus cuerpos, poder verlos merodeando por la enfermería ... todo eso al menos era extraño. Tampoco pudo comentar sobre lo que vio con los demás presentes en el sitio porque parecían estar poseídos por una fuerza demoníaca, sería una pérdida de tiempo.

De regreso a la celda, comencé a preocuparme nuevamente por los dos matones que me golpearon, aunque hasta ese momento todavía estaba confundido sobre los eventos actuales, porque no podía recordar los eventos que sucedieron en el pasado, cuando bajé al infierno.

En realidad, ni siquiera recordaba haber vivido con la Reina, José y los otros espíritus oscuros en la infancia, la adolescencia y parte de la juventud. Solo tenía vagos recuerdos de los actos demenciales cometidos en la época en que vivía como delincuente, por lo que estaba satisfecho con la condena para poder pagar mis delitos.

En las semanas que pasé encerrado sin ni siquiera poder caminar bien, yendo a hacer mis necesidades con gran dificultad, tuve noches de pesadillas intensas, donde me veía caminando en la oscuridad, enfrentándome a todo tipo de demonios, siendo torturado por ellos.

Eran pequeños recuerdos de mi descenso a los infiernos, guardados en mi memoria. Satanás puede incluso borrar nuestros recuerdos, pero la mente humana tiene el poder de recuperarse y eso era exactamente lo que me estaba pasando, poco a poco todo lo que estaba escondido se fue revelando, tomando forma, haciendo que lo escondido regresara. tener forma, ser entendido.

A veces estos recuerdos llegaban en forma de sueños, otras veces parecían reales, los demonios enviados desde la oscuridad se manifestaban casi instantáneamente ante mis ojos asustados, aparecían de pie en la esquina de la celda, sentados en las camas al lado de los demás presos, caminaban hacia ida y vuelta, impaciente como si esperara una orden.

Solo yo los vi, los escuché y fui testigo de sus preocupaciones, sin embargo, además de casi asustarme con sus horribles apariciones, no dijeron ni hicieron nada. Ya no me atacaban, ni me tocaban como en los días en que me atormentaban, ahora solo se quedaban día y noche sin cesar, eso era angustioso.

Poco a poco me fui acostumbrando a esa situación, realmente no entendía por qué podía ver el infierno abriéndose, enviando a sus demonios a estar ahí a mi lado, pero sabía que debía haber alguna explicación. ¿No hacen nada malo contra mí porque estoy así, todo roto? ¿Qué harás cuando estés curado? — Preguntó Aún en un estado deplorable después de la paliza recibida por los compañeros de celda, dominada por la oscuridad que viene directamente del infierno, vendada por la región de las costillas, en la cabeza y el brazo en el yeso, recibí mi comida en una bandeja allí mismo porque no podía ir a la cafetería.

Pero semanas después, cuando me encontré restaurado, fui al lugar, mientras estaba en la fila, los otros chicos me miraban fijamente y chismeaban sobre mí, eso me molestó y aumentó mi preocupación por mi seguridad en ese lugar. Seguramente estarían planeando algo en mi contra, se puso peor cuando miré a mi alrededor y vi más demonios dando vueltas.

Sabía que las cosas no terminarían bien, cogí la bandeja de comida, me senté a la mesa, comencé a comer sin apartar la vista de los demás internos, me coloqué de espaldas a la pared para evitar cualquier ataque sorpresa, apenas podía tragar la comida sin hacer un nudo en la garganta. . La mesa donde me senté tenía más sillas vacías, se acercaron tres grandes.

Se sentaron, empezaron a hablar y en un momento el más grande se inventó un cisma entre ellos, dejó caer pesadamente las manos sobre la mesa que dejó caer todas nuestras bandejas al suelo, luego me miró y me preguntó si me había molestado con su actitud, noté sus intenciones y me quedé en silencio.

Me quedé en silencio, no hice nada ni mencioné ni una sílaba, estábamos todos de pie, nadie se atrevió a decirle algo al gigante de más de dos metros de altura que respiraba amenazas y demostraba que solo quería una razón para moler mi cuerpo con sus enormes manos. No fui estúpido y seguí el ejemplo de los demás, guardé silencio.

Sin embargo, su intención era aplastarme, sentía un odio inexplicable por mí, fue entonces cuando miré su mirada rojiza, se encendieron, era una vez más el poder del infierno que trabajaba en mi contra a través de los otros prisioneros. No lo recordaba, pero el Demo juró que me perseguiría hasta que sacara mi alma del cuerpo donde elegí vivir.

En un abrir y cerrar de ojos, los matones dominados por los demonios que estaban presentes en el lugar levantaron la mesa en mi dirección, casi golpeándome por si no hubiera sido ágil en esquivar. Enfurecido y lleno de rabia, se lanzó hacia mí para estrangularme, pero una voz fuerte le ordenó que se detuviera.

— ¡Suficiente! No queremos que muera tan fácilmente, ¡llévalo a la sala de tortura!

El gigante de manos largas se aleja y otros dos grandotes sostienen mis brazos a los remolcadores, me llevan al lugar mencionado por la voz del más allá que se podía escuchar, sin embargo, nadie podía ver, ciertamente vino directamente del reino de los muertos, era ese hocico cerdo con patas de pato que dio tal orden. Al llegar a esa habitación, me ataron a una silla, luego aparece uno de los presos con una maleta llena de herramientas. Eran accesorios utilizados por los carceleros de la unidad penitenciaria para torturar a los presos de justicia hasta que abrían la boca.

Para obligarlos a revelar secretos que los ayudarían a localizar y arrestar a otros jefes del crimen. Sin embargo, allí se usaría para arrancarme la piel a voluntad de los demonios que cumplieron la determinación de su Hombre Principal.

Pasé al menos tres o cuatro horas, siendo torturado a sangre fría por el espíritu oscuro encarnado en ese hombre. Me arrancaron las uñas de los pies y las manos, una tras otra, incluso perdí la fuerza para gritar, me desmayé y me despertaron varias veces. Ese acto de pura maldad fue similar a la situación vivida en mis visiones, cuando el Diablo hizo que me transportaran a varios tipos de lugares y sufrí innumerables martirios.

Sin embargo, la diferencia es que los escenarios no cambiarían, no serían solo destellos ilusorios para asustar mi alma, el dolor que sentía no desaparecería o las heridas sanarían rápidamente. Después de sacarme los clavos, me ataron boca abajo con una cuerda fuerte, luego me golpearon la cara, la cabeza, me golpearon el estómago.

Cuarto Capítulo - Traición

Di patadas, golpeé todas las partes posibles de mi cuerpo, dejándome firme. El objetivo final sería mi muerte de forma lenta y dolorosa, pero como por milagro dejaron de golpearme. Dos de ellos me desataron los pies y caí de la parte superior de mi cara al suelo áspero de ese escroto.

Allí me dejaron estirado, sangrando, casi sin vida, apagué mis sentidos por sentir un inmenso dolor, mis ojos carnales cerrados, pero los del alma se quedaron abiertos, pudiendo ver la pared abierta nuevamente, permitiendo la entrada de un ser maligno, ese Una mujer vestida de ramera, cuyas ropas eran rojas e inmorales, se me acercó.

La reina, esposa del rey de las tinieblas, decidió intervenir en mi estado de calamidad, evitando que los seres oscuros siguieran torturando hasta mi muerte, fue ella quien ordenó que cesaran los golpes. Ciertamente, Demo debería haber sido consciente de su intervención o se habría rebelado contra el padre de las tinieblas, lo que sería un asunto muy serio.

En cuanto tocó mi cuerpo casi quebrado, sentí un fuerte alivio, fue como si sucediera un milagro, el dolor cesó, desaparecieron todos los moretones, se cerraron las heridas y se conectaron los huesos. Pero eso solo me vino después de despertar de ese desmayo que parecía más un trance, una visión.

— Cuando despiertes, todo tu cuerpo estará restaurado, sanado. Levántate de este lugar, ve a tu celda, acuéstate y descansa.

No busques venganza contra tus opresores, porque fueron usados por los hijos de las tinieblas, ellos son los que despiertan el odio, la ira y el deseo de matar en los hombres. Cuando despiertes todo estará como antes, los demás internos ni siquiera recordarán lo sucedido, no comentan nada.

— ¿Por qué me ayudas? ¿Te envió el padre de los demonios?

— No hagas preguntas difíciles de responder, no importa si vine por su determinación o por mi cuenta, ahora haz todo como te dije

Hice lo que me dijeron, en cuanto salí de ese breve desmayo, me di cuenta de que todo en mí era normal, nada roto ni ningún síntoma de golpes, incluso mis uñas de los pies y las manos estaban en su lugar. No sabía si los demonios tenían poder curativo, pero luego leí en la Santa Biblia que Dios les daría ese regalo. Dios le dará a Satanás el poder de obrar varios tipos de prodigios en la superficie, entre los seres humanos para confundirlos y así migrar la fe que puedan haber tenido en el Creador. Y este tiempo ha llegado, muchos falsos profetas ya están en este mundo realizando curaciones, hazañas en nombre de Cristo. Ese día fui sanado por el poder milagroso en manos del mal.

Inmediatamente regresé a la celda donde cumplía mi condena junto a otros dos internos, el mal clima que existía entre nosotros desapareció, todo era una calma enorme, ya no veía ninguna sombra de los oscuros circulando por allí. Me acosté en la estrecha litera y seguí pensando en todo lo que sucedió, en cómo escapé con vida. Empecé a preocuparme por la Reina, el hecho de que ella viniera a mi encuentro para evitar mi muerte que ya estaba segura era algo intrigante, ¿por qué habría hecho eso? Demo fue muy claro al decir que no me enviaría ninguna ayuda…

Ni la más mínima liberación, ¿cómo es que ella aparece de repente de la nada, ordenando el fin de la tortura? ¿Habría revertido su decisión de aplastar mi cuerpo y llevar mi alma cautiva a los lugares más oscuros de su reino para pagar mi afrenta allí? No, eso sería prácticamente imposible, lo humillé ante sus subordinados, necesitaba recuperar el prestigio ante él para que lo volvieran a respetar. Honestamente me seguí preguntando por un tiempo las razones…

Que llevaron a ese demonio con apariencia de prostituta a ayudarme, ¿se habría enamorado de mí porque estábamos tan completos en la cama? ¿Por qué, qué tontería, y los habitantes de las tinieblas están equipados con la capacidad de amar? Que nada, pura especulación completamente idiota, pensar en eso era la mayor mierda que jamás había aparecido en mi mente, tal vez fue porque me golpearon demasiado en la cabeza y estaba variando de ideas. Hoy en día ni siquiera los seres humanos pueden amarse de verdad, mucho menos un diablo así, hecho de pura maldad.

Mientras estaba acostado, pensando demasiado, terminé dormitando, luego nuevamente dejé el cuerpo y fui llevado a las profundidades de la tierra, en las tinieblas donde está el reino del maligno. Una fuerza tremenda arrancó mi alma, llevándola en esa dirección como para responder a una llamada urgente o para ver algo que sucedió allí.

Para mi sorpresa, me encontré exactamente en el espacioso pasillo que conducía al trono del feo animal por el que pasaban muchos niños de la oscuridad, dirigiéndose hacia la sala real, sin embargo, parecían no notar mi presencia. Cuando me di cuenta de esto, seguí adelante, a través de todos ellos, hasta que llegué al Maligno.

Fue un juicio, alguien del reino había cometido una falta grave contra su rey y debía ser castigado, por lo que se dictó sentencia:

"¡Por desobedecer las determinaciones de su rey, impidiendo la ejecución de quien por su decisión debía ser torturado hasta la muerte, su esposa, la Reina del Mal, cometió traición y ahora pagará por su rebelión! Según las normas descritas en la ley suprema de este reino, el demonio conocido en el mundo de los vivos como Pomba Gira o Jezabel. la mayor de todas las prostitutas, y entre los demonios como Reina del mal, por su osadía en desobedecer las determinaciones impuestas por la máxima autoridad de este reino debe ser torturado, durante un siglo hasta que la ira de nuestro rey sea apaciguada. ¡Que esa sentencia se cumpla inmediatamente!"

El espíritu oscuro vestido con la ropa de un juez le dio un ultimátum e inmediatamente los soldados del reino la llevaron al inicio de la tortura que sufriría durante diez décadas. Eso me cortó por dentro, porque todo habría sido por mi culpa. Pero no pude hacer nada para evitar ese sufrimiento, porque no tenía el poder necesario para entregarlo.

¿Y si me rindo en tu lugar? Bastaría con estar de acuerdo en que mi cuerpo físico sería asesinado y mi alma sería de ellos, iría a torturar a las partes más bajas del infierno y ella sería perdonada o desterrada del reino. Sí, esa parecía ser la mejor salida en ese momento, así que fui al trono del Maligno y le ofrecí mi oferta. Pero él y nadie de allí parecía verme u oírme, grité tan fuerte que los ecos de mis palabras despertarían a todo el reino, pero en vano, una barrera invisible impidió que el sonido de mi voz cruzara y llegara a sus oídos.

Cansado de intentarlo en vano, me callé, así que entendí por qué. Ella fue quien me transportó en el enfermo al espíritu en el mismo momento en que juzgaban. Si me aseguraba de mostrar el precio que estaría dispuesto a pagar por mí, por mi vida, acompañé a mi ardiente amiga a su destino final. Pude ver el comienzo de su sufrimiento en la pena que duraría cien años según la cuenta del mundo espiritual, que ciertamente sería mucho menor si se calcula en el mundo de los vivos…

No tuve tiempo suficiente para ver todos sus martirios, pero aun así vi mucho. Ese demonio pudo sentir el mismo dolor que un ser humano, lo digo con toda certeza porque ya había pasado por todo eso una vez, como dije antes, es el alma o espíritu el que siente cada martirio en la piel. Si alguien va a un velatorio y pellizca a un muerto, no sentirá nada, porque su alma ya lo dejó, su cuerpo está sin vida, vacío.

Esta es, sin lugar a dudas, la mayor prueba de que no solo estamos hechos de materia, sino que la existencia del alma humana es la verdad más pura. A lo lejos escuchó sus gritos llenos de terror. Mientras atravesaba varias etapas de tortura, fue quemada viva, ahogada en el lodo podrido de los pozos del infierno, colgada de sus pies.

Colocada boca abajo. Le arrancaron las uñas de los pies y las manos, la golpearon, patearon y patearon por todo el cuerpo, le rasgaron la ropa, mostraron su vergüenza, la violaron decenas de veces, abusaron de su hermoso cuerpo hasta el límite de sus fuerzas. Todo esto pasó momentáneamente, cambiando de un escenario a otro, como un sueño, nada era real.Pero para el espíritu en cuestión parece todo cierto porque el dolor que siente es terrible.

Da la impresión de que está sucediendo en el cuerpo físico, por eso tanto Satanás con sus legiones de demonios como todas las almas presas en su reino pasarán toda la eternidad en un lago de fuego creado por Dios para ese propósito, arderán para siempre. Seguía viendo el sufrimiento de la Reina a manos de sus opresores. Cuando escuché su voz en mis oídos, diciéndome que no me preocupara, porque todo eso sería fugaz, pronto terminaría.

Me dijo que me enviaría de regreso al mundo de los vivos, que me habría llevado allí solo para demostrar cuánto se preocupaba por mí. Aunque mis ojos la vieron en completa desesperación a manos de los crueles verdugos, su voz me sonó tranquila y serena, lo que me sorprendió, pero dijo que pronto estaríamos juntos de nuevo, para que me explicara cómo funciona todo en su mundo.

Sí, la Reina realmente tenía una gran admiración y afinidad por mí. No era de extrañar, como nuestros momentos de deseo eran completos e intensos, ese espíritu dominaba a las mujeres, se entregaba en mis brazos de tal manera que casi le prendimos fuego a la cama y las mantas. Nunca conocí a otra persona con tanto potencial en mi vida.

Entendí que solo los que se dejan poseer por el mal están calientes. Con ella aprendí que la tara sexual es un rasgo brillante y necesario para que una pareja se complete y sea feliz, sin embargo, es una característica de las "Pombas Giras" de este mundo, de quienes se dejan dominar por el mal, por las pasiones carnales, por influencia directa de la Reina de las Prostitutas, sin ella en sus vidas no serán más que mujeres cachondas, luego de regresar de las profundidades de la tierra.

Me encontré nuevamentedentro de esa maldita celda junto a los dos compinches que fueron vencidos por el mal y trataron de matarme, estaban sentados en sus camas, hablando de algo que no podía entender, pero sus miradas indicaban que pensaban dar persiguiendo el deseo de quitarme la vida.

Tomando esto en cuenta en particular. Comencé a reflexionar sobre cuánto tiempo permanecería con vida allí ya que mi defensor estaría pagando su culpa en el infierno sin poder acudir en mi ayuda.

Pero Dios o el destino ya lo había preparado todo a mi favor y en en el momento oportuno se manifestarían con la liberación necesaria para evitar lo peor. Me senté en el fino colchón de espuma que suelen dar a los detenidos a dormir en ese tipo de pocilga sin desviar su atención de mí para protegerme de un supuesto ataque, sin embargo, consciente de que nada de lo que hacía me impedía tomar otro azotes.

Ya que eran grandes y sin el poder dado por los demonios no existiría. Era mediodía, hora del almuerzo, se suponía que todos los prisioneros iban a la cafetería donde sin duda volvería a estar en riesgo de vida, así que los dejé ir primero, solo después de verlos a todos sentados en sus mesas adecuadas, me atreví a tomar el bandeja de comida, pero mi estrategia no sirvió para nada.

Al pasar en dirección a uno de los asientos, uno de los detenidos puso su pierna frente a mí para tropezar, cayendo de cara al suelo. La bandeja de comida se rompió en el piso conmigo y todo se perdió, me levanté sin decir nada mientras se reían de mi caída, volví a la celda con hambre, porque la regla allí estaba muy clara.

Si el detenido perdía la comida, solo comería al día siguiente, tendría hambre, así que me quedé allí sin otro medio. A pesar de lo que sucedió esa misma tarde, planeaban matarme antes del anochecer, así que cuando regresaron a la celda me encontraron acostado y de repente se lanzaron sobre mí. Uno de ellos, el más fuerte de los dos, trató de estrangularme agarrándome el cuello con demasiada fuerza mientras el otro golpeaba mi estómago, ciertamente no resistiría otra paliza si no llegaba ayuda.

De repente hubo un apagón inexplicable, era como de noche y la luz se había apagado. Dejaron de golpearme con asombro cuando apareció una luz fuerte en la oscuridad que se formó, luego apareció un círculo de color de donde salió un ser brillante. Era un hombre alto, vestido con ropas blancas hechas de la más pura tela, con un cofre en forma de cruz en forma de X, hecho de oro.

En la cintura tenía un cinturón ancho y brillante, en su mano derecha una espada muy afilada, su cabello era blanco como la nieve y sus ojos como llamas de fuego. Al conocer las Sagradas Escrituras de inmediato identifiqué a ese ser misterioso y concluí que finalmente mi clamor al Creador había sido respondido, ante él los dos criminales se desmayaron.

En cuanto a mí, que estaba en la posición de víctima, no sentí nada anormal en su presencia, sin embargo, por respeto y reverencia me arrodillé a sus pies, adorándolo. Él, tocándome la barbilla con su espada, me levantó, haciéndome levantarme para escucharlo:

" Ponte de pie en mi presencia, hombre de gran fe, porque tus oraciones han llegado a mis oídos y ahora serán contestadas, tu liberación se cumplirá según lo que pediste, ¡porque tienes un gran valor para mí!

He seguido tu lucha desde que era solo un niño, has vivido en este mundo por varias existencias, en todas has cometido muchos delitos y por eso nunca has regresado a casa. En un principio eras uno de mis príncipes celestiales, uno de los más valientes de mi Reino.

Sin embargo, decidiste venir a vivir a la tierra, ocupando la forma humana para poder ayudar a tus semejantes. Resulta que cuando estuvo dentro de un cuerpo mortal perdió el recuerdo de quién había sido antes. Dejándose dominar por los deseos carnales, tu ambición te llevó a cometer muchos errores, crímenes,

Barbaridades de las que hoy estamos avergonzados, pero no te impedimos tener tu libre albedrío, la posibilidad de elegir tu propio camino en el mundo que elegiste habitar. Por varias encarnaciones sólo has practicado el mal y por ello has tenido placer, por eso te arrojo a la más completa oscuridad.

Allí te convertiste en el hijo del maligno y te opusiste a tu Dios, él perdió la comunión que una vez tuvo conmigo, se convirtió en un amante de la oscuridad, quedó atrapado en la oscuridad del pecado, fuiste maldecido por varias encarnaciones. Sin embargo, en el peor momento de esta existencia actual gritaste por mí mismo sin recordar por completo tu pasado o quién eres realmente.

Así que estoy aquí para ayudarte, para liberarte de las garras del maligno, para darte la paz que tanto necesitas, como me gustaría darte otra oportunidad de volver a casa. De ahora en adelante, Satanás no te tocará, a las puertas del infierno no te vencerá, se levantará ante mí y recuperará todo el poder que has perdido, ¡que toda la gloria de antes caiga sobre ti!"

Como por arte de magia, una gloria incomparable descendió sobre mí y mi apariencia de simple pecador se vino abajo, estaba vestido como un guerrero. Una espada afilada y brillante apareció en mi mano derecha, sobre mi cabeza algo parecido a un casco, en mi mano izquierda un escudo.

Sentí que mi cabello crecía incluso debajo de mis hombros, hubo un fuerte estruendo y en un abrir y cerrar de ojos ya no estaba en esa celda sucia, fuimos transportados a un lugar brillantemente iluminado, rodeados de luz, brillo, colores diferentes, una multitud formada por miles de otros seres como tú me transformaste.

Esperaron glorificando grandemente el nombre de nuestro Dios, todos cantaron al unísono: ¡Alcen la cabeza, puertas, levántense, puertas eternas, y entrará el Rey de la Gloria! ¿Quién es este Rey de Gloria? ¡Es el Señor nuestro Dios que creó los cielos y la tierra con todo lo que hay en ellos! Al verlos, comprendí de inmediato quién era ese ser poderoso que me rescató de ese infierno y en qué me había convertido, me había transformado en un ángel celestial igualmente para todos aquellos que alababan su regreso al cielo

Quinto Capítulo - Demonios y Arcángeles

Él era Jesucristo, el hijo del Eterno, tuve el honor de ser rescatado por Dios mismo, llevado de regreso a mi antiguo hogar para vivir con mis hermanos. Valientes luchadores contra el mal que domina la tierra, servidores del Creador, cuando entramos por las inmensas puertas del gran palacio acompañados de la Guardia Real, seguimos el amplio pasillo.

Pisando una alfombra roja con detalles en oro puro, todo allí estaba cubierto con las piedras preciosas más valiosas. El ambiente era suave, pacífico, bien iluminado, sentía una paz pacífica, hermosa y encantadora. El gracioso ser que me recibió estaba vestido con una prenda brillante, cubierta de perlas, rubíes, zafiros y otras piedras brillantes.

Después de la larga conversación con el ser celestial, me di cuenta de que él era el Hijo del Altísimo y yo era uno de los valientes príncipes de ese maravilloso Reino de gloria resplandeciente.

Hubo un momento en que él, como yo, decidió bajar a la tierra y vivió allí un poco más de tres décadas, tomando forma humana. Trató de enseñar a los hombres acerca de la fe en un Dios santo, puro y verdadero, capaz de liberarlos de las ataduras del pecado. Pero su peor enemigo, Satanás, el padre de la mentira.

El engaño y responsable de la degradación moral de la humanidad Usó todos sus dispositivos para condenarlo a muerte, llevándolo a la cruz. Sin embargo, lo que ese asqueroso hocico de cerdo no sabía era que solo estaría contribuyendo a la conclusión del plan divino en el que un hombre perfecto y sin pecado moriría por el beneficio de la humanidad.

Derramando su sangre pura en una cruz ruda que en ese momento se consideraba la la pena de muerte más inhumana Vergonzosa aplicada a alguien. Su nombre en forma física era Jesucristo, el Salvador, Mesías ... Debido a su sacrifici.

Aún hoy miles de personas todavía siguen y enseñan su doctrina, el Evangelio de la Gracia. La Buena Nueva de Salvación a los hombres y a través de la fe. allí ya se han liberado muchas almas. Todos ellos tienen sus nombres escritos en el Libro de la Vida del Cordero y Satanás ya no puede tocarlos.

Ya que ha perdido el poder que ejercía sobre sus vidas. Además, mi Señor, me recordó quién era yo, mi importancia y valor en tu Reino, recordé todas las cosas que durante tres generaciones vivieron en la tierra permanecieron ocultas en mi mente.

La reina, junto con los otros cuatro demonios, me hizo creer que él era el hijo del diablo, pero todo fue un tremendo error forjado por el padre de la mentira, en realidad porque había cometido muchos pecados durante las tres encarnaciones en la tierra. Me entregaron al Maligno que, aprovechando mi amnesia espiritual, me mintió. Sí, he pecado tantas veces que el Creador decidió dejarme en este mundo para ser tragado por la muerte física y espiritual.

Cerró las puertas del cielo y ya no me permitiría regresar a menos que de alguna manera me arrepintiera de mis malas acciones, lo cual hice. el momento en que oré de manera agonizante, creyendo en la existencia de un poder superior. Mi nombre celestial es Miguel Arcángel, soy el líder de los Arcángeles la mayor legión de ángeles guerreros en el Reino de mi Dios, fui yo con mis hermanos quienes libré una fuerte batalla contra la serpiente antigua, el Diablo. Expulsándolo de las mansiones celestiales, cuando él, en compañía de otros miles de Querubines, intentó invadir y tomar el Trono del Altísimo.

Hubo una batalla en el cielo; Miguel y sus ángeles lucharon contra el dragón y lucharon contra el dragón y sus ángeles. Pero no prevalecieron, ni se encontró su lugar en los cielos. El gran dragón, la serpiente antigua, llamado Diablo y Satanás, que engaña al mundo entero. Fue precipitado; fue precipitado sobre la tierra, y sus ángeles fueron arrojados con él.

Sí, el antiguo nombre de Satanás, antes de su caída, era Lucifer, era un ángel de gran gloria y poder. Responsable de la alabanza y adoración de Dios, maestro de canto, un Querubín ungido para dar la debida adoración a su Creador. Sin embargo, un día se dejó llevar por la exaltación y pecó al querer ocupar el lugar del Altísimo y fue condenado al infierno. La sentencia de Lucifer fue dada por el Todopoderoso en presencia de todo el Reino Celestial, como sigue:

"Estabas en el Edén, el huerto de Dios; tu cubierta era de todas las piedras preciosas: sardonia, topacio, diamante, turquesa, ónix, jaspe, zafiro, carbunclo, esmeralda y oro; tus tambores y tu pífano fueron hechos en ti; el día en que fuiste creado fueron preparados.

Ustedes eran los querubines, ungidos para cubrir, y yo los establecí; en el santo monte de Dios caminabas entre las piedras enrojecidas. Perfecto eras en todos tus caminos, desde el día en que fuiste creado, hasta que se halló en ti maldad.

En la multiplicación de tu oficio llenaron tu interior de violencia, y pecaste. Por tanto, te arrojé, profanado, del monte de Dios, y te hice perecer, querubín protector, de entre las piedras enrojecidas. Tu corazón se enalteció a causa de tu belleza, corrompiste tu sabiduría a causa de tu resplandor.

Te arrojé a la tierra, delante de los reyes te puse, para que te miraran. Con la multitud de tus iniquidades, con la injusticia de tu oficio, has profanado tus santuarios; Por tanto, hice salir de ti un fuego que te consumió y te hizo cenizas en la tierra, a los ojos de todos los que te ven. Todos los que te conocen entre los pueblos se asombran de ti; en gran asombro te has convertido y nunca sobrevivirás ".

De esta manera, entendemos que Satanás se rebela por haber perdido su gloria con todos los beneficios que disfrutó en presencia del Altísimo, por ser uno de los primeros habitantes del Huerto del Edén y luego verlo habitado por la primera pareja de seres humanos, cuando le prohibieron vivir allí, hizo todo lo posible para que los expulsaran de allí. Demo es el padre de la mentira, el engaño y el responsable de la muerte humana, porque el plan divino era que el hombre fuera eterno, no habría fin a su existencia en la tierra. La rebeldía de los primeros seres humanos en el huerto permitió la entrada del mal, a través del pecado, en este mundo, poniendo fin a la alianza de vida permanente con el hombre.

Poco después de recordar quién era yo, así como mi importancia como defensor del Reino de mi Dios, fui reemplazado en mi papel anterior como líder de los guerreros celestiales. El Señor de los Ejércitos me convocó a una reunión, donde me preguntó qué me gustaría hacer en mi primera misión como Arcángel después de trescientos años fuera del Reino. Sin dudarlo, le propuse a mi Señor regresar a la tierra para librar una intensa batalla contra satanás para devastar su reino, aniquilar su poder sobre los seres humanos. Liberar las almas cautivas y con eso liberar a la Reina, un demonio que a pesar de incitarme a practicar el pecado sexual me ayudó mucho.

Él me dio tal permiso, pero con la condición de que solo la liberaría si ella estaba completamente de acuerdo en abandonar la práctica del mal a través del verdadero arrepentimiento, humillándose sinceramente ante el Creador de la vida y el Padre de todos los espíritus. Acepté proponerle esa propuesta y luego me fui en compañía de diez legiones de ángeles.Al mismo tiempo que el ejército celestial descendía hacia la tierra.

Satanás fue informado del ataque de sus aliados que habitan los cuatro rincones del planeta y reunió a sus mejores guerreros, enviándolos al espacio para evitar que los invasores llegaran a su reino, una batalla como nunca antes en la historia del mundo espiritual tuvo lugar.

Entre el cielo y la tierra sin que los seres humanos se dieran cuenta, hubo truenos, terremotos, tormentas, las aguas de los mares se tornaron violentas y un tercio de la vida en la plantación. fue devastada, varias catástrofes culminaron en desorden, muerte y destrucción, sin embargo, las fuerzas defensoras del reino de las tinieblas no fueron rival.

Fuerzas defensoras del reino de las tinieblas no fueron rival. Para evitar el avance de los Arcángeles. Quienes además de ser en mayor número fueron dotados de mayor poder por tener la protección del Altísimo quien retiene el poder soberano sobre todo el Universo, siendo fácilmente derrotado en combate.

Al darse cuenta de que sus legiones de demonios no habían podido evitar. El avance de las tropas celestiales en su reino, el Diablo, la serpiente antigua, el peor enemigo de Dios, se levantó de su trono, reunió a cientos de miles de sus seres más poderosos.

Combatientes. Se fue en persona para enfrentar a sus oponentes, el encuentro de estos con los ángeles de la luz aún en el aire lo sintió la humanidad a través de cambios radicales. En la naturaleza con más terremotos, tormentas, huracanes, deslizamientos de tierra, catástrofes ... En su natural incredulidad, los científicos creían que todos esos eventos eran frutos. condiciones climáticas, efecto invernadero, cambios en la atmósfera ... Ni siquiera sabían lo que sucedía realmente.

El escepticismo científico y la incredulidad de la mayor parte de la humanidad llevan a la incredulidad en lo que sucede en el plano espiritual, haciéndolos ciegos a la verdadera realidad de lo que sucede en el espacio exterior.

La batalla entre ángeles y demonios duró semanas, meses, en un duelo donde se puso a prueba el poder de lucha entre ambos bandos. Me coloqué a la cabeza de los ejércitos celestiales, dirigiendo a los Arcángeles en la batalla contra los enemigos de Dios. Mientras el antiguo Querubín, Lucifer.

Comandaba sus legiones de ángeles caídos contra nuestra insistencia en invadir su reino oscuro. Cientos de ellos vinieron a confrontarme directamente a instancias de los malvados. Temía que con todo el poder que me fue dado podría derrotarlos fácilmente solo, contando aún más con mis hermanos Arcángeles que no eran guerreros menos dignos que yo. Fui aclamado como el ángel más poderoso de los cielos y por eso se me dio el honor de liderarlos.

Pero todos fueron excelentes, dignos de respeto por su valentía. En la historia del pueblo de Dios, Israel, siempre he sido el enviado a combatir el mal y vencerlo. Soy el guardián de esa nación hasta el día de hoy y por eso las puertas del infierno nunca prevalecieron contra él. Yo estaba ante ellos cuando salieron de

Egipto después de cuatrocientos años de esclavitud bajo la ira de Faraón. Quien fue instruido por el maligno para que lo sometiera, fui yo, a instancias del Señor, quien abrió el Mar Rojo para Moisés y más de tres millones de judíos caminaron sobre tierra seca, sin ningún peligro.

Caminé delante de ellos por el desierto, guardé sus vidas, les señalé el camino a seguir. Los alimenté con Maná y les di varios libros durante la ardua caminata, cada vez que otras naciones más grandes y poderosas que Israel intentaron destruirlo, el Creador me envió para liberarlo de las manos de los enemigos.

Yo fui el que pasó por el campamento asirio, en tiempos del profeta Isaías, destruyendo el ejército del rey Senaquerib. Compuesto por cien mil hombres, pasando con mi espada desenvainada sobre su campamento. Yo estaba en esa montaña donde murió Moisés, siervo del Dios Altísimo.

.defendiendo su cuerpo para que no fuera llevado al infierno por el Tentador, enfrenté a Lucifer en la batalla el día que se atrevió a desafiar a mi Dios y lo arrojó de arriba abajo. Soy un príncipe guerrero, líder de los Arcángeles, ungido por el Todopoderoso para luchar y ganar siempre. Satanás lo sabe y ha tratado de mantenerme atrapado en este mundo como un simple ser humano para evitar que de alguna manera destruya su reino de pecado, porque a pesar de la venida de Cristo.

Él seguía siendo el dios de la tierra, su dominio sobre la humanidad continuaba como antes, pero ahora llegaría a su fin. Mi error en el pasado fue querer imitar a mi Señor, porque cuando lo vi dejar su reino de gloria en los cielos, descender a este mundo, convertirse en un hombre natural para dar su vida en la cruz por los pecadores.

Posibilitando su redención con su Padre yo, tenía ganas de hacer algo similar para ayudar al hombre caído en pecado. Sin embargo, se me impidió hacer esto con el permiso divino, mi plan no había sido aprobado por el Padre Celestial y me entristeció mucho. Pero decidí seguir adelante con mis ideas, cumpliendo la voluntad de mi Señor.

Actuando por mi cuenta, entonces, recibí como castigo el olvido de mis orígenes tan pronto como encarné y nací de una mujer en la tierra, crecí sin saber quién era realmente ni por qué estaba aquí. Me quitaron los poderes de Arcángel.

Me borraron la memoria, me convertí en un niño normal como todos los demás, nací en una familia pobre, sin educación, incrédulo .Un padre hechicero, hermanos envidiosos, una madre que me amaba, pero sin la fuerza para defenderme ante el abismo que se abría ante mí.

Sl infierno me siguió desde mi más tierna infancia y fui influenciado por él en esta tercera existencia después de haber Viví otras encarnaciones donde cometí innumerables locuras.Después de rebelarme contra el reino de las tinieblas, fui perseguido en forma humana y simplemente no morí porque conté con la ayuda de la Reina Malvada, esposa de Satanás, quien decidió unirse a mí, traicionando a sus compatriotas. Atrapado dentro de esa casa de detención de máxima seguridad, rodeado de todo tipo de delincuentes.

Escapé con vida por piedad, cuando surgió el infierno y determinó que una vez más me sacarían de mi cuerpo físico, el Eterno Dios recordó la oración que había hecho en medio de la oscuridad y envió a su único Hijo en persona para rescatarme del inminente fin, llevándome de regreso. a mi antiguo lugar, devolviendo mi memoria, restaurando la gloria que arrojé.

Dios es misericordioso y siempre está dispuesto a concedernos perdón por nuestras transgresiones, a pesar de la incredulidad de algunos en la tierra, nunca se niega a extender sus manos para liberar, sanar, salvar ... Aunque yo era un ángel de alto cargo en el cielo cometí el grave pecado.

Porque desobedecí sus órdenes, pero tuve una segunda oportunidad, ya en el caso de Lucifer su acto fue tan grave que su sentencia lo llevó directo a la condenación eterna, ya no tiene derecho a arrepentirse, nuestro Dios endureció su corazón hasta el punto de no poder lamenta tus iniquidades.

Cuando una criatura llega a esta etapa de la vida, lo que queda es el fuego eterno. La lucha entre ángeles y demonios en el espacio exterior se prolongó durante mucho tiempo, ya que ni un bando ni el otro pueden morir.

La victoria en una batalla como esta ocurre cuando uno de los oponentes abandona la lucha y huye ante el enemigo. Como los otros Arcángeles, bajo mi liderazgo fueron más poderosos, sin nunca rendirse, ganaron. El Diablo, la serpiente ancestral del Edén, junto con sus demonios decidieron retirarse, permitiéndonos atravesar la barrera creada por ellos a la entrada de la atmósfera. Seguimos en la persecución de los que descendieron a las profundidades de la tierra donde estaba el reino de las tinieblas, nuestro objetivo era arrasar todo allí.

Mientras imaginamos grandes legiones de todo tipo de demonios y espíritus inmundos que vivían en la oscuridad, se armaron y vinieron a enfrentarnos tan pronto como llegamos allí. Sin embargo, incluso Satanás llamando a todos tanto como pudo para ayudarlo, prometiendo redención para las almas cautivas por sus muchos pecados no sirve de nada.

La desesperación del Maligno fue tan grande cuando nos vio invadir el infierno con nuestra intensa luz que se unió a un batallón de condenados para luchar contra seres celestiales dotados de gran gloria, olvidando que nada ni nadie en este mundo mortal puede vencerlos.

Solo nuestra inmensa aura los disipó, si los otros ángeles caídos que siguieron a Satanás desde el principio, dotados de cierto poder, no pudieran vencernos, cuánto más simples las almas perdidas harían eso.

Mientras mis subordinados daban una tremenda paliza a los sujetos de la demostración, él y yo tuvimos una pelea privada dentro de su increíble castillo, en el lugar donde reinaba.Utilizamos todo tipo de métodos para ganar en esa disputa, desde la lucha corporal hasta el uso de diferentes tipos de armas capaces de debilitar seres con poderes sobrenaturales.

Sin embargo, nada nos lleva a caer al suelo ni la actuación frente al oponente, éramos dos guerreros incansables en el ideal de llevarnos lo mejor.

— ¡No creas que esta vez será fácil vencerme!

— Te he golpeado innumerables veces a lo largo de varios siglos, ¿qué podría hacer que las cosas sean diferentes ahora?

— Con el paso de tantas Edades terminé volviéndome más fuerte, pero tú en cambio, te quedaste tres generaciones en este mundo sin tener la menor idea de quién eras, creyendo en las mentiras que mis súbditos y yo te contamos. Fueron tres reencarnaciones donde te hicimos cometer tantas atrocidades que ni siquiera entiendo cómo tu Dios.

Aún te concedió el perdón, debí dejarte pudrir en esa prisión y darme tu espíritu para ser castigado en la oscuridad. ¡Lo cierto es que perdió gran parte de tu poder como Arcángel y hoy ya no puede vencerme en una pelea justa!

— ¡Eso es lo que veremos!

Luego de esta breve conversación, volvimos al enfrentamiento que sacudió ese maldito lugar. Mi oponente tenía razón en lo que dijo. Perdí mucho de mi poder porque estuve tanto tiempo en la tierra, conviviendo con seres humanos, descendiendo y levantándome del infierno entre la muerte física y cada nueva reencarnación, pero cuando se restableció en el Reino de mi Dios me dio toda la energía necesaria. para cumplir con éxito esa misión. Si en el espacio la batalla entre el bien y el mal tomó mucho tiempo, resultando en varias catástrofes en la naturaleza.

En la parte más profunda de la tierra, no podría ser diferente, volcanes desactivados desde hace cientos de años han vuelto a expulsar su lava y derretido toda la vegetación circundante. , además de causar daños reales con la destrucción de varias ciudades. Con cada ataque a los diversos sectores del reino de Satanás, la tierra se estremecía en varias partes del mundo, la gente se asustaba, buscando respuestas en los lugares equivocados.

Por no tener en cuenta la existencia de un mundo subterráneo donde reina la oscuridad. Lugar donde irán todos los que se burlan del Dios Viviente y de su Hijo Jesucristo. Mis ejércitos iniciaron una verdadera guerra contra el mal dentro de su propio imperio, la ira de Satanás fue tan grande que usó su poder.

Para atormentar a los seres humanos porque comprendió que solo entonces Dios ordenaría que nuestro reino se fuera porque estaba demasiado preocupado por personas, obra de sus hermanos. Sin embargo, no fue así como sucedieron las cosas, cuanto más envió a sus súbditos a la plaga, la infestación.

Virus y todo tipo de enfermedades sobre la humanidad, el Altísimo se cruzó de brazos, sin hacer nada por defenderlos, ordenándonos continuar nuestra lucha contra el maldito ángel rebelde, junto a su legión de demonios.

En la tierra han surgido diversas formas de enfermedades que han provocado la muerte de millones de personas, ha aparecido un virus letal en los cuatro rincones del planeta, consumiendo un tercio de los seres humanos por contaminación del aire.

Provocando la falla múltiple de sus órganos vitales para la supervivencia, ni la ciencia o la medicina pudieron detener la matanza. En este mismo período en el que librábamos la mayor batalla espiritual que se pueda recordar, la humanidad sufrió la peor fase de su existencia con terribles catástrofes que aún se recuerdan por generaciones, fueron ellas, cientos de ellas las que culminaron con gran parte de la población mundial.

Entre otros, podemos mencionar el VIH y el Virus Corona que mató a millones de personas en pocos meses, además de la Primera y Segunda Guerra Mundial. En estos dos últimos casos, Satanás utilizó a hombres poderosos del planeta para iniciar una batalla entre los propios seres humanos, con el fin de suicidarse.

Avanzando su servicio de destrucción masiva, entre los más perversos podemos citar a Adolfo Hitler como la encarnación de uno de los hijos de Satanás, el único José que juró que era mi hermano, el hijo de mis padres humanos en la última encarnación.

Que se me apareció todo el tiempo vestido con ese uniforme militar verde y hecho jirones, pero de hecho fue puesto allí para controlarme hacia el mal. Encarnó naciendo en Alemania donde se convirtió en el creador del Partido Neonazista

Luego fue directamente responsable del inicio de la Segunda Guerra Mundial con la muerte de millones de personas inocentes, incluidos judíos a quienes Satanás siempre odió. Por ser la Nación elegida de nuestro Dios. , de esta manera se confirmaron los planes satánicos. La batalla entre los ángeles de Dios contra los demonios se llevó a cabo en el plano espiritual mientras todas estas cosas terribles pasaban allá arriba en la superficie.

Nos tomó mucho tiempo vencer a los condenados, pero finalmente logramos vencerlos con la venida del Hijo del Altísimo en persona. para ayudarnos, temí que solo con mi espada no lo derrotaría.

— ¡Me alegro de verte aquí, mi Señor!

— Dejé que tú y tus combatientes afrontaran esta lucha contra estos demonios solos para mejorarte en la lucha, después de todo, pasaste mucho tiempo sin luchar. Sin embargo, sin duda ni siquiera con todo el entrenamiento bélico que tengas, tus habilidades y poder como Arcángel de mayor magnitud podrán vencer a este enemigo. Ya que solo ese mérito está reservado para mí. ¡Ahora vete, Miguel, estoy destinado a destruir a este maldito demonio!

— ¡Sí señor!

Obedecí, saliendo de inmediato, yendo a ayudar a mis hermanos en otra parte del inmenso reino de Satanás, porque necesitaban mi ayuda para exterminar de una vez por todas a nuestros enemigos que aún resistían fuertemente.

— ¿Entonces el que matamos en la Cruz aún vive?

— Así es, como ves yo no morí, ¡solo mi cuerpo humano tú martirizaste y crucificaste allí! Sin embargo, después del tercer día resucité, regresando a la casa de mi Padre, ¡reanudando mi estado anterior como Rey de reyes y Señor de señores en todo el universo!

— Bueno, ha llegado el momento de nuestro buen combate, ¡esta vez morirás! Si fallé la otra vez que nos enfrentamos no repetiré el mismo error, ¡créeme!

Comenzó la lucha entre la luz y la oscuridad. Con cada golpe al maligno, el Señor pasaba su espada afilada a través del cuerpo escamoso de Satanás, que trataba en vano de evitar el ataque voraz de mi Dios. Incluso en otra parte de ese reino ayudando a los otros Arcángeles, pude ver la batalla librada entre esos dos inmortales.

El sonido provocado por el impacto de sus armas sonaba fuerte y se podía escuchar desde una gran distancia, relámpagos y truenos sacudieron el lugar, los dos enemigos mortales parecían dos gladiadores decididos a ganar el desafío a cualquier precio. De la misma manera nosotros, los Arcángeles, fuimos incansables en la confrontación.

Así vencimos a los enemigos de Dios. Vencidos, se rindieron, luego fueron encadenados y llevados a las cadenas donde tenían almas condenadas por sus pecados, allí permanecen hoy. El último en ser vencido fue el rey de las tinieblas que finalmente cayó a los pies de nuestro Dios, admitiendo su fracaso ante el Todopoderoso.

— ¡Arcángeles, todos de pie ante el Hijo del Altísimo!

— ¡Sí señor!

— Quiero reconocer aquí la gran importancia que cada uno de ustedes demostró tener ante su Señor, quien les confió esta valiente misión de destruir la acción del Maligno y sus demonios Sepan que nuestra victoria de hoy marcará una gran diferencia en la vida de la humanidad.

Ya que toda la tierra ha sido devastada por las peores catástrofes, epidemias y enfermedades incurables. Muchas personas inocentes perdieron la vida mientras luchaban en esta batalla contra el mal.

Pero todo llegó a su fin gracias a la interferencia de todos nosotros en este mundo. Satanás, el enemigo del Padre y su pueblo es vencido, encarcelado, cautivo dentro de las cadenas de su propio reino de muerte, aquí pasará mil años en cautiverio.Entonces se lanzará al gran Lago de Fuego que mi Padre y yo hemos preparado para él.

Capítulo Final - Redención

Sus demonios y para todos los que decidan seguirlo en su rebelión. En cuanto a ustedes, valientes guerreros, así como todos los que han creído en mis palabras, abandonando el mal, siguiendo el bien, serán dignos de morar para siempre en las mansiones celestiales. La eternidad será la eternidad conmigo y mi Padre, seremos vuestro Dios.

Ellos serán herederos de la gloria venidera, nunca serán abandonados, junto con los Querubines, al lado de mi Novia, la Iglesia que será quitada de la tierra en ese Último Día. Glorificará al Todopoderoso, el Creador de todas las cosas visibles o invisibles. Después de que esta conversación con el Hijo del Altísimo satanás fue encadenado y atrapado en las sucias zanjas de su propio mundo de tinieblas, el Señor anunció la oportunidad de perdonar a las miles de almas perdidas que han estado retenidas allí.

Desde la época del Diluvio, que no han tenido la oportunidad. oportunidad de conocerlo o escucharlo durante su estadía en la tierra como hombre. A los que reconocieron sus errores, admitiendo que ellos mismos eran culpables de estar allí, los perdonó y cuando regresó al cielo se los llevó consigo, como dicen las Escrituras que dan testimonio de sus hechos en este mundo, cuando dice:

"Tomó cautiverio con él ! ". Nosotros, los otros Arcángeles y yo, nos quedamos unos días más en ese agujero.

Nuestro objetivo era asegurarnos de que ningún demonio sc librara de las cadenas eternas, revisando cada celda, confirmando sus ataduras. No me olvidé de la Reina y fui a buscarla por todo el territorio infernal, encontrándola al final del lugar, atada dentro de un profundo foso, lleno de inmundicia.

Tuve compasión por ese demonio y le propuse la condición impuesta por mi Dios para que ella pudiera garantizar su salvación, ella tendría que arrepentirse de todos los actos de inmoralidad practicados durante sus diversas encarnaciones, tratar de arreglarlos haciendo buenas obras en la tierra entre los viviendo una sincera humillación

No es difícil convencerla de que acepte la propuesta divina y en poco tiempo ya estábamos en el Paraíso ante el Todopoderoso para ser juzgados por el Gran Juez. Luego de ser juzgada, condenada, pero perdonada, se le dio la oportunidad de reencarnarse en la tierra nuevamente como un ser humano, nuevamente una mujer, pero decente y pura.

El perdón del Padre Celestial otorgado a la Reina Malvada le permitió purificarse de toda la influencia del Maligno que fue enterrado junto con sus demonios en las profundidades de la tierra, encadenado dentro de los pozos creados para las almas condenadas por amar el pecado más que la santidad. de Dios.

Tanto Satanás como sus ángeles caídos, así como las almas perdidas, permanecerían en las cadenas del infierno durante cientos de años, pero ella, la ex esposa del Maligno, quien durante varios siglos influyó en muchas personas, tanto hombres como mujeres para que se prostituyeran, se transformó en una nueva criatura.

Con permiso del Creador, dejó de llevar ropas extravagantes, se despojó de la apariencia de una prostituta y se vistió de lino fino como todos los demás santos que vivían en el Paraíso, las otras almas que decidieron convertirse al Hijo del Altísimo. Cuando predicó. ellos su Evangelio justo después de derrotar a la Demo en su reino de las tinieblas.

Todos ellos fueron llevados por él a los cielos y allí comenzaron a adorarlo día y noche junto con los Querubines, la vieja "Pomba Gira", madre de prostitutas, ahora sería un ser de luz que reencarnaría en la tierra para expiar para siempre. sus pecados cometidos en existencias anteriores, a través de la penitencia en este mundo de los mortales.

De esta manera, el Padre Eterno la envió de regreso a la tierra y ella volvería a nacer, esa hermosa niña tendría una infancia dolorosa, sus padres serían pobres, aprendería a vivir con la pobreza material, el hambre, la miseria, la injusticia ... Pero al final ella crecería. con una personalidad fuerte, el amor por sus semejantes ardería en su pecho.

Esa mujer se convertiría en un ejemplo de amor, misericordia y compasión por su prójimo, dedicaría toda su nueva existencia a llegar a los más necesitados, darles todo de sí misma, su nombre podría ser recordado por las generaciones futuras como una santa que nunca esfuerzos medidos para posibilitar la felicidad de los más débiles.

La Santa Madre Teresa traería al mundo la luz que necesitaba para escapar de las tinieblas dejadas por la influencia de Satanás y sus demonios mientras dominaba este planeta, sin embargo nada sería fácil de conquistar, enormes dificultades que encontraría durante su casi un siglo de permanencia en este plan existencial.

Así, tras serle revelada cuál sería su nueva misión en este planeta, accedió decididamente y así todo el plan trazado por el Creador se concretó, la niña nació el 26 de agosto de 1910. En Albania, desde muy temprana edad dedicada a la vida religiosa. en nombre de los pobres y desde entonces ha hecho grandes cosas por ellos.

Su dedicación a las clases más pobres le dio renombre internacional, llevando su prestigio a todos los Continentes, recorriendo los cuatro rincones de la tierra, recibiendo el Premio Nobel de la Paz, siendo beatificada como una mujer verdaderamente santa por el catolicismo, pero su mayor hazaña fue la demostración de amor por los demás.

Falleció antes de los noventa años después de haber cumplido todo su objetivo en la misión recibida del Padre Eterno, regresando al Reino de Dios como un puro, iluminado y digno de nuestra aceptación. Durante el tiempo que estuvo haciendo su penitencia en la tierra, estuve a su lado en espíritu, liberándola de innumerables peligros en su viaje.

Todo el involucramiento íntimo que una vez existió al tenernos a los dos fue borrado de nuestra historia y como permaneció en castidad durante toda la última existencia, sin haber sido tocado nunca por un hombre, también fue expiado de esta culpa, purificándose de tales actos, así que el Padre de las Luces la iluminó hasta el punto de que se convirtió en una fortaleza en los cielos.

En cuanto a mí, permanecí como líder de los Arcángeles durante dos siglos hasta que se me encomendó una nueva oportunidad de regresar al mundo de los mortales, nacería en una familia de muchas posesiones, pero eso nunca le daría importancia a los estándares sociales.

Provocando una gran tristeza a mis padres. Una vez más, olvidándome de mis orígenes celestiales, tendría la oportunidad de corregir asuntos pendientes que quedaron en el pasado donde terminé dañando a mis semejantes.

Mientras viviera entre los mortales Gabriel, uno de mis hermanos mejor preparado que el resto en la batalla, ocuparía mi lugar al frente de los Arcángeles hasta que yo regresara. Recordando que hay una gran diferencia de tiempo entre el mundo espiritual y el material.

Por lo tanto, un siglo en este mundo no son más que unos pocos años. Así nací en el Reino Unido, mi nombre de bautismo fue elegido por el obispo monseñor Francisco, un importante representante papal.

Me llamaban BEDA, que significa ORACIÓN. Allí crecí y desde adolescente no estaba de acuerdo con la doctrina católica y su idolatría, pues me dediqué al estudio de la Santa Biblia, tomando conciencia profunda de las verdades divinas. No recordaba nada de mi vida en el cielo con Dios.

Pero sentí un enorme amor por todo lo que aprendí en las Escrituras con respecto al Creador de la vida. Debido a mis constantes rebeliones contra la fe idólatra de mis padres y la infame doctrina de la Iglesia, se me impidió seguir siendo aceptado como devoto de María.

Maldecido por los obispos, expulsado de la comunión de los llamados "cristianos". A los veinte años, después de llegar al límite de la mala vida familiar, decidí salir de casa.

— ¡No puedes insistir en esta terquedad sin sentido, hijo mío!

— Lo siento mi madre, pero no voy a ceder a los caprichos de mi padre, tengo una fe diferente a la tuya y no me someteré a tener que negarlo para poder vivir con la familia.

— Te dimos la mejor educación, una vida rica, nunca faltó nada.

¡No entiendo el motivo de tanta rebelión!

— No trates de entender mis razones, mamá, solo siento que necesito encontrar mi espacio en este mundo, siento que aquí contigo no es mi lugar, por mucho que no me importa la riqueza material que me diste, porque mientras vivamos en abundancia muchas familias pasan hambre mundo fuera

— Hijo mío, no somos responsables de la miseria del mundo.

— Tu manera de ver la vida es egoísta, madre mía, ¡Cristo nos enseñó a amar al prójimo!

— ¡Sí, y por eso terminó en una cruz!

— Tus pensamientos son los mismos que los de papá y todos los demás adoradores de imágenes en esta maldita ciudad, ¡así que me iré muy lejos de todos ustedes!

— ¡No olvides que fueron estos adoradores de la imagen, como acabas de mencionar, quienes pagaron sus estudios en las mejores escuelas y universidades de este país!

— Estoy agradecido, pero en mi opinión ustedes como mis padres no hicieron más que su deber, ahora discúlpeme necesito hacer las maletas, porque quiero irme hoy.

— ¿A dónde vas, cómo te vas a mantener a partir de ahora, si después de salir por esa puerta tu padre ya no paga tus gastos?

— Tenga la seguridad de que podré sobrevivir con los ahorros que aún tengo.

— ¿Y después de que termines de hacer qué? ¿Trabajarás como un pobre desgraciado para ganarte la vida?

— No sé, tal vez...

— ¡Dios mío, hijo mío, detén esta locura para siempre!

Salí de la habitación donde estábamos hablando a mi habitación con la intención de hacer las maletas, en ese mismo momento mi padre llegó a casa y aún escuchaba las últimas palabras de mamá.

— ¿Qué conversación tiene esta mujer?

— ¡Nuestro hijo se ha vuelto loco, mi esposo, se va!

— ¿Es eso cierto, BEDA? ¿De verdad quieres dejar a tu familia a cambio de una aventura arriesgada y sin sentido?

— Sí, es eso mismo. Lo único que no es correcto es que llamas a mi elección de vida una aventura y algo sin sentido. No me voy a aventurar, padre mío, solo elegí un camino a seguir distinto al que me has trazado, porque cada uno de nosotros es libre de decidir su futuro.

— ¿Cómo te atreves a llamar a una elección tan estúpida y apresurada del futuro? ¿Qué crees que encontrarás al final de este camino desconocido que pretendes seguir si no es miseria y destrucción?

— Puede que sea mi padre.

Pero nunca sabremos si me quedo aquí sin dar los primeros pasos hacia lo desconocido

— ¿De dónde vino este espíritu aventurero? ¡Seguro que tu madre y yo no fuimos!

— Creo que fue Dios quien me lo dio.

Además, no se trata de aventuras, papá, se trata de libertad. Desde que era niño he estado atado por los dogmas de esta malvada religión idólatra y ahora debo vivir mi verdadera fe.

— ¿Pero de qué fe estás hablando, muchacho? ¿Hay otra santa más grande que nuestra madre, María?

— ¿Muéstrame en las Sagradas Escrituras que esta María de Nazaret ocupa alguna posición de poder y gloria en el cielo?

¿Que es una diosa capaz de salvar, curar, liberar o arrojar el alma humana al infierno? Pero yo puedo hacer eso, ¡les muestro dónde está escrito que Jesucristo puede hacer todas estas cosas!

— Muy bien, lo entiendo todo, ¡debes involucrarte con estos rebeldes que luchan contra nuestra santa iglesia y tergiversan la verdad!

— ¿Quiénes, los reformadores?

— ¿Quiénes más serían? ¿No son ellos los responsables del desorden en la iglesia cuando acusan a nuestros sacerdotes y obispos de explotar a nuestro pueblo?

— ¡Ellos no son responsables de la infamia predicada por los idólatras en este país, son responsables de la revelación de la verdad!

— ¿Pero de qué verdad estás hablando, chico? ¿Desde cuándo oponerse a Roma es sabio y verdadero? Comprar una pelea con el Papa es firmar su certificado de defunción, ¡el saldo de este tipo de rebeliones es la muerte!

— Está bien, sin duda es por eso que todos ustedes se humillan en sus pés

¡Son cobardes y tienen miedo de morir por la espada de estos corruptos romanos!

— ¡Mira, nos respetas, porque todavía estás dentro de esta casa!

— Es cierto, padre mío, por eso dejaré tu propiedad ahora mismo

— ¡Hijo mío, piensa en tu decisión!

— Tranquila mamá, he pensado suficiente

¡Sepa que en cuanto salga de esta casa no podrá volver, ya no será aceptado como mi hijo!

— No te preocupes padre mío, no volveré

Sin entender las verdaderas razones de ser un joven diferente a los demás de mi tiempo que solo valoraban las riquezas materiales, la lujuria y una vida llena de placeres, esa mañana le di la espalda a todo lo aparentemente valioso y partí hacia lo desconocido, de ahí en adelante. un nuevo ciclo comenzaría en mi existencia.

Había sido enviado a la tierra con una misión importante, luchar por el Evangelio y las verdades cristianas, sufriría el martirio necesario para llevar a la humanidad al conocimiento de su Redentor. Sin embargo, nada sería tan fácil.

Porque a pesar de que Satanás y sus demonios estaban atrapados en las profundidades del infierno, el mal todavía existía en la tierra. A veces miramos el mal que domina a la humanidad y echamos la culpa total al Diablo, olvidando que hay una raíz fuerte y creciente del mal que se expande dentro del hombre mismo.

Llevándolo a rechazar a Dios, despreciar el bien, optar por practicar. de iniquidad en lugar de querer unirte a tu Creador. Esa raíz del mal que aún ejerce su poder de dominio sobre la humanidad es el pecado que entró a este mundo allá en el Edén, cuando el Diablo usó a la serpiente para engañar a la mujer, convenciéndola de que comiera del fruto prohibido.

Luego convenciendo al hombre. desobedecer las ordenanzas del Creador. No importa si Satanás está presente o no en este mundo de los mortales, el pecado continuará dentro de sus corazones, actuando con la misma intensidad que antes. Esto es lo que descubrí a un alto costo durante la última encarnación en la tierra.

Para mi sorpresa, pude ver la expansión de la corrupción en la humanidad, la inmoralidad, el crecimiento de la violencia ...Vi la muerte de inocentes, las injusticias, la miseria, el hambre que castigó a tantas civilizaciones, la expansión del tráfico, el uso incontrolable de drogas, la inmoralidad sexual en sus diversas fases.

La apostasía de la fe por parte de quienes alguna vez se proclamaron creyentes en Dios, el fanatismo religioso. La muerte de millones de personas que decidieron permanecer fieles, entonces me di cuenta de que el pecado y Satanás son dos seres separados y distintos, uno es el creador del mal mientras que el otro es el ejecutor del mal, uno determina.

El otro lo pone en práctica. Fue por esta razón que regresé, Dios sabía que aún quedaba un rastro de oscuridad en la tierra por destruir, pero solo ahora me doy cuenta. Desde el día que me fui de casa no volví a ver a mis padres, como hijo único debería ser el heredero de todas sus posesiones, que no eran pocas, pero preferí dejarlas a los obispos de Roma o a cualquier otra persona.

Viví casi cien años y cumplí con todo lo que se me asignó aún sin entender cuál fue realmente mi última misión como hombre. Esta parte de mi historia puede contaros en otra oportunidad, ahora lo que me queda es respirar aliviado después de todo el martirio vivido como defensor de las verdades divinas.

Aquí, sentada en la cima de la montaña más alta de este mundo donde a pesar de todos los sacrificios hechos por todos los seres celestiales, la humanidad sigue ciega y sin rumbo, lo que me queda por preguntarme es si realmente valió la pena tanto sufrimiento.

Desde Cristo hasta ahora, ¿qué ha cambiado en el comportamiento del hombre mortal? Me duele mucho ver el Evangelio corrompido, la humanidad perdida y la verdadera fe confundida con religiones materialistas.

Segunda Parte
La Reina Del Mal

Prólogo

Después de que me liberé de la maldición de ser la esposa del Maligno y vivir durante varios siglos a su servicio, siendo conocida en el mundo de los mortales como Pomba-Gira, la Reina de las prostitutas, influyendo en la inmoralidad sexual en la humanidad alienada de su Creador, reencarné en la tierra. nuevamente en la figura de una mujer inclinada a vivir en castidad.

A los quince años, debido a mi extrema vocación por los más pobres y la enorme inclinación a la religiosidad, mis padres me colocaron en un convento, donde a partir de entonces me convertiría en una de las monjas más conocidas en toda Europa por la profunda misericordia que me movía hacia las clases sociales más perjudicadas por el hambre y la miseria.

Fueron varias persecuciones sufridas a lo largo del camino, críticas, burlas, humillaciones de todo tipo, pero me mantuve firme en la decisión de no renunciar nunca a la elección que hice el día que usé por primera vez esa prenda y juré total dedicación a la iglesia en la misión de evangelizar, cuidar, curar heridas, estar siempre dispuesto a extender mis manos a los que por los designios de Dios se cruzan en mi camino.

Mi nombre de bautismo fue Tereza, nací el 26 de agosto de 1910 en Albania, desde muy joven me dediqué a la vida religiosa en beneficio de los pobres y desde entonces he logrado grandes cosas para ellos en el nombre de Dios y de la iglesia, sin embargo una gran decepción. esperó.

Primer Capítulo: Rechazo Divino

Aquella fría mañana de invierno me sacaron de mi cuerpo después de vivir casi un siglo entre los mortales en la forma física de una mujer que, a diferencia de la encarnación anterior, nunca se dejó contaminar con el pecado de la inmoralidad sexual ni se dejó contaminar. Quita la pureza que trajo consigo desde el nacimiento, permanecí casto hasta la muerte.

De mis consejeros espirituales aprendí temprano que los hijos de María, madre de Dios, se comportan en santidad a través de la castidad, donde negamos el acto sexual que contamina la pureza del alma humana, nunca me ha tocado ni besado nadie, excepto el mío. padres, cuando todavía vivía con ellos.

Por mi vida dedicada a la misericordia hacia los más necesitados, por la forma en que permanecí cautivo de los preceptos divinos desde muy joven, evitando el pecado de la lujuria, la lujuria y todo lo que me separara de la relación íntima con la Santa Iglesia, creí seriamente que él tendría un lugar especial esperándome en su Reino, sin embargo, estaba equivocado.

Pero una gran cantidad de personas rodearon al público desde donde mi cuerpo descansaba de la monotonía diaria, viví durante algunas décadas, en un plano paralelo a la realidad humana, lo veía todo sin que me notaran. De repente todo me quedó claro, porque cuando el espíritu desencarna recuerda todo lo que vivió en sus vidas pasadas.

117

Es como si fuera una película en repetición ante tus ojos. Recordé a Miguel, el Arcángel que, junto con miles de otros guerreros, descendió a las partes más bajas de la tierra solo para rescatarme de las prisiones del infierno. El perdón recibido del Padre Eterno, la oportunidad de expiar mi culpa por haber apoyado a la Demo durante varios siglos, alentando a la humanidad a cometer actos ilícitos y vergonzosos que llevaron a muchos a la condenación eterna.

Por eso tuve la oportunidad de volver a este mundo para sufrir por los más pobres.Sin embargo, para mi decepción, al llegar a la presencia del Altísimo no fui recibido con los honores esperados, ya que fui acusado de practicar el pecado de la idolatría durante todos mis días de existencia en la tierra. Ya estaba preparada una audiencia con el Todopoderoso para mí, que definiría la sentencia para mi caso. El ángel que se encargó de venir a recogerme después de desencarnar no dijo nada al respecto, solo me llevó a las Mansiones

Celestiales donde esperaban mi regreso para que yo fuera responsable de los actos practicados en vida. Dios el Padre, Dios el Hijo y su Espíritu Santo formaron un tribunal, y ambos procedieron a presentar los cargos correspondientes.

— ¿Entiendes las razones por las que este Jurado Divino se reúne para declararte culpable según tus acciones mientras vivías en el mundo de los mortales? ¿Está consciente de su desobediencia a los preceptos divinos exigidos por el Señor Todopoderoso?

— Agradezco que se me permita hablar en este juicio. Sí, entiendo que de acuerdo a los cargos presentados merezco estar presente en este tribunal.

Para dar cuenta de mis supuestos actos de desobediencia, sin embargo, no estoy de acuerdo con dicha acusación.

— ¿Y por qué no está de acuerdo con la actuación de este Consejo?

— Durante casi un siglo estuve enteramente dedicado a una vida de piedad y misericordia hacia los más pobres, renuncié a la libertad de elección y opté por servir fielmente a la caridad hacia mis semejantes en total obediencia a los dictados de la Iglesia. Entonces, explícame por qué me declaran culpable de errores que nunca antes cometí.

— Cuando fuiste rescatado de la esclavitud del pecado sexual, junto con la servidumbre al mayor enemigo de este Reino, recibiste del Padre Eterno la oportunidad de regresar a la tierra y reencarnar allí para un nuevo comienzo. Entendemos que de hecho eligió una casta viva, renunciando a su libre albedrío, permaneció puro física y espiritualmente, cumplió el segundo mayor mandamiento del Evangelio, que es amar al prójimo como a sí mismo, pero has cometido el peor de todos los errores humanos, idolatría. Desobedeció el primero y más importante de todos los mandamientos de la Ley del Señor al servir, adorar, adorar y adorar una imagen escultórica hecha por manos de hombres. ¡Este fue tu mayor pecado!

— Desde muy temprana edad aprendí que María era la madre de Dios y que debía ser adorada, ya que las Escrituras afirmaban que ella era la más grande e importante entre todas las mujeres, entonces creí en esta enseñanza, convertí esa doctrina de la iglesia en verdad, cumpliéndola con toda la fuerza de mi corazón, sin desviarme ni a la derecha ni a la izquierda, Me quedé completamente dedicado y fiel.

— De hecho somos conscientes de ello, porque como bien sabes tenemos el poder de hacernos presentes en todas partes al mismo tiempo y de conocer todas las cosas, pero su entrega y fidelidad no fue a este Reino ni al Dios de todo el Universo que se sienta en su trono sobre las nubes, poniéndose por encima de todas las cosas. Solo a él se le debe dar todo el honor, toda alabanza, toda adoración. ¡Por eso este Concilio te encuentra culpable de transgresión a las Sagradas Leyes, condenándote a una nueva reencarnación en la tierra para la expiación de este terrible pecado!

Después de que se aplicó la sentencia en mi contra sin que se me diera la posibilidad de una nueva defensa a mi favor, el ángel me condujo a cierta parte del Reino, donde las almas separadas para reencarnar en la tierra estaban debidamente preparadas y luego enviadas a su nuevo destino. Resulta que a partir de ese momento me sentiría agraviado.

Llevaría conmigo la amarga revuelta de no ser reconocido ante mi Dios por la inmensa entrega a la causa humanitaria, el amor al prójimo, la práctica de la caridad, la castidad que no me permitía amar y ser amado, casarme, tener hijos y tener una familia. Toda esa falta de consideración por los sacrificios hechos en nombre de la fe y la iglesia me dejó molesto.

En segundos se borró todo, pasé de una realidad espiritual a un sueño profundo que parece haber durado muchos días, semanas y meses. Me desperté en un frío amanecer al ser sacado del vientre de mi madre, con una fuerte palmada en el trasero que dio la partera que realizó el parto, fue allí donde hice mi vida y comencé un nuevo viaje en otra historia más escrita por el malvado dueño del destino.

Segundo Capítulo: Venganza

Nací un sábado frío donde los techos de las casas, árboles y calles estaban cubiertos por una fuerte nevada que cayó toda la noche anterior, fue un invierno en el que la ropa no es capaz de contener, llevando a quienes no tienen un lugar aireado a vivir terminan perdiendo la vida en las cunetas de la miseria. Mi nuevo nombre de pila era Luana.

Mi padre era un hombre alto, fuerte, de piel rojiza, en su rostro había, además de una barba bien rapada, un aire de intensa alegría con mi llegada, se llamaba Paulo. Mi madre era fuerte, resistía todo de muy buena gana, no renunciaba al dolor que sintió durante ese parto en casa y sin muchos recursos médicos, se llamaba María.

Sin embargo, esto no fue asimilado por mí que apenas había llegado a ese lugar, mi mente aún vacía no podía entender nada a la perfección, esta es la parte más difícil de una reencarnación. Debido a que recibimos un nuevo cuerpo, cuya mente está vacía como un papel en blanco, la realidad que nos rodea se vuelve vergonzosa, sin sentido.

Durante mis primeros años de vida fui tratada como una princesa por mis padres, tíos y el resto de la familia, fui la primera nieta, el orgullo de mis abuelos, también tuve el privilegio de ser hija única. Mis padres eran muy trabajadores, querían darme lo mejor y lo mejor.Pero eran pobres y sin educación, esto me llevó a querer darles una mejor existencia.

Liberarlos de esa condición miserable en la que mi padre tenía que salir de casa al amanecer en busca de trabajo o alguna otra forma de mantener a la familia, regresando. sólo al anochecer, a menudo con las manos vacías y sin esperanza.

Por supuesto, comencé a entender estas cosas y a pensar en una manera de ayudarlos solo desde los nueve a los diez años, cuando salió a la luz el motivo de lo que me despertó, darme cuenta de que nuestra vida no estaba hecha de chocolate. Afortunadamente, mamá tuvo complicaciones uterinas que le impidieron tener otros hijos, esto ayudó mucho a evitar más gastos innecesarios.

Luego de cumplir mis diez años de edad opté por estudiar por la mañana y cuidar a un niño rico por la tarde, inicialmente papá se opuso, no quería ver a su princesa en esa situación, servía de "niña negra" para los hijos de los barones, mi mamá terminó convencerlo de la enorme necesidad que teníamos de recaudar más dinero.

Mi viaje a la casa de los Dantas, la familia más rica de la ciudad, fue el primer error que cometí en la droga de otra existencia en este mundo donde los pobres seres humanos nunca lo hacen bien. A esa edad, no entendía nada sobre la vida ni los riesgos de nacer una mujer hermosa desde temprana edad, era físicamente perfecta.

Mi cuerpo se desarrolló a una velocidad asombrosa, aún sin llegar a la pubertad, ya tenía cintura de guitarra y pares de muslos para causar envidia en muchos adolescentes mayores que yo, sin tener en cuenta el trasero carnoso y respingón que heredé de mamá. Los chicos babeaban todo el tiempo.

De ahí el hecho de que mencioné antes que ir a trabajar como niñera en la residencia millonaria de Dantas hubiera sido un error. Esa familia la formaron la pareja, un niño de tres años y sus dos hijos playboy, de esos que, por ser ricos, se creen dueños del mundo, abusando de las personas sin mostrar ningún respeto por ellas.

Eran dos adolescentes sin escrúpulos que hacían lo que querían, todos se preparaban sin tener que dar cuenta de ninguno de sus errores. El más joven era el peor de todos, ni siquiera escuchaba las demandas de sus padres, testarudos y tontos. A los catorce años, se negó a tener ningún tipo de responsabilidad.

Se llamaba Pedro, irresistiblemente guapo a pesar de su mal carácter, fue el primero que se acercó a mí con las peores intenciones, aunque hasta ese momento de los hechos por mi excesiva ingenuidad no me di cuenta de sus verdaderos propósitos para mí, un paisano. , hija de dos pobres sin valores sociales.

Exactamente por pertenecer a una familia pobre, sin los menores recursos económicos, el bastardo entendió que podía abusar de mí sin que mis padres pudieran exigir ninguna forma de reparación por el mal que me pudiera hacer, porque tenía la costumbre de actuar así con las hijas de muchos otros que vivían en la periferia.

Resulta que ese mocoso pisó la pelota, arreglando un lío enorme para su vida y la de sus padres, pero eso lo explico en otra parte de este relato, por ahora seguiremos cada detalle de los hechos vividos por mm en mi última encarnación. En el primer mes de mi estadía en la mansión, el pervertido se me acercó.

Era una mañana de uno de esos días en que los empleados de la mansión estaban ocupados con las tareas del hogar y yo me ocupaba distraídamente del hijo menor de la familia, cuando de repente se me acercó el adolescente que me dio un fuerte abrazo por detrás, dejándolo tocar mi trasero levantado. algo duro, que parece una espada.

Lo correcto sería que gritara pidiendo ayuda, para tratar de liberarme de sus garras, pero mi actitud fue pasiva y en cuanto la sorpresa de no saber quién era se fue, me tranquilicé, dejé que me besara el cuello bajo el largo cabello rizado, frotando su enorme mástil en mis nalgas, todo me parecía natural, era como si me lo esperara.

De hecho, desde que llegué allí, noté la mirada hambrienta de ese chico en mi dirección, comiéndome el culo y los muslos con sus ojos, incluso me había acostumbrado a su extraña actitud. Cuando no lo veía merodeando por la casa, lo extrañaba, todo parecía aburrido, aunque yo era solo un niño en ese momento me enamoré.

Ahora imagina la locura, ¿cómo terminaría la relación entre una niña pobre y el hijo de un millonario? Sin duda, el final sería desastroso. El roce de su cuerpo junto al mío me emocionó, me levantó el pelo desde las piernas hasta la cabeza, era una verdadera locura que me encantaba sentir, era una nueva experiencia que me fascinaba.

Lo correcto es que una mujer solo siente deseos sexuales después de llegar a la pubertad, pero conmigo sucedió diferente, solo me tocó el sexo opuesto y sentí el pulso de inmenso placer casi irresistible ardiendo dentro de mí. En ese primer momento Pedro me dio la vuelta, me agarró la boca, metiendo su lengua cálida y suave dentro de ella.

Luego chupó el mío, haciéndome sentir ese delicioso escalofrío por mi columna de nuevo y volviéndome loco. Mientras me besaba, incluso sin la altura, sus manos exploraron mi cuerpo, acariciaron mis pechos, el vientre, las partes íntimas. Toda esa locura me hizo arder, temblar.

Esa chica ingenua pero trabajadora y luchadora, a partir de ese momento, sentiría un cambio profundo en sus sentimientos hasta el punto de permitir que su loca ingenuidad la llevara a cometer errores irreparables que comprometerían no solo su propia vida, sino la de todos los que amaba, porque actuarían contra sus opresores.

Pasamos dos años saliendo con los escondites de sus padres, ya que de ninguna manera estarían de acuerdo con nuestra unión. Pedro y yo parecíamos una pareja de adolescentes enamorados, pero en el fondo era yo quien le había entregado mi corazón al bastardo además de todo lo demás. A los doce años, él a los dieciocho, volvimos a acostarnos y pasó lo peor.

Mi cuerpo maduró más rápido de lo que esperaba, me convertí en mujer instantáneamente, llegó la primera regla menstrual y me quedé embarazada en nuestro último sexo. Como no entendía del todo los síntomas del embarazo, las constantes náuseas me atormentaron durante semanas, llamando la atención de los demás empleados, quienes de inmediato se lo contaron a sus jefes.

— Señora, creo que la niña Luana está enferma, vive con vómitos constantes

— Entonces llama al Dr. Daniel para verte, Marta

— Está bien, señora, ¡lo haré ahora mismo!

Marta era la ama de llaves de la mansión Dantas, encargada de manejar a todos los demás empleados, muy enérgica y observadora, nada pasaba sin que ella fuera observada. Cuando me enteré de que venía el médico a evaluar mi estado de salud, me emocioné mucho, porque quería curarme, ni siquiera imaginaba que la situación en la que me encontraba era diferente.

— ¡Luana, date una buena ducha, vístete y espera a que llegue el médico para una cita!

— Si señora...

Nada más llegar el médico lo llevaron a un amplio consultorio donde habitualmente consultaba mensualmente a todos los empleados para ver si todo les iba bien, ya que nuestros jefes tenían miedo de que se les transmitiera algún tipo de enfermedad a sus hijos, lo cual me pareció bastante justa. Esa tarde de un hermoso viernes se revelaría mi secreto.

Luego de evaluarme cuidadosamente, el Dr. Daniel habló en privado con el ama de llaves, quien me ordenó recolectar un poco de orina, sangre y heces para llevar a un laboratorio para un examen de rutina, de un rostro más serio de lo habitual, me di cuenta que la conversación con el médico no había sido muy agradable, así que me estremecí de miedo.

Me preguntaba cuál habría sido el diagnóstico del médico después de examinarme, ¿tendría una enfermedad contagiosa, moriría en unos días o me despedirían del trabajo? El salario que me pagaba Dantas no era mucho, pero estaba ayudando mucho en el presupuesto de mi familia.

Mis padres estaban logrando llevar una vida más pacífica, perder mi trabajo en ese momento sería terrible. Pronto me encontré completamente preocupado por la situación en la que me encontraba, ya que no estaba seguro de lo que me esperaba a partir de ese momento. El material solicitado por el ama de llaves fue entregado y durante dos angustiosos días esperé el resultado que vendría del laboratorio de análisis clínicos, mi corazón latía sin parar.

Las cuarenta y ocho horas de espera fueron las más largas que he vivido en mi vida, hasta que finalmente llegaron a su fin. Marta recibió esa tarde un sobre con información detallada sobre mi estado de salud, luego de leer se rascó la cabeza cubierta por sus canas y fue a encontrarse con la jefa Emília Dantas.

— Señora, aquí está el resultado de los exámenes de Luana realizados en el laboratorio.

— Entonces debes entregárselos al Dr. Daniel para que evalúe la situación de la niña, Marta, tú sabes cómo funciona, él determina qué tratamiento y tú realizas

— Lo siento señora, pero tenía demasiada curiosidad y eché un vistazo a los resultados.

— Estás perdiendo la pista de las cosas, mujer, ¿no sabes que abrir un sobre cerrado sin pertenecer a ti es un delito? Esta información fue dirigida solo al médico, ¡no debería haber hecho tal cosa!

— Lo sé señora, pero creo que después de leer lo que dice aquí comprenderá las razones de mi comportamiento.

La ama recibió el sobre de manos de la criada, leyó la información relacionada con mi análisis de orina y se puso amarilla.

— ¡Santo Dios!

— Sí señora, ya lo había sospechado por los síntomas que presentaba la niña y no me reprimí de curiosidades

— Pero, ¿quién podría haber hecho semejante barbarie con esta pobre chica en mi propiedad? ¿Fue uno de nuestros empleados? Necesitamos investigar esto de inmediato, Marta, ¡quiero que este monstruo sea identificado y castigado por lo que hizo!

— ¡Sí, señora, tomaré las medidas necesarias!

Inmediatamente, como había ordenado la dueña, se pidió a todos los empleados varones que trabajaban en la mansión que comparecieran ante el ama de llaves en una gran sala de reuniones y se les preguntó qué había sucedido para identificar al violador, sin embargo, todos los presentes dijeron inocente.

Siendo una mujer poderosa por la inmensa riqueza que poseía la señora Dantas, decidió hacerse un examen en una clínica especializada en violación conmigo y todos los hombres que trabajaban en su propiedad para identificar al violador, ya que no aceptaba el mal que le había sobrevenido. dentro de su casa, ni siquiera sabía que su hijo tenía la culpa.

Hasta ese momento, no me dijeron nada de lo que estaba pasando, vi el alboroto, la gente caminando, los empleados siendo evaluados, las reuniones, pero no se dijo nada al respecto. Solo me ordenaron quedarme en mis habitaciones, alguien más se hizo cargo del niño.

Entonces vi que realmente perdí mi trabajo. Sin embargo, dos días después me pidieron que compareciera ante mi empleador.

— Siéntate, Luana, tenemos que tener una conversación muy seria.

— Si señora...

— Hace dos años que vive con nosotros en esta casa y le estamos muy agradecidos por la forma en que ha cuidado a nuestro hijo menor durante todo este tiempo, ya que se puede observar su intenso celo y dedicación en cuidarlo. Sin embargo, algo muy serio te pasó aquí dentro de esta casa que necesita ser aclarado y el culpable castigado por tal maldad, así que te llamé para que vinieras aquí para que nos digas quién fue el monstruo que hizo tal cosa.

Confieso que cuando lo escuché, me callé sin saber qué decir. ¿Descubrió que Pedro y yo teníamos sexo a través de exámenes? ¿Pero fue posible? No obtuve respuesta al hacerme tantas especulaciones, así que decidí argumentar de manera irónica, tratando de disimular la verdad que conocía muy bien.

— Pero, señora, ¿a qué te refieres?

— No seas ingenua, niña, ya estamos al tanto de todo lo que te pasó, ¡cuéntanos de inmediato quién fue el monstruo que se atrevió a violarte para que podamos hacer la debida justicia a tu favor!

Dios mío, nuestro secreto ha sido descubierto, ¿qué será de Pedro y yo? — pensé desesperada — No pude revelar que él fue el autor de ese acto irreflexivo, porque sería una terrible decepción para sus padres, además de que lo amaba por encima de mis fuerzas y nunca querría hacerle daño.

La solución fue negarlo todo, fingir ser tan inocente hasta el punto de ni siquiera saber cómo había perdido la virginidad y ver qué pasaba.

— Lo siento, señora, pero sigo sin entender el significado de esta conversación o sus palabras.

— ¿Ah no? ¿A quién intentas encubrir, niña? ¿Crees que somos tan estúpidos como para creer que dormiste y te despertaste embarazada?

Esa revelación cayó como una bomba en mi cabeza, de inmediato cambié de opinión sobre negar lo sucedido o mantener un secreto sobre quién fue el autor de ese acto que me llevó a producir a su hijo dentro de mi útero, al fin y al cabo, Pedro tendría que asumir sus responsabilidades. hacia mí. Entonces, decidí abrir el juego frente a Marta y nuestro jefe.

— Santo cielo, niña, ¿estás bien? — El ama de llaves estaba preocupada

— ¡Dale agua azucarada, Marta, se ve muy conmocionada!

Luego de unos minutos me sentí mejor nuevamente, porque saber que a esa edad estaría embarazada me molestaba mucho, pensé que el tema era solo el hecho de que ya no era virgen, sin embargo, la situación era mucho peor de lo que imaginaba. ¿Qué les dirías a mis padres? ¿Cómo reaccionaría papá ante una revelación como esa, siendo yo su única hija?

Siempre me vio como su princesita, su tesoro, tenía un celo incomparable por mí y nada en este mundo le impediría castigar a quien me hiciera daño. Pero está bien — pensé para mis adentros — ciertamente el jefe no querrá ver su sangre derramada por la cuneta. Su primer nieto tendría un trato especial, sin duda exigiría una boda a la altura. Pedro tenía la edad suficiente para asumir sus responsabilidades.

Pensando así, me calmé y decidí revelar todo en el más mínimo detalle a las dos mujeres que estaban sentadas frente a mí:

— Bueno, entonces si mi situación es esta te diré exactamente lo que pasó. En cuanto llegué a la mansión, fui asediado por el joven Pedro que empezó a hacerme declaraciones de amor, besándome en los momentos en que estaba distraído. Con eso me apegué a él y terminé cediendo a sus encantos, permitiéndole poseerme.

— Hay dos personas con el mismo nombre en esta propiedad, chica, ¿a cuál te refieres?

— su hijo, señora

— ¿Mi Pedro cometió esta locura? No, me niego a creerlo, ¡solo puedes echarle la culpa a mi chico para que se lleve bien!

— No, señora, ¡te juro que eso no es cierto!

— ¿Cómo pudo una niña de tan solo diez años haberse enamorado de un chico de dieciséis? ¿Cómo sentiste deseos hasta el punto de tener sexo con él si ni siquiera te habías convertido en una mujer? — preguntó el ama de llaves

— Exactamente, explícanos cómo podría pasar esto si solo fuera una niña que a esa edad solo le interesa jugar con sus muñecas.

— No lo sé, como pueden percibir las señoritas soy una chica diferente a las demás, aunque muy joven mi cuerpo se desarrolló rápidamente, tengo la apariencia de ser mayor de lo que realmente tengo.

Pedro se dio cuenta de esto e insistió en que tuviera sexo con él…

Al principio me negué por completo, pero un deseo enorme se apoderó de mí cada vez que me abrazó, durante nuestros besos, su toque me hacía temblar de la cabeza a los pies.

— ¡Por favor deje de describir sus momentos de intimidad con mi hijo, si realmente nos está diciendo la verdad!

— ¿Puede creerlo, señora? No tengo motivos para mentir

— Bueno, será tu palabra contra la suya, los pondremos cara a cara y si confirma lo que nos acaba de decir tomaremos las medidas necesarias para solucionar este problema, pero si su respuesta es contraria a lo que nos dijo que no más. quédate en esta casa, vuelve a vivir con tus padres y no vuelvas a poner los pies aquí, ¿entiendes?

— Sé que tu hijo no negará lo que hizo, me ama

— Eso es lo que veremos. Marta, ¡llama a Pedro inmediatamente!

— Bueno, señora, ¡disculpe!

La ama y yo nos sentamos allí en ese sofá de la espaciosa sala de estar de la mansión donde trabajé durante dos años y perdí mi pureza ante un hombre que creía que me amaba, estaba aprensivo, pero seguro que no negaría asumir su responsabilidad. Tuve en mi seno un niño nacido con mucho cariño, fruto de nuestro amor.

— ¡Señora, aquí está su hijo!

— ¡Siéntate, Pedro!

— ¿De qué se trata, mamá, qué hace aquí esta criada? Después de todo, ¿qué hago aquí en esta extraña reunión?

— Deberías saber, hijo mío, ¿no es el padre del niño que lleva en su vientre?

— ¿Qué? Pero, ¿qué juego más desagradable es este, madre mía, desde que ni siquiera toqué a esa chica?

La reacción de Pedro hizo desaparecer bajo mis pies el piso cubierto con un rico gres porcelánico, era como si el mundo entero cayera sobre mi cabeza, perdí toda la seguridad y tranquilidad de antes, vi mis ojos empapados de lágrimas. fin. La ama, junto con el ama de llaves, me miró desconcertada por las declaraciones del chico

— Pero, ¿qué estás haciendo, cariño, cómo dices que nunca me tocaste? ¿Y cuántas veces durante estos dos años has estado acostado conmigo en mi habitación todas las noches, haciéndome jurar amor eterno? ¿Fue todo una mentira?

— ¿Te has vuelto loca, niña? ¿Fui alguna vez a su habitación o le hice algún tipo de declaración?

— Cálmate hijo mío, solo te llamé aquí porque esta joven dijo que desde que llegó a esta casa la has acosado, teniendo una relación íntima que resultó en un embarazo no deseado. Como es un mito serio, necesitábamos aclarar toda esta historia de inmediato, ya que contiene la vida de un inocente.

— Madre, tú y todos los que están aquí en esta casa me conocen, sabes lo irresponsable, voluble y crítico que soy sobre muchas cosas, pero nunca cometería tal locura. ¿Cómo se atreve a acosar a un niño de diez años y embarazarlo a los doce con tantas mujeres?

— No creí ni una palabra de esa chica, siempre confié en su inocencia, hijo mío

— ¿Cómo puedes actuar así conmigo después de todo lo que hemos vivido juntos? ¡Juraste que me amabas, que nunca me abandonarías! Cobarde, solo quería abusar de mí…

Y ahora me desprecia con su hijo en la barriga, ¡maldita sea!

— ¡Cállate, marimacho, e intenta salir de esa casa inmediatamente!

— Marta, saca a esa chica de la mansión, paga lo que debes y haz que se lo devuelvan a tus padres. Informarles sobre el embarazo y que el autor es Pedro, hijo del jardinero, que se llevan bien con el verdadero responsable del embarazo de esta intrascendente marimacho. ¡Ah, y envíe también a los dos empleados para evitar problemas futuros!

— ¡Como desee, señora!

— Miserable, si crees que las cosas van a ser así estás muy mal, ¡pagarás caro lo que me hiciste!

— ¡Cómo te atreves a amenazar a mi hijo, inútil, fuera de esta casa!

— Sí, lo haré, bastardos, ¡pero pueden esperar mi venganza en todas sus vidas!

— ¡Fuera de aqui!

Mientras derramaba todo el odio que le ardía en el pecho frente a quienes actuaron injustamente conmigo, Marta me tiró de los brazos para echarme de la mansión.Después de reunir mis pocas pertenencias en una maleta, el ama de llaves me llevó a la casa de mis padres.

Me entregó a mi madre, ya que mi padre no estaba allí en ese momento. Después de contarle a mamá descaradamente la historia falsa y arrojarle al pobre niño una culpa que no debería tener, se dirigió a la mansión, dejando atrás a una familia destruida.

— Pero hija mía, ¿por qué permitiste que te pasara esto?

Tanto es así que te aconsejamos que te cuides, ¡evita este tipo de situaciones!

— Mamá, es como te acabo de decir todavía en presencia de ese infeliz, el pobre niño al que ella le atribuyó esta falta es inocente, el verdadero padre de ese niño es Pedro Dantas, hijo de la ama!

— ¿Y sigues insistiendo en esta historia, niña irresponsable, incluso después de que doña Marta afirma que te quedaste embarazada del hijo de uno de los empleados que hay en la mansión?

— ¡Sí, madre mía, y moriré declarando esta versión de los hechos porque esa es la verdad! ¡Son millonarios, están sacando al niño de la culpa porque soy pobre, no están de acuerdo en que se case con una mujer sin un alto cargo!

— Incluso si dices la verdad, ¿cómo lo vamos a demostrar? No tenemos los recursos para luchar contra gente poderosa como los Dantas, hija mía, tendremos que aceptar el daño y esperar que este niño nazca en paz.

— ¡No, mamá, nunca tendré paz hasta que exija esta afrenta!

Todavía estábamos hablando cuando papá entró en la habitación, escuchando parte de lo que estábamos diciendo: Estaba muy sorprendido de tenerme en casa en el trabajo.

— Mi pequeña, ¡qué bueno verte de nuevo! — Me abraza con mucha ternura — pero ¿a qué afrenta te refieres al hablar con tu madre? ¿Alguien humilló a mi princesa en la mansión de los Dantas?

— Siéntate ahí, esposo mío, tenemos algo muy serio que resolver

— ¿De qué se trata, mujer?

¿Me estás preocupando, le pasó algo grave a nuestra hija?

— ¡Sí, padre, pasó!

— Alguien te hizo alguna maldad, hijita, dime quien no vale y te juro que recibiré el merecido castigo!

— ¡Cálmate, hombre, mantén los pies en la tierra porque lo que tenemos que decirte es muy serio!

Papá era un hombre alto, de piel clara, barba abundante, ojos amarillos y temperamento inusual, su paciencia con cualquiera que le hiciera daño a él oa su familia era nula. Por eso, estaba muy preocupado por cuál sería su actitud después de darse cuenta de lo que había sucedido, ciertamente no sería bueno.

— Vamos, ustedes dos, dejen de jugar conmigo, ¿qué pasó?

— Nuestra hija fue abusada ...

— ¿Abusado de qué manera?

— ¡Sexualmente, hombre, tiene dos semanas de embarazo y aparentemente hay confusión sobre quién es realmente el padre del niño!

— ¿Cómo? ¿Te acostaste con varios hombres como si fueras una puta?

136

¿Quién ni siquiera sabe a quién está creciendo esta pobre niña en su vientre?

Mi padre se levantó de su silla, con la intención de darme una gran paliza, por primera vez vi esa mirada de odio en su rostro, sus ojos saltones ardían como llamas de fuego, pensé que no escaparía de la paliza.

Sin embargo, mi madre se interpuso entre nosotros y evitó la golpiza, nunca imaginé que un padre tan amoroso se atrevería a golpearme.

— ¡Maldito! ¿Cómo te atreves a avergonzarnos de esa manera?

— ¡Cálmate, hombre, es nuestra hija!

— ¡No lo parece, no después de lo que hiciste!

— Déjela que se explique primero, escuche lo que tiene que decir, ¡entonces entenderá cómo sucedió todo!

Aún respirando anhelando romperme la cara con puñetazos y patadas finalmente se volvió a sentar para escucharme, me quedé en silencio con la cabeza gacha por el miedo y el respeto hasta que mi madre me ordenó que presentara mi defensa.

— ¡Vamos, Luana, cuéntale a tu padre tu versión de los hechos!

Finalmente tuve el coraje de revelar todo lo que me sucedió en esa maldita mansión, detalle a detalle, sin perder una sola coma, de inmediato, mi padre creyó mi historia.

Lo contrario de mamá que escuchaba a Marta, y estalló en ira con un deseo de venganza. Era exactamente lo que temíamos, porque sabíamos cuánto era un defensor de su familia.

— Maldito Dantas, ellos piensan que son demasiado poderosos para pagar sus errores, ¡porque esta vez les mostraré que mi propia justicia los castigará!

— ¡Cálmate, cariño, trata de no apresurarte!

— ¿Cómo puedo mantener la calma después de todo lo que le hicieron esas personas a nuestra hija? ¿De verdad crees que me voy a quedar de brazos cruzados…

 Mientras ese niño se divierte a costa de las desgracias de otras personas?

— Papá, mira lo que vas a hacer, yo también quiero vengarme de ese desafortunado, pero hay que actuar con cautela para no traer más problemas a nuestra casa.

— Paulo, si atacas a ese bastardo de alguna manera, sus padres incluso podrán que le quiten la vida, piénsalo.

— ¡Dios mío, papá, la madre tiene toda la razón, no queremos perderte en manos de esa gente!

Papá era de sangre caliente, temperamental y sin la menor paciencia, no solía ofenderse sin mostrar ninguna reacción. Durmió toda la noche y se fue a la mañana siguiente antes del amanecer sin decir adónde iba, mi madre y yo creíamos que se había ido a trabajar, pero estábamos equivocados.

Durante años guardó una pistola que había pertenecido a mi abuelo, era un cartucho de esos muy viejo, pero bien cuidado, funcionaba muy bien, luego de cargarlo correctamente, se armó y se fue a que darse en el punto.

Donde siempre conducía Pedro conduciendo su auto de lujo para poder ajustar cuentas con el bastardo, mientras él actuaba de acuerdo con la rabia que ardía en su corazón que teníamos aprensivos. El mal personaje iba a la universidad y por lo general pasaba por la misma avenida en ese momento lo que facilitaría la emboscada.

Generalmente no había guardias de seguridad que lo protegieran, pero debido a la situación actual dos de ellos comenzaron a escoltarlo, sin embargo, mi padre no sabía nada. sobre este cambio. A lo lejos vio cuando el vehículo se acercaba y decidió actuar lo antes posible.

Se escondió junto a una curva que obligaría al conductor a reducir la velocidad y, cuando eso sucedió, recibió un impacto directo en dirección a la ventanilla del auto, dando en el blanco. cabeza del conductor que murió instantáneamente.

Según testigos, papá dejó caer su arma y corrió hacia un matorral cercano al lugar donde acababa de cometer el asesinato, sin embargo, los dos hombres que venían en otro vehículo justo detrás lo siguieron. La persecución se cerró, contando a los dos guardias de seguridad, el popular y la policía.

El trágico final de esta búsqueda del asesino se produjo a orillas de un arroyo al menos a dos kilómetros de donde perdió la vida el hijo de los Dantas, al enterarse de lo sucedido sus padres contrataron a varios otros individuos que, armados hasta los dientes, ingresaron al bosques cerrados para matar a mi padre a cualquier precio. Si bien el diputado y su grupo de agentes pretendían capturarlo vivo, la orden de los Dantas se iba a ejecutar sin piedad.

La sed de venganza ahora estaba arraigada en ellos y ya no en nosotros. Nos advirtieron de lo sucedido y nos fuimos apresuradamente preocupados por lo que le pasaría a papá. En el fondo incluso podríamos imaginar: la cárcel o la muerte.

Cuando llegamos al lugar indicado nos encontramos con una enorme multitud de curiosos esperando el desenlace de ese bárbaro crimen contra uno de los hijos de la familia más importante de la ciudad, nuestra presencia ni siquiera fue notada por los que estaban allí, ya que nadie conocía las verdaderas motivaciones del criminal al realizar aquel disparo, el día terminó y con la llegada de la noche.

Sin que nadie regresara del bosque con alguna noticia, la multitud se fue dispersando poco a poco, solo nosotros dos, unos policías y reporteros que cubríamos el caso, llevando la información directamente al espectadores en sus hogares en todo el estado.

Regresamos a casa y vimos cómo se desarrollaba la situación en la televisión. Mamá y yo no podíamos dejar de llorar cuando nos enteramos de que si me atrapaba la policía, papá pasaría el resto de su vida en la cárcel. Por otro lado, estábamos casi seguros de que si primero lo capturaban los hombres contratados por los Dantas, su ejecución sería segura. La angustia que sentía mi pobre madre cambió su visión de los hechos y como una forma de desahogar su dolor empezó a echarle la culpa a la desgracia que había caído sobre nuestra familia, que yo creía justa. Después de todo, fue por mi inconsistencia que metí a mi padre en ese lío infernal.

— ¡Fue todo culpa tuya! Paulo no estaba de acuerdo con la idea de que te fueras a trabajar en esa maldita mansión.

Pero terminó aceptándote solo para no decepcionarte, yo esperaba tu felicidad, siempre quise lo mejor para ti, ahora mira lo que pasó por actuar como una perra, acostado ¡Con ese desgraciado lo perdimos!

— Tienes toda la razón mamá, yo soy el único responsable de todo, fueron mis precipitaciones las que lo pusieron en estas condiciones

— ¡Menos mal que reconoces tu error, porque nunca te perdonaré por destruir nuestras vidas!

— Mamá, no seas tan cruel conmigo, admito que me equivoqué, pero no me condenes de esa manera

— ¿Qué me vas a decir? ¿Afirmar que cometió esta locura porque solo tenía doce años? ¿Y de dónde vienen todos los buenos consejos que te dimos Paulo y yo cuando eras pequeño? ¿Dónde estaban todas nuestras pautas para mantener a ese tipo de hombre? ¿Y qué diablos fue el fuego entre tus piernas que te llevó a esto?

— No sé explicar...

— Nunca antes en mi vida había escuchado que una niña de diez años sintiera deseo sexual o que pudiera tener sexo por placer, ¡eso solo puede ser materia de Satanás en tu vida!

— Quizás tengas razón ...

— Mira niña, escucha con toda tu atención lo que te voy a decir: después de que todo esto termine, ya sea que tu padre esté detenido o muerto, quiero que hagas las maletas y desaparezcas de esta casa para siempre, ¿entiendes? ¡No te quedes en mi presencia para que no pierdas la cabeza y te hagas daño!

— Pero mamá, ¿adónde voy a ir en estas condiciones, embarazada sin dinero, dónde me voy a quedar?

— ¡Si te das la vuelta, das tu camino sin valor, mi desprecio será el castigo que recibirás por el gran daño que nos has causado!

Escuchar las duras palabras de mi madre fue terrible, me dolió profundamente el corazón, pero sabía que en el fondo ella tenía razón en odiarme tanto. Yo era su mayor vergüenza, su mayor decepción, responsable del arresto o la muerte de papá, realmente merecía su desprecio. Durante toda la noche no quité los ojos de la televisión, el sueño se fue y el insomnio me impidió dormir. Vi pasar las horas lentamente, parecía una eternidad, ella tomó una siesta y descansó un poco del apuro del día anterior.

Durante el período de la mañana, anuncié que el registro criminal finalmente había terminado, pero que había sido masacrado en un enfrentamiento. con la policía dentro del bosque. Desperté a mamá e inmediatamente nos dirigimos al lugar donde todo sucedió, estaba lleno de gente, casi no podíamos acercarnos al cuerpo.

Solo fue posible después de que demostramos ser su familia. Papá estaba todo sucio, una gran cantidad de disparos lo golpearon de la cabeza a los pies, en su mano derecha había un rifle. Todo estaba previamente armado para ocultar lo que realmente sucedió allí, porque la policía ya había encontrado el arma utilizada en el crimen. Arrojada por mi padre a un costado de la carretera, estaba en poder del delegado. ¿Cómo, entonces, apareció repentinamente en su mano un rifle con el que enfrentó a la policía hasta el punto de caer muerto?

Ciertamente, el jefe policial y sus acompañantes recibieron sobornos para montar esa vergonzosa escena del crimen con la intención de engañar a los curiosos. A la prensa y a los familiares del criminal, no se hizo peritaje porque no se pudo revelar nada, una vez más ganaron los poderosos y los menos favorecidos. estaban perdidos.

Lamenté ver a mi madre ser arrojada sobre su esposo, toda acribillada a balazos, también lo abracé y lloré mucho por su muerte, muchas de las personas populares más sensibles a nuestro dolor nos dieron apoyo, IML Llevó el cuerpo a la morgue y luego miramos en la capilla del pueblo donde vivíamos. El funeral tuvo lugar veinticuatro horas después en un pequeño cementerio público.Solo asistieron al funeral familiares y pocos vecinos que lo conocían y sabían de su integridad moral.

Mamá estaba inconsolable, mis tíos y tías querían comerme vivo con sus miradas de rebeldía, por eso me mantuve alejado de ellos durante todo el velorio y en procesión hasta el lugar donde fue enterrado. Como había dicho mi madre, en cuanto regresáramos a casa toda la familia se reunió en la pequeña habitación.

Cada uno de mis tíos decidió estar de acuerdo con mi salida inmediata de mi habitación, se llevarían a mamá con ellos y se vendería la propiedad. El gesto de solidaridad con mi madre en ese momento difícil fue muy apropiado. Apuntaban a lucrarse a costa de su dolor, porque aunque no tenemos una casa digna. El terreno era enorme, lleno de árboles frutales, venderlo sería fácil y el valor exorbitante. Mamá siempre quiso deshacerse de él para comprar una propiedad mejor en la ciudad, pero papá se negó a renunciar a la herencia que me dejó mi abuelo.

Ahora, la tradición se estaba rompiendo, se vendería a extraños y no pasaría de padres a hijos como siempre pasaba en el pasado. Me entristeció inmensamente todo eso, sin embargo, no había nada que pudiera hacer para evitar que esas serpientes venenosas se apoderaran de lo que sería mío. día a día.Después de ser juzgado y expulsado de mi propia casa, donde nací y viví parte de mi adolescencia, tomé coraje, hice las maletas y me fui sin rumbo hacia lo desconocido, esperando lo que me deparaba el destino en el futuro.

Como no podía contar con el apoyo de los familiares, el camino era ir a la terminal de pasajeros, donde me quedaba horas y horas. Era pasada la medianoche, cuando un par de turistas se me acercaron y me preguntaron si me estaba quedando allí esperando a un familiar.

O si la razón era porque no tenía un lugar adecuado para quedarme. Los identifiqué como gringos por su horrible acento y apariencia muy peculiar, les respondí que estaba perdido, abandonado. Esa mujer se conmovió cuando escuchó mi historia y decidió ayudarme, llevándome con ellos a un hotel cinco estrellas ubicado cerca, allí pude bañarme.

Cambiarme de ropa, tener una rica comida y descansar. A la mañana siguiente fuimos a comprar a una de las mejores tiendas de la ciudad. Empecé a vivir con ellos, desde que fui repudiada por mis familiares, doña Elisabeth era una mujer muy comunicativa, autoritaria, dando órdenes a cada minuto al pobre John. Su marido que parecía más una babosa muerta. Sin embargo, a pesar de las muchas diferencias que se amaban, eran felices. Un mes después de la muerte de mi padre, mi madre me dijo que me fuera y que me recortara la pareja inglesa.

Era hora de tomar una decisión muy importante en la vida, tenía que elegir entre quedarme en mi país o dejarlo para siempre, porque el destino parecía querer permitirme vivir nuevas experiencias.

— Luana, ha llegado nuestro momento de irnos a Inglaterra, de volver a casa, tenemos un montón de cosas que resolver allí, nuestra gira ha terminado

— Lo sé Doña Elisabeth

— Te proponemos que vengas con nosotros y te dé tiempo a pensar, bueno, necesitamos saber cuál fue tu decisión. ¿Vas con nosotros al Reino Unido o quieres estar cerca de tu familia?

— Ya no tengo familia, señora, me echaron de entre ellos…

Ni mi madre ya me acepta como hija

— ¿No crees que deberías ir a despedirte de ellos de todos modos?

— No, prefiero no molestarlos con mi presencia

— Muy bien, entonces tomaremos todas las medidas necesarias para obtener su pasaporte de las autoridades competentes y luego nos iremos

— Está bien

— Y nunca vuelvas a decir que no tienes familia, porque Dios se ha encargado de ponerte en nuestras vidas, que tampoco tenemos hijos, ahora seremos tus padres y tú nuestra hija

Las palabras de Elisabeth consolaron inmensamente mi corazón, todavía herido por el dolor de perder a mi padre, por el desprecio de mi madre y otros miembros de la familia .

Dándome la esperanza que necesitaba para crecr que aún podía ser feliz.

— No te imaginas lo feliz que estoy de haberte conocido

— Tenemos la suerte de conocerte esa noche, querido.

Viajamos a Reino Unido un sábado por la mañana en un vuelo privado, por primera vez salía de mi ciudad para ver el exterior, durante el viaje estreché la mano de Elisabeth con fuerza, temblando de miedo por volar.

Al llegar a nuestro destino, me maravillé enormemente de la hermosa vista de Londres, una de las capitales más hermosas del mundo. Mi nueva amiga y mi madre seguían burlándose de mí, mostrándome felizmente cada rincón de la ciudad, deseando verme completamente feliz. John permaneció en silencio, a veces soltaba una risa amarillenta.

Parecía demasiado tímido o cerrado para hablarme. Al llegar a la dirección donde íbamos a formar una nueva familia, admiré tanto lujo. Era una enorme mansión parecida a la de Dantas, pero perteneciente a gente super cool y admirable que me acogió, dándome un hogar para crecer y criar a mi hijo allí. Después de ser amablemente recibido por los empleados y alojado en una de las muchas habitaciones de la casa, después de un profundo descanso me invitaron a cenar.

— Entonces, querida, ¿qué pensaste de tu nuevo hogar?

— Simplemente espléndido, señora.

— Por favor, de ahora en adelante solo llámame Elisabeth

— Está bien

— Y puedes llamarme John, sin mucha formalidad.

Tercer Capítulo: Visiones del Pasado

En los días que siguieron todo transcurrió en plena paz y visité varios lugares maravillosos. La pareja británica me registró como hija legítima con gran facilidad, debido al alto conocimiento e influencia que tenían con las autoridades, pretendían convertirme en su único heredero, dueño de sus múltiples propiedades repartidas por todo el país. También pretendían reconocer a mi hijo como un nieto que nacería en unos meses.

Sin embargo, el destino resolvió una vez más impedir mi felicidad y me animaron a hacer una broma que era demasiado cara para todos nosotros, ya que me inventé montar a caballo sin experiencia. A pesar de tener la ayuda de un profesional, no pude equilibrarme lo suficiente como para evitar el trágico accidente que resultó en un aborto inesperado.

La caída provocó una fuerte hemorragia y como resultado perdí el feto que estaba creciendo en mi útero, provocando un gran dolor y tristeza para todos los que lo estábamos esperando con ansiedad. Elisabeth y John junto conmigo lloraron por la pérdida del bebé, pero por otro lado me hicieron entender que Dios estaba escribiendo una nueva historia para mí allí.

— Hija mía, él sabe lo que hace, seguramente esta pérdida tuya sin duda puede significar el comienzo de nuevas conquistas en tu vida.

— Sí, sé que tengo que conformarme con todo esto

— Tranquilo, cariño, ahora te toca a ti mover la cabeza, seguir adelante

Tenemos hermosos planes para ti — dijo John

— Sí, Luana, te pondremos a estudiar en una de las escuelas militares más prestigiosas de este país y allí continuarás tu camino hacia un futuro prometedor.

— ¡Pero ni siquiera sé si tengo vocación para ese tipo de carrera!

— Bueno, si encuentras que no encajas en el área militar, simplemente terminas tus estudios y serás completamente libre de elegir otra área profesional que te guste

— Está bien, Elisabeth, haré todo lo que me pidas

Comencé las clases en la escuela de las Fuerzas Armadas Británicas ese mismo mes y años después estaba terminando mi educación secundaria para el deleite de mis nuevos padres. Se llevó a cabo una gran fiesta en la mansión donde vivíamos y estuvieron presentes muchos invitados importantes, entre ellos varios políticos, empresarios, oficiales del Estado Mayor.

Después de pasar varios años entre los militares, me enamoré de la carrera y la abracé con todo mi corazón, eligiendo el ejército como área para actuar. Luego de una prueba de selección me incorporé como sargento, siendo inmediatamente trasladado al campo de entrenamiento donde se preparaban los nuevos oficiales.

Allí aprendí a usar varias armas de fuego, mejoré considerablemente mi puntería, aprendí diversas técnicas de lucha y autodefensa, participé de un exhaustivo entrenamiento de combate y por haber superado con sumo éxito todas las pruebas a las que me sometí subí de rango.

Me enviaron a un puesto más avanzado como teniente en el ejército británico y a partir de entonces mi vida se transformaría profundamente, porque lo que me esperaba al frente cambiaría por completo el rumbo de mi existencia. Debido a tantas responsabilidades, rara vez pude ir a la mansión a visitar a Elisabeth y John, pero ese día las noticias me llevaron a ellos.

— Teniente, correspondencia para usted

— Gracias, Sargento

Esa carta sellada tenía una recomendación especial escrita en su reverso, advirtiendo que debía ser entregada exclusivamente en mis manos y solo leerla yo. Cuando lo recibí sentí un escalofrío dentro de mí, era como si algo malo estuviera guardado en su interior, así que lo abrí con precaución, ya que no era habitual recibir cartas. Después de leer las pocas líneas escritas en ese membrete, finalmente pude estar seguro de que algo muy triste me esperaba al otro lado de esa puerta, tan pronto como me fuera y regresara a mi casa mi corazón sin duda estaría seriamente herido, algo que ya se había convertido en rutina en mi sufrida existencia.

No me equivoqué, la llamada de John para que fuera inmediatamente a la mansión solo podía significar una cosa: algo muy grave le habría pasado a Elisabeth. Sí, de hecho era exactamente eso, estaría muy mal de salud. Al menos todavía tuve la oportunidad de verla antes de que se fuera, un tumor maligno canceló su viaje a este mundo. Durante mi última visita Elisabeth me hizo su último pedido, quería olvidar una frase que nunca le dije, pero en ese momento no pude negar tal deseo, ya que ella me recibió, verla acostada en esa cama, prácticamente sin vida…

Como si estuviera esperando mi llegada me conmovió inmensamente, cuando se acercó a mí abrió una amplia sonrisa, pidió un abrazo y susurró en mi oído con la voz casi silenciosa:

— Qué bueno verte, hija mía, nada podría hacerme más feliz en este doloroso momento de mi vida, gracias por encontrar tiempo para un último adiós. Pero hay algo que quiero escuchar de tu boca antes de irme

— Dime, por favor, y seguro que te lo diré.

— Quiero oírte llamarme mamá solo una vez, ¿podrías darme este último regalo?

— Ah, mamá, perdóname por todos estos años sin reconocer la importancia de esta palabra para ti, pero sé que aunque no la pronuncié, siempre estuvo presente en mis pensamientos, después de todo te debo todo a ti y a John, a quien hoy en en adelante lo llamaré padre

— Bien, hija, porque también la queremos como si fuera una hija legítima, con la sangre corriendo por sus venas.

— Sí, Elisabeth dice la verdad, nunca la vimos como una niña que adoptamos, pero nuestra única hija

— Lo sé, papá, y muchas gracias por eso.

— Estás muy orgullosa de nosotras, hija, te has convertido en esta mujer valiente, trabajadora, ganadora después de tantos obstáculos superados

— Me siento honrado de tenerlos a los dos en mi vida.

En ese ambiente de amor y unidad familiar nos abrazamos y lloramos, a los pocos días del fallecimiento de mi segunda madre…

Estábamos en su funeral, necesitaba urgentemente regresar a la base militar donde trabajaba como primer teniente en operaciones especiales, mis superiores informaron que había comenzado una guerra entre Inglaterra y los argentinos en busca de dominio. sobre las Islas Malvinas. El desacuerdo político y comercial se debió a que los gobiernos de los dos países discreparon sobre el límite territorial que dividía a las dos naciones, donde la isla en cuestión servía de límite.

Los británicos afirmaron ser de propiedad británica, mientras que los argentinos insistieron en que poseían el derecho de posesión. De hecho, la disputa no tenía nada que ver solo con el límite territorial, sino por la inmensa cantidad de petróleo que había, lo que sin duda significó una verdadera mina de oro que enriquecería aún más al país que la explotaba.

De esa manera, desde entonces se libró una feroz batalla entre las dos naciones y mi misión era ir urgentemente al enfrentamiento. Se me confió un batallón de hombres sumamente bien entrenados en el arte de la guerra y a las pocas horas de recibir las instrucciones necesarias ya estábamos volando hacia el punto de batalla.

Una vez que llegamos allí, iniciamos el enfrentamiento, ya que varios otros grupos de soldados ya estaban enfrentando al enemigo con gran éxito. Solo habíamos tenido pequeñas bajas, nada de qué preocuparnos por una derrota, aunque lamentamos mucho la pérdida de nuestros hermanos de combate.

— ¡Rápido, no le demos respiro al enemigo, demostremos de lo que somos capaces! Sargento, lleve a sus hombres al lado derecho de la isla, ¡el resto venga conmigo!

— ¡Sí, tcnicntc! ¡Oycron la orden dada, hombres, dejemos que estos gusanos corran de regreso a la tierra de donde vinieron!

Actuamos con fiereza contra los oponentes que se retiraban con cada ráfaga de balas de nuestras armas, pero no podemos negar su ardiente coraje al enfrentarnos. El ejército británico estaba mucho más equipado con armas de última generación, armas mucho más modernas y tecnología sorprendente.

De hecho, aprovechamos para probar varios de ellos recientemente construidos por nuestro Centro de Ingeniería Tecnológica y a pesar de la resistencia argentina detonamos fácilmente todas sus bases militares previamente establecidas en la isla. Como mencioné antes, tuvimos bajas, perdimos muchos amigos en esa sangrienta batalla, pero ganamos.

La guerra de 75 días terminó solo el 14 de junio, con la rendición de los argentinos. En total, 258 británicos y 649 argentinos murieron en el conflicto. Las relaciones diplomáticas entre el Reino Unido y Argentina recién se reanudaron en 1990, pero todavía hay huelgas, pero eso fue imposible de evitar cuando nuestro objetivo era conquistar esas tierras.

Luego de la victoria sobre nuestros oponentes, regresamos a la Base Militar Norte, donde actuaba cada pelotón, luego de recibir el elogio formal de mis superiores por el éxito obtenido en la misión, retomé mis funciones internas como ingeniero jefe en la línea de creación y ensamblaje de armamento de guerra. . También se me permitió ir a la mansión a ver a mi padre, que ya estaba bien en días, por lo que fue posible matar la nostalgia y ver lo orgulloso que estaba de la mujer en la que me convertí, sobre todo después del último logro logrado.

— ¡Hija, solo me haces sentir orgulloso!

— ¡Gracias Papá!

— Seguí en los noticieros de televisión la pelea entre tú y los argentinos, ¡cómo te masacraron!

— En realidad, papá, demostraron ser verdaderos guerreros, porque lucharon con nosotros de igual a igual. Solo perdieron la guerra porque estábamos mejor armados que ellos, de lo contrario no sé cómo terminaría todo

— Puede ser, hija, pero sigo creyendo que los británicos estamos varios pasos por encima de su experiencia militar. Inglaterra tiene una historia de guerras en su currículum, ya hemos participado en importantes batallas en la historia de la humanidad, como la Segunda Guerra Mundial. ¿Y qué pasa con los argentinos, qué grandes hazañas tienen para alegrarse en defensa de su país y del mundo?

— Bueno, tal vez ahora puedan estar orgullosos de algo.

— Un pequeño orgullo por lo que tenemos

Papá era un inglés enamorado de su tierra natal, un millonario que siempre invirtió su riqueza en la nación donde nació, creció y seguramente moriría, a pesar de que un buen turista llegó a conocer el mundo entero en sus decenas de viajes alrededor del mundo junto a su amada esposa. Yo también lo admiraba, me gustaría saber cómo demostrarlo más claramente.

Al regresar a la Base Militar, nuevamente me pidieron que compareciera ante mis superiores con la mayor urgencia, ya que me informaron que tenían la intención de enviarme a una nueva misión.

— Siéntese, teniente, le necesitamos para realizar una nueva misión en defensa de nuestro país, esta vez en Ucrania, ya que es la persona más idónea para llevarla a cabo, teniendo en cuenta el enorme éxito alcanzado en el campo reciente. batalla, haciéndolo el más excelente de todos. Queremos saber tu disposición a aceptarlo.

— Por supuesto, coronel, ¿y de qué se trata?

— Esta vez no es una guerra como la que participaste hace poco, sino una misión de rescate.

—¿Rescate, señor? ¿Puedo saber de quién estamos hablando?

— Es un hombre muy importante para nuestra nación, ya que está muy bien conectado políticamente con las grandes potencias mundiales, incluido EE. UU., Que también estará enviando algunos de sus mejores agentes para liberarlo.

— Te unirás a la CIA para ayudar a las Fuerzas Especiales a rescatar al prisionero — me advirtió el Mayor Willis

— Sí, señor, lo entiendo. ¿Y quién estará a cargo de esta misión, nosotros o la CIA?

— Lo son, claro, pero es a usted a quien quieren que se le asigne para liderar a los agentes que lo ejecutarán — me aclaró el coronel David.

— Pero con tantos agentes bien entrenados y con más experiencia que yo en Inteligencia Estadounidense, ¿por qué me eligió para liderar una misión tan importante, señor?

— Después de su actuación en la guerra reciente se destacó mucho.

— Creen que el éxito logrado en esa batalla se debió a la estrategia bélica que usaste en el liderazgo de los pelotones en combate y esto es algo que no podemos negar, pues tu desempeño fue realmente espléndido, además del alto nivel de entrenamiento que recibiste, ganando la mayor prominencia en la Academia del Ejército Británico, algo nunca antes dado a una mujer — completó Willis

— Gracias señor, me siento halagado

— Sienta usted mismo, Teniente, porque inexplicablemente ha demostrado un admirable don para el combate, sus metas logradas en los entrenamientos fueron capaces de superar incluso a muchos de nuestros mejores hombres, estamos seguros que está listo para realizar esta importante misión.

— De hecho, teniente, aunque somos conscientes de su poca actuación en misiones especiales como esta, estamos seguros de que lo hará muy bien, este será solo otro de sus grandes logros que aparecerán en su currículum militar.

— Gracias de nuevo, señores, estaré disponible para comenzar mi nuevo trabajo.

— Muy bien, mañana deberías presentarte al Comando Mayor de las Fuerzas Armadas en Londres, donde recibirás el premio merecido por tu reciente actividad de combate en las Islas Malvinas y luego partirás en un vuelo privado a Nueva York.

— ¿Una decoración, señor?

— Sí, pasará del rango actual de teniente a teniente coronel

— Gracias Señor

— No le agradezcas, lo hizo bien, si regresa de su primera misión como agente con el mismo éxito obtenido en la guerra librada en las Malvinas, ascenderá al rango de Mayor. Ahora estás excusado, prepárate para el viaje que hay que hacer mañana por la mañana, muy temprano. Un avión lo estará esperando en el aeropuerto de Aeronáutica.

— Sí señor

No es necesario ni detallado aquí la emoción que sentí cuando supe que estaría subiendo de nivel dentro de las Fuerzas Armadas, mi padre estaría rojo de orgullo y alegría por estos logros. Pero se merecía toda esa alegría por haberme extendido las manos en el momento más trágico de mi vida. La única tristeza que tenía en mi pecho era por Elisabeth. Me tomó demasiado tiempo llamarla madre, pasaron los años y nunca pude pronunciar esta palabra para que ella la escuchara, quizás porque me decepcionó profundamente la actitud que tomó quien me trajo al mundo, por haberme echado de casa sin darme la oportunidad. de arrepentimiento por lo que dejé pasar en nuestra familia.

La palabra "madre" se ha vuelto amarga en mi paladar durante décadas, entonces, ¿cómo podría usarla para referirme a la que ella recibió como una hija y heredera de todas sus posesiones? Hablando de eso, activos que no sabía cómo administrar después de la muerte de John, tendría que confiarlos a extraños, porque no entendía nada sobre administración. Pero bueno, dejaría de preocuparme por estos detalles más tarde, en el momento en que tenía que concentrarme en la misión. Rescatar a ese hombre influyente para los dos gobiernos.

Estadounidense y británico, era en ese momento lo más importante por hacer. No había tiempo para ir a la mansión a explicarle todo a papá, ni podía hacerlo, porque esa misión era secreta, cualquier vacilación podía filtrarse y caer en el conocimiento del enemigo. Temprano en la mañana, me presenté en la Base de la Fuerza Aérea y me llevaron en un jet privado para presentarme en la Inteligencia Estadounidense, que me esperaba de antemano.

— Buenos días soy el teniente coronel Luana, vine en representación de mi país para colaborar con la importante misión de rescate que realizará la Inteligencia estadounidense

— Sí, estamos al tanto de tu llegada, te dejaremos saber toda la información que tenemos sobre la ubicación exacta de la víctima a rescatar y la mejor manera de pasar por seguridad, ingresando al lugar sin ser visto

En pocos minutos estuve al tanto de toda la información necesaria, me presentaron adecuadamente a los agentes con los que iba a trabajar, recibimos orientación sobre cómo actuar, qué evitar, la duración de la acción y el punto de extracción donde nos rescatarían luego del éxito. de la misión.

— Bueno, esto es lo que teníamos para brindarte las pautas, ¡te deseamos éxito!

— Gracias señor, volveremos pronto

— Claro, vuelve con vida

— Ciertamente señor, nuestra principal prioridad es rescatar vivo al prisionero y llegar a tiempo

Se me confiaron diez agentes altamente capacitados para esa misión en Ucrania, un importante diplomático había sido secuestrado y estaba cautivo en un lugar secreto ubicado en el sótano de un antiguo edificio en las afueras de KIEV, la capital del país con unos 2611 327 habitantes. Teníamos en la mano el mapa definido de su ubicación y un plano dibujado. Sin embargo, había un ambiente un tanto duro entre el equipo destinado a acompañarme en esa misión, ya que entre los diez agentes, tres eran mujeres con mucha más experiencia que yo en ese tipo de tareas y se negaban a recibir mis órdenes. La que menos me aceptó como líder fue Sophia, una mujer de aspecto impresionante con un alto nivel de entrenamiento militar.

Ya había comandado varias tropas en importantes batallas mientras estuvo en la Armada estadounidense, alcanzó el grado de Mayor y luego de que lo trasladaron a la CIA, Se destacó inmensamente entre los demás compañeros, su descontento era incluso comprensible, pues ella era quien debía comandar esa misión, pero ellos me eligieron, comentaron durante el viaje en voz baja, casi balbuceando.

— No puedo aceptar todo este cartón de nuestros superiores, ¿no hay nadie en la Agencia lo suficientemente preparado para realizar este rescate que se vieron obligados a traer un principiante para que nos guiara? — Se quejó Sophia.

— Yo tampoco lo entiendo, pero si estas son las órdenes, debemos seguirlas sin discutir — agregó uno de ellos.

— Quizás aceptes pasivamente esta situación, pero yo no, precisamos ter personalidade, caráter e pensamentos próprios de pessoas livres!

— ¿Y qué vas a hacer, desobedecer órdenes superiores?

— Después de que lleguemos a Ucrania pondré en práctica toda mi experiencia como agente, no estaré bajo el mando de un novato

— Tú eres el que sabe, pero esta actitud te va a costar caro, tal vez incluso un cierre de operaciones o la exclusión definitiva de la Organización

La conversación entre las mujeres continuó hasta que llegamos a Ucrania, donde nos esperaba un equipo de otros agentes que ya habían realizado las investigaciones necesarias del lugar donde el hombre estaba en cautiverio. Luego de una minuciosa explicación de la situación actual realizada por los compañeros, salimos para llevar a cabo la misión que nos fue encomendada.

Conscientes de lo que nos íbamos a encontrar más adelante, nos dividimos en dos grupos, poniendo en práctica la operación de rescate, yo seguí con cinco agentes y el resto estaba al mando de Sophia quien se sorprendió por mi forma de actuar. Habiéndola escuchado decir que ella era mucho más capaz que yo para llevar a cabo la misión, le di la oportunidad de demostrar su valía.

— Nos dividiremos en dos grupos para rodear el lugar por ambos lados y sorprender a los secuestradores, ¡cinco de ustedes seguirán a Sophia y el resto vendrá conmigo!

— Muy bien, chicos, escucharon al teniente, ¡vamos!

Caminamos por un espacio oscuro y estrecho en la dirección informada por Inteligencia como punto exacto de cautiverio.

No pudimos poner en riesgo la vida del Diplomático, por lo que recomendé a los agentes que evitaran el enfrentamiento directo con los bandidos mientras la víctima no estuviera a salvo. El plan era que el equipo dirigido por Sophia rescatara al prisionero, evitando el máximo intercambio de disparos. Para que esto suceda, sería necesario que llamáramos la atención de los criminales, para que se volvieran hacia nosotros mientras el otro equipo liberaba al rehén. Minutos después estábamos en el punto indicado, desde allí pudimos ver al preso sentado en una silla.

Atado de pies y manos, con los ojos vendados y cuatro hombres bien armados alrededor. También vi a nuestros colegas que estaban en el lado derecho del cautiverio, esperando mi señal para actuar, todos estábamos listos para actuar.

Sin embargo, nuestros planes se vieron frustrados por la inesperada llegada de varios otros bandidos que decidieron sacar a la víctima de allí, llevándola a otro lugar, parecían estar al tanto de nuestra presencia.

En ucraniano hablaban entre ellos, pero como todos hablábamos varios idiomas entendimos perfectamente lo que se decían, de alguna manera se les informó de nuestra llegada allí y se estaban organizando para no permitirnos regresar con vida. Mis compañeros estaban a favor de que los dos grupos volvieran a unirse y se enfrentaran al enemigo.

— La víctima ya no está aquí, ya no hay riesgo de que se lesione, ¡así que detonemos a estos sinvergüenzas y veamos si todavía hay tiempo para encontrarlo en otra parte de ese asqueroso agujero! — Aconsejó adecuadamente uno de ellos

— Estoy de acuerdo, juntémonos con los otros agentes y pongámoslos encima de esos sinvergüenzas! — Opinó el otro

— Muy bien, debemos actuar rápido antes de que te saquen de aquí y te lleven a un lugar desconocido.

En poco tiempo volvimos en número de diez agentes y seguimos estrictamente el plan para eliminar al enemigo. No tardamos en ser recibidos bajo una verdadera lluvia de balas en los pasillos subterráneos por donde pasamos, por nuestra extrema capacidad de defensa no fuimos derribados uno a uno. Sophia realmente tenía el entrenamiento que decía tener, sabía cómo usar correctamente un arma con disparos precisos.

Además de contar con su vasta experiencia y la de todos los demás, también jugué mi parte en la lucha contra esos bandidos, derribamos a muchos de ellos en poco tiempo y sin bajas. Cuando llegamos a un espacio amplio, luego de un largo intercambio de disparos, casi sin municiones, tuvimos que usar otra estrategia para derrotarlos por completo. Así, en ocasiones ahorrábamos munición y salíamos a un combate cuerpo a cuerpo.

Era el momento en el que poníamos a prueba toda nuestra experiencia adquirida durante los entrenamientos en la academia, porque en la guerra esto no siempre es posible. En un momento, mis colegas se sorprendieron con mis técnicas de lucha. En otros, fueron excelentes luchadores. Al final, los ucranianos fueron derrotados, pero el objetivo de nuestra misión había sido llevado a un lugar desconocido y eso significaba que tendríamos que permanecer allí más tiempo de lo previsto. Informamos las molestias a nuestros superiores en la CIA y recibimos autorización para continuar.

— Pcro qué bclla actuación, tcnicntc, admirables sus técnicas de autodefensa - me elogió uno de ellos

— ¡Gracias! Tu tambien fuiste genial

— ¡Todos lo hicimos bien, pero no terminamos la misión!

— ¡Relájate, Sophia, los conseguiremos pronto y liberaremos al diplomático!

— ¡No bajes la guardia, estamos en la mira del enemigo!

Sophia todavía estaba amargada, molesta porque la Agencia la rechazó para liderar el equipo, pero eso no me molestó, porque es común que los celos de otras personas, cuando alcanzas un nivel en la vida donde tu brillantez eclipsa a quienes, a pesar de tus esfuerzos, parecen no hacerlo. sal de lugar.

Esa noche permanecimos ocultos en las ruinas de los viejos edificios que siempre nos rodeaban con los ojos bien abiertos para evitar cualquier sorpresa, mientras la Agencia utilizaba todos los medios tecnológicos para localizar el paradero de los que huían tomando el Diplomat. Hicimos tres turnos cada dos horas, mientras tanto me dormí.

Cuando cerré los ojos, comencé a tener visiones extrañas como nunca antes había tenido, no parecía un sueño común, era como si realmente me hubiera pasado. En un momento estuve en una sangrienta batalla con varios enemigos con poderes extraordinarios, fui un guerrero cuya espada los disipó a todos. El escenario recordaba la épica época medieval, donde el arma utilizada eran lanzas y espadas, vestí una coraza que protegía todo el cuerpo de frecuentes ataques.

En esa batalla donde muchos cuerpos caían sin vida a mis pies con la cabeza cortada en un río de se formó sangre, hubo innumerables quienes pasaron al más allá. Enquanto eram mutilados pela lâmina afiada de minha espada olhei em redor e vi outros guerreiros que igualmente enfrentavam o bando de gigantes, pareciam responder ao meu comando, eu os liderava.

Como un poderoso guerrero luchó contra mis oponentes con inmenso coraje y tuvo éxito en todos los ataques, siempre acompañado de mis aliados que igualmente no temían nada, avanzamos hacia el ejército de matones sin darles un segundo de tregua. No entendía muy bien qué batalla feroz era ni por qué. Sin embargo, entendí que era algo por hacer, tendría una buena razón, una causa necesaria, así que seguí decapitando uno a uno a los que se atrevieron a cruzarme en mi camino. En otro momento la escena cambió y me encontré en el abismo, en el centro de la tierra, en un lugar donde la lava volcánica corría por todo el lugar, gente encadenada, sufriendo, esclavizada.

Había enormes acequias que servían de cárceles para hombres y mujeres cuya condena no me fue revelada, allí vivieron mucho tiempo encadenados, una enorme cantidad de asquerosos desperdicios goteaba por esos hoyos día y noche, llenándolos hasta su altura. cuellos, por lo que es casi imposible respirar.

Alrededor de todas esas cárceles subterráneas había varios seres con sus lanzas puntiagudas en la mano, otros con arcos y flechas, enormes hachas y hoces, afiladas como nunca antes, custodiando cada pozo donde se encontraban los prisioneros. Como si estuviera dando un paseo por el lugar, me encontré con amplios pasillos donde podía ver celdas enrejadas.

En el interior había otros individuos de pie, encadenados por muñecas y tobillos, sus cuerpos estaban estirados hasta tal punto que era posible ver sus costillas expuestas sobre la piel. En otro punto del lugar me crucé con algunos que estaban atados al tronco, siendo azotados por los verdugos que les arrancaban pedazos de espalda con sus látigos de acero.

Sus gritos resonaban a través de las paredes rocosas de ese lugar que parecía el infierno mismo, paseaba sin que nadie me notara, seres espantosos pasaban a mi lado a cada segundo, de lado a lado, siempre armados, con sus rostros monstruosos y las llamas parecen llamas de fuego, seguí cada vez más a ese lugar maldito.

Como si una fuerza desconocida me llevara a llegar a su fin, cada parte encontrada viendo tragedias, dolores, sufrimientos y el terror que se extendía por todas partes. De repente escuché el sonido de una voz similar a un rugido muy fuerte que me saludó, ordenándome que me acercara.

— ¡Salve, Reina, qué gusto verte de regreso en tu casa!

Me sorprendió esa voz retumbante y me confundió su declaración de que volvería a mi casa, después de todo, ¿qué diablos era esta conversación sin sentido? ¿Yo, perteneciendo a ese lugar infernal? ¿Desde cuando? Cumplí con su mandato y fui en dirección a algo parecido a un trono gigante, en el que se sentaba un ser monstruoso. Al acercarme un poco, pude ver mejor su apariencia, tenía una extraña fisonomía, su rostro era de cerdo, las patas y manos de rana, su piel estaba escamosa como si fuera un pez y sus ojos ardían al rojo vivo. De su boca salió una lengua similar a la de los renacuajos, medía al menos dos metros y medio de altura, tal vez incluso un poco más que eso.

Llevaba una corona de metal amarillo en la cabeza, parecía de oro, sostenía algo parecido a un báculo con una calavera en su mano derecha, se vestía de rey y actuaba de tal manera que sus súbditos le obedecían sin ninguna resistencia, continuó con su comentario:

— Sabía que algún día volvería, te estábamos esperando, bienvenido de nuevo, tu reino te ha estado esperando desde tu partida

— Lo siento, pero no recuerdo haber estado nunca aquí, incluso si te conocí, ¿cómo me llamas Reina y dices que esta es mi casa?

— Es bastante natural que tu duda de lo que se nota en tus ojos, querida, pero es todo cierto, siempre has pertenecido a este lugar y tu presencia aquí hoy lo prueba.

— En realidad, ni siquiera sé por qué sucedió esto, porque me estaba reuniendo con mis agentes en una misión importante, cuando de repente me quedé dormido y me llevaron a un campo de batalla en un lugar desconocido, cuando de repente llegué aquí. ¿Es esto un sueño?

— Te encuentras en el mundo mortal en una segunda reencarnación después de rebelarte contra tu propio reino y estar cautivo en las regiones más bajas de la tierra, entre los condenados a muerte eterna. Por su propia elección, se volvió contra mí, su esposo, y eligió seguir a ese Arcángel contra quien todas nuestras legiones lucharon sin éxito.

Cuando fue llevada por él al Reino Superior, fue perdonada de todos sus pecados y enviada a una nueva existencia en el mundo de los mortales, dedicada a una vida pura y casta, evitó cómo podía tener relaciones sexuales.

Se hizo santa ante los seres humanos por su inmensa dedicación a los más pobres. Sin embargo, parece que cometió el error de practicar la idolatría, pecado considerado una de las mayores abominaciones por parte del Creador, por lo que fue desterrada del Paraíso a una nueva vida en la tierra.

Hoy tienes un nuevo nombre, vives una nueva historia, pero antes de ser mi Reina, esposa, juntos fuimos responsables de muchas catástrofes, destrucción y corrupción de la humanidad.

— Si lo que dices es cierto, ¿por qué no puedo recordar estos detalles?

— Muy sencillo, cuando el espíritu se reencarna recibe un nuevo cuerpo, la mente está vacía y no se puede recordar nada de lo vivido en vidas anteriores. Sin embargo, en algunos casos donde las reencarnaciones son múltiples, puede tener ciertos lapsus de recuerdos que se manifiestan durante el sueño, como en tu caso

— ¿Entonces estoy durmiendo ahora mismo?

— Tu cuerpo físico sí, sin embargo, estás verdaderamente aquí en espíritu, que es tu verdadera esencia.

— ¿Y quién eres tú, de todos modos?

— Hubo un tiempo en que me llamaban Lucifer, uno de los primeros habitantes del Edén, el jardín del Creador

— Escuché de ti, mis padres eran muy religiosos y me enseñaron sobre tu historia que se encuentra en la Biblia, es el Querubín Ungido de Dios que se rebeló y fue desterrado del cielo junto a miles de ángeles que apoyaron su rebelión contra el Altísimo.

"Sí, de hecho, hoy se me conoce tanto en el mundo de los mortales como en el mundo espiritual como Satanás, el acusador, el diablo, el príncipe de las tinieblas, el peor enemigo de Dios, el que introdujo el pecado en este mundo, el padre de la mentira, el responsable por la degradación de la humanidad ... Son muchas las atribuciones que me hacen debido a las más variadas formas de mal que se esparcen entre la humanidad. Y tú, querida, siempre has estado a mi lado durante unos dos siglos, ayudando a desmantelar las obras del Creador. Durante sus dos primeras reencarnaciones en el mundo exterior, se convirtió en la más grande de todas las prostitutas de la tierra, corrompiendo a la humanidad. Su mayor actuación en este sentido fue como Pomba-Gira. La Reina de las prostitutas, de vez en cuando salía a la superficie para incitar a hombres y mujeres a la práctica de la inmoralidad sexual, a través de la prostitución, el adulterio, la pornografía, la pedofilia, la lujuria y la homosexualidad. Todos los que siguieron tu consejo están aquí, condenados."

— Y después de que me rebelé contra este reino de tinieblas y fui rescatado por el Altísimo, ¿dejó de existir este mal en la tierra?

— No, porque el mal que esparcimos en la humanidad echó raíces en el corazón del hombre y aun cuando no los incitamos a pecar lo hacen deliberadamente

— Aparentemente sacarme de aquí y llevarme al paraíso, otorgarme una nueva oportunidad de existencia, no sirve de nada para cambiar el carácter moral de la humanidad, ¿sigue perdido, caminando hacia el infierno?

"Ciertamente si. Desde el comienzo de la Creación, el Creador ha estado tratando de tener para sí un pueblo santo que pudiera alabar.

Y magnificar su santo nombre en el Universo, particularmente en la tierra. Primero nos hizo, sus ángeles separados para la alabanza, yo era su maestro de canto. Pero la gloria que me dio fue tan grande que me exaltó, quise expulsarlo del trono y tomar su Reino por la fuerza. Sin embargo, fallé frente a su Arcángel más poderoso y fui derribado con mis aliados.

Todos los planetas, estrellas, estrellas celestiales, la naturaleza misma son obra de sus manos y lo reverencian, pero el hombre fue fácilmente corrompido por mí en el jardín. Nunca más pudiendo darle la adoración merecida, por eso incluso con el sacrificio hecho por su Hijo en la Cruz lo logró totalmente."

— Es cierto, el mal sigue reinando soberanamente sobre la tierra.

— Sabemos que muy pronto seremos destruidos, él finalmente destruirá el mal, todos seremos arrojados al Fuego que arderá para siempre, pero hasta que llegue ese día seguiremos llevando al hombre al pecado, aumentando en el mayor número posible los que descenderán con nosotros a la lava. ardiente

— ¡Dios mío, eso significa que yo también arderé en las llamas eternas!

— ¡Por supuesto!

Sus últimas palabras fueron ciertas, sentí que la parte inferior de su cuerpo se estremecía. Luego de eso, fui transportado a una nueva etapa, desde donde por unos segundos me encontré frente a un ángel resplandeciente que gritaba y me hacía morir: "¡Despega, despega, busca a Dios y evita el cambio eterno!". Vi ante mí un gran trono blanco y sentado en él estaba el justo y el santo, todos los hombres, grandes y pequeños.

Sin clases ni importancia, se presentaron ante él para dar cuenta de sus hechos a través de los cuerpos re que recibieron de él para vivir en la tierra. Se abrió un libro grande, un ángel leyó sus páginas, citando las escritas en él. Sin embargo.

Todos los que no tenían sus nombres escritos en el Libro de la Vida del Cordero perecieron. Fueron expulsados de su presencia, arrojados al lago de fuego creado por Dios para Satanás.

Junto con todos tus ángeles caídos y aquellos que eligieron seguir tus preceptos pecaminosos. A la derecha, a la izquierda y detrás del trono, varios seres vivientes gloriosos glorificaron a Dios. Gritaban fuerte y claro con sus voces atronadores:

"Santo, santo es el Señor del cielo y la tierra que reinará por siempre, porque se le ha dado todo el dominio y nada resistirá su poder infinito". Aún escuchando estas fuertes palabras, me alejé de allí, despertando poco a poco y volviendo a la realidad, siendo perturbado por uno de los agentes.

— ¡Teniente, teniente, despierten!

— ¿Qué pasa, hombre, qué tontería es esta?

— ¡Los enemigos se acercan por todos lados!

La noche todavía era densa en la oscuridad y el sol parecía tardar en salir, estábamos rodeados entre las ruinas de ese viejo edificio, necesitábamos defendernos del ataque que se avecinaba. Nos dividimos en pequeños grupos e intentamos recibir a los invasores con las balas adecuadas para que fueran inmediatamente masacrados. La ventaja era que todo el equipo tenía buena puntería.

Además de un entrenamiento extremadamente eficiente en el combate cuerpo a cuerpo y eso marcó la diferencia. Cuando nuestros enemigos invadieron el lugar, pensando que nos tomarían por sorpresa, los dispararon y los mataron. Una treintena de bandidos no eran rival para un contingente de diez.

— ¡Señora, atrapamos vivo a uno de ellos!

— ¡Está bien, vamos a obligarlo a revelar dónde se llevó al prisionero!

— ¡Derecho!

El hombre fue torturado por uno de los nuestros hasta que dijo la ubicación exacta del cautiverio actual, y luego fue ejecutado. Nos dirigimos a la ubicación después de informar a la base de nuestra nueva posición. Para que envíen refuerzos, si es necesario, o para definir un nuevo punto de rescate una vez finalizada la misión.

Llegamos al punto indicado en al menos una hora y nos volvimos a separar en pequeños grupos para mayor éxito de la acción. Sophia y otros dos agentes nos siguieron por la izquierda, yo y otros a la derecha. Los demás en la retaguardia, el ambiente era hostil, vigilados de cerca, pero seguro que nos ocuparíamos de todos.

Usamos pistolas con silenciador para no llamar la atención de los guardias, cuando sea posible solo usaríamos nuestras habilidades de combate. Al principio fue muy fácil dominarlos sin llamar la atención, pero cuando intentamos entrar en cautiverio nos notaron. El enfrentamiento directo a base de muchos disparos se hizo inevitable, por lo que tuvimos que defendernos en altura.

Utilizando armas de gran calibre según lo exigía la situación, librando una intensa batalla con los pocos que aún resistían, finalmente vimos caer al suelo al último de ellos.

Damos un suspiro de alivio cuando vemos que el rehén no ha sufrido heridas. A pesar de la lluvia de balas que se produjo en el lugar. Después de rescatar con éxito al diplomático, lo llevamos al punto de extracción combinado con la Agencia.

Regresamos sanos y salvos sin víctimas. Cuando llegamos a la capital de Nueva York, inmediatamente se nos pidió que nos presentáramos a nuestros superiores para recibir sus felicitaciones por el éxito de la misión.

— Felicitaciones por el éxito alcanzado en su primera misión a través de la Agencia, Teniente, estamos realmente satisfechos con los resultados. Vemos que las recomendaciones sobre él eran ciertas

— Gracias, señor, pero no habría hecho nada sin la ayuda de todos mis compañeros que están aquí. La habilidad, experiencia y compañerismo de todos ellos, junto con nuestros esfuerzos conjuntos, ha dado como resultado este éxito.

— Muy bien, teniente, veo que además de ser muy eficiente, tiene la humildad de no querer solo la gloria de este gran éxito para usted. Bueno, estáis todos excusados, tómate unos días libres

— ¡Gracias Señor!

Tenemos derecho a relajarnos de la manera que queramos durante tres días a partir de este día. Como era sábado, el equipo me invitó a disfrutar de la noche en una de las tantas discotecas de la capital neoyorquina.

Una de las ciudades más grandes y hermosas del plancta. Estaba encantado de estar en un lugar allí, más alto que Londres. Durante la diversión. Bailé con una de las hermosas canciones americanas, Sophia se me acercó, tomó a una de mis amigas y me llevó a un pequeño espacio ubicado fuera del salón de baile. Me pareció extraña su actitud hacia mí, ya que solo conocí en su disgusto por mí, pero respeté el momento. Al llegar a donde quería que estuviéramos, me miró con una mirada menos agresiva, abrió una amplia sonrisa y me abrazó. Sin saber qué hacer, completamente sorprendido, respondí sin mucha emoción, haciéndola darse cuenta de mi desconcierto. Pero eso era normal, ya que apenas podía predecir que de repente tomaría tal acción, ya que parecía que la posibilidad de entendimiento entre nosotros era remota.

— Sé que estoy siendo inapropiado en mis actitudes, después de todo, hasta hace unas horas fui grosero contigo por imaginar que me estaba perjudicando la pérdida del mando del equipo. Pero luego de ver su humildad en defender nuestra importancia con el gran éxito logrado en la misión, no solo requiriendo todos los privilegios para sí mismo, reconocí mi error y aquí estoy para disculparme.

— Eso no era necesario

— Por supuesto, porque fui injusto contigo, no fue culpa tuya si la Agencia prefirió confiarte el mando de la misión que pasárselo a cualquiera de sus mejores agentes

— Para ser honesto, no entendí por qué, sé cuánto se han dedicado todos a la Agencia Agencia y merecen una oportunidad como esta, incluyéndote a ti que, hasta donde yo sé, incluso has liderado varias misiones anteriores

— Para ser honesto, no entendí por qué, sé cuánto se han dedicado todos a la Agencia y merecen una oportunidad como esta, incluyéndote a ti que, hasta donde yo sé, incluso has liderado varias misiones anteriores victoriosa

— Sí, es cierto, pero es exactamente por eso que ahora reconozco lo egoísta que era.

— No vi tu actitud de esa manera, solo me sentí disminuida

— Nada, fue más que eso, me enorgullecía pensar que era más capaz que un novato para liderar el equipo, te subestimé

— Está bien, pero en cualquier caso debemos olvidarnos de este episodio y seguir adelante, haremos las cosas diferentes entre los dos en el futuro, ¿verdad?

— Por supuesto, por eso te traje aquí, realmente quiero paz y amistad entre nosotros

— ¿Amigos, entonces?

— Ciertamente no soy de los que guardan rencor

Volvimos a entrar al club y allí bebimos, bailamos, sonreímos mucho de nuestras tonterías toda la noche y por la mañana me fui al Hotel Plaza, donde me quedaba hasta que la Agencia me despidió y pude volver a la Base del Ejército en Londres, donde trabajé en mis funciones.

Sin embargo, a diferencia de lo que esperaba a la mañana siguiente, todavía con un poco de resaca de la noche de borrachera de la noche anterior, recibí una llamada de mis superiores…

Indicando que tendría que quedarme en Nueva York unos días más, requiriendo mi presencia urgente en la sede la unos minutos más tarde, me visitó un agente que me llevó allí.

— ¡Bienvenido de nuevo, mayor!

— Lo siento, señor, pero creo que hubo un error con mi patente. Soy un teniente de las Fuerzas Armadas de Estados Unidos.

— No más, debido al excelente trabajo realizado a nuestro país, queremos tener el honor de contarte que tu patente ha sido cambiada a Major y a partir de ahora dejarás de prestar tus servicios militares en Londres, sino que pasarás a ser agente exclusivo de esa Agencia. Inteligencia.

Las declaraciones de uno de los más altos rangos de la CIA me dejaron con los pies en alto, nunca pensé que recibiría tal honor, ya que cualquiera querría ganar un puesto tan importante en su carrera como miembro de las Fuerzas Armadas. Cuando John y Elisabeth dijeron que me iban a adoptar, pensé que vivían en Estados Unidos, pero estaba equivocado.

Siempre ha sido mi sueño vivir en Nueva York, desde que cumplí la mayoría de edad y ahora a los veinticinco años lo hice espléndidamente. John ciertamente estaría orgulloso de mis últimos logros, pero al mismo tiempo entristecido por la distancia que nos separaba, sin embargo, era su deseo verme crecer en la carrera que elegí. Luego de las formalidades, regresé al hotel para continuar con mi debido descanso, consciente de que en dos días terminaría la pausa y recibiría de la Agencia una nueva misión en compañía de un grupo.

Formado por los mejores agentes de la corporación. Me tomé un tiempo libre y, con el permiso de la Agencia, regresé a Londres para contarle la noticia a John.

— Hija mía, ¡qué linda sorpresa volver a verte!

— ¡También papá!

— Pero vamos querida, cuéntame todo sobre las últimas novedades

— Si, te lo cuento todo

Pasamos parte de la noche hablando y le hice saber todos los cambios que se han producido en mi vida en las últimas semanas, incluida mi inesperada convocatoria para instalarme en Nueva York y establecer mi papel como agente de la Agencia de Inteligencia Estadounidense.

— Dios mío, hija, qué lejos has llegado, tu madre estaría muy orgullosa de ti, igual que yo.

— Lo siento, papá, sé decir eso con el corazón roto

— Ciertamente no me será fácil pasar meses sin verte, sabiendo que tu puesto actual te pondrá cada día en mayor riesgo y me traerá una gran angustia, pero apoyo plenamente tu decisión de dar este paso más en tu carrera. No usaré el egoísmo, pensando solo en mi propia felicidad de tenerla cerca

— Sabía que podía contar con tu apoyo mi padre

— Prometí estar siempre a tu lado, hija, sea lo que sea

— por eso te quiero tanto, Poder contar siempre con tu apoyo en todo lo que decido hacer en mi vida es lo mejor que me puede pasar

— Yo también te quiero, cariño, pero ya que estamos teniendo esta conversación, dime: ¿Cómo serán las cosas en relación a nuestro patrimonio ahora que pretendes dedicarte exclusivamente a la Agencia?

— Papá, siempre supiste que nunca tuve la intención de dirigir tus empresas o cualquier otro activo que poseas, en mi opinión deberías seguir siendo responsable de personas confiables que te han estado ayudando en esta área durante tantos años

— Resulta que ya no soy tan joven hija, necesito un sucesor en los negocios, no puedo simplemente donar mis bienes a la caridad, al fin y al cabo, por eso Dios o el destino te pusieron en nuestras vidas, para heredar el fruto de tanto trabajo que hicimos tu madre y yo para construir este inmenso patrimonio. Necesitamos llegar a un buen sentido para saber qué hacer a partir de ahora, necesito que me ayudes a decidir

— ¡Aún vivirás mucho tiempo, viejo gruñón, tienes una salud de hierro! - risas

— Quizás sea así, siempre me mantuve alejado de la exageración, no tenía ninguna adicción y valoro cada segundo de mi vida, por eso me preocupo por mi salud por encima de todo. Sin embargo, aun así, el tiempo pasa y cada día me hago mayor

— Hagamos esto, papi, estaré de acuerdo con todo lo que elijas hacer a partir de ahora, si decides quedarte con todos tus bienes para que cuando te vayas veo bien lo que hago con ellos, pero si tu opción es venderlos yo también lo haré. estoy de acuerdo

— Muy bien, pensaré qué hacer y luego hablaremos

— Así hablamos, no te preocupes porque seguiremos hablando por mucho tiempo

Pasamos los dos últimos días de mi licencia de la CIA juntos en la mansión y luego regresamos a Nueva York para asistir a la Agencia. Allí me informaron que mi antiguo equipo y yo nos volveríamos a encontrar en otras misiones. De hecho, esto ha sucedido decenas de veces y en todas hemos tenido grandes éxitos sin pérdidas entre nuestra gente.

Con tantas idas y venidas terminamos por querernos tanto que nos amamos como verdaderos hermanos. Empezamos a ser vistos por la Agencia como el grupo de operaciones mejor capacitado para las misiones más importantes, donde nunca fallamos, pasamos de un equipo experimental al más prestigioso dentro de Inteligencia.

Sophia e eu que antes não nos dávamos muito bem agora acabamos por nos tornamos confidentes, revelando uma para a outra alguns segredos. Na realidade, ela me falava mais sobre si mesma por ter mais experiencias na vida amorosa e suas histórias me serviam de exemplos para não cometer os mesmos erros no futuro.

Lhe falei sobre minha primeira decepção no amor, da decisão de jamais voltar a me iludir com falsas promessas de união eterna nem de acreditar nas palavras de um homem, a forma brutal como meus familiares me trataram após a morte de meu pai, a expulsão de casa por mamãe, a sorte que tive de ser resgatada por John e Elisabeth. Como eles me criaram e educaram como se fosse sua filha de sangue, a grande oportunidade de ingressar nas Forças Armadas Britânicas, depois minha ida para a CIA onde nos conhecemos.

Os rapazes e as demais colegas com quem atuávamos nas missões também se tornaram bem íntimos, formamos um grupo bastante unido e receptivo. Numa determinada noite depois de retornar duma missão no Irã encontrava-me deitada em minha cama, quando adormeci de repente e fui levada mais uma vez em espírito para as regiões mais baixas da terra.

Cuarto Capítulo: Operación Bosnia

Ali voltei a estar frente a frente com o DEMO que me fez uma revelação estarrecedora, afirmando que em breve eu seria confrontada pelas trevas Me dijo que había enviado a uno de sus hijos a reencarnarse en la tierra - de hecho, solo lo considera demonios más especiales, porque el Diablo no puede tener hijos - y que se convirtió en alguien muy importante en el mundo criminal. si el mayor y el peor narcotraficante, armas, seres humanos.

Aterrorizando a varias naciones, llevando el terror a los cuatro rincones de la tierra, desafiando cualquier autoridad con su ejército de cientos de hombres bien entrenados para luchar, armados hasta los dientes, feroces, decididos, incapaces de temer a ningún enemigo que confrontado.

Esa visión del infierno duró solo unos minutos y pronto me desperté, todavía estaba vestida con mi ropa usada en el viaje del día anterior, ya que apenas podía llegar a mi departamento donde me tiré en la cama inmensamente cansada. Cuando desperté, jadeando, debido a la visión infernal que tenía, me quedé unos minutos sentada junto a la cama perturbada. Cuando tuve tales visiones la primera vez y allí hablé con el que se identificó como Satanás, tenía dudas, pensaba que era solo un sueño aunque bastante real, pero ahora por segunda vez me enfrentaba a ese ser malvado cuyas palabras tenían más sentido.Dado que había incluso un individuo en el Este cuyas características coincidían con su descripción, nuestros superiores en la Agencia

Ya nos habían informado de su desempeño en el mundo del crime, la forma en que sembró el terror dondequiera que fuera, varias divisiones de las Fuerzas Especiales de diferentes naciones intentaron combatir. En vano, el mundo se asustó por su actuación criminal, ya que parecía casi imposible detenerlo.

Pasé el resto de la noche a la intemperie debido al maldito insomnio que suele acosarme después de una pesadilla, así que aproveché para alimentarlo aún más, bebiendo una taza de café tras otra hasta que vi el amanecer. Pensé en hablar con mis colegas sobre esas visiones que habían estado perturbando mi mente, tal vez eso aliviaría mi tensión.

Sin embargo, renunciar a eso, ya que pocas personas creen en lo sobrenatural, podrían incluso verme como un loco y si la Agencia imaginara desde lejos que uno de sus agentes estaba alucinando, lo sacarían inmediatamente de sus funciones para someterse a un tratamiento psiquiátrico.

Éramos buenos amigos hasta entonces, pero ¿quién podía garantizar que todos lo mantendrían en secreto? El corazón humano está lleno de sorpresas desagradables, cuando menos se espera puede sorprendernos de forma peligrosa y destructiva. Así que elegí callar, para guardarme solo esas revelaciones del infierno.

"Buenos días señores, convoqué la presencia de todos ustedes aquí para informarles sobre los hechos más recientes alrededor del mundo, sobre la necesidad que tenemos de seguir combatiendo las amenazas que día a día surgen contra la paz mundial. Entonces, observe en estas imágenes adquiridas vía satélite la destrucción causada por nuestro enemigo actual.

Según nuestra inteligencia, inició su acción criminal en Bosnia, particularmente en Sarajevo, extendiéndola a otras ciudades hasta hacerse más fuerte hasta el punto de dominar todo el país. Con el apoyo de personas influyentes en todos los ámbitos sociales y políticos, logró cruzar fronteras, llegando a varias otras naciones del mundo.

Nuestra nueva misión es encontrar el punto débil de tu organización para que puedas destruirla, poniendo fin a sus acciones criminales que han puesto en alerta a los gobiernos del mundo. Sin embargo, esta vez actuaremos de manera diferente, seleccionaremos solo a dos de nuestros mejores agentes de campo para llevar a cabo esta tarea."

— ¿Sólo dos agentes, señor?

"¡Sí, Mayor, será suficiente! No tenemos la intención de enfrentarnos directamente al enemigo porque sabemos que es muy peligroso. Muchas tropas ya han sido diezmadas por su ejército antes incluso de comenzar la batalla, sus frentes de ataque se consideran invencibles o impenetrables.

Lo que queremos es que estos dos agentes entren en la guarida de los lobos y desmantelen sus defensas para que nuestros mejores pelotones de guerra puedan derrotarlos en combate. ¡Este bastardo, junto con todos los que lo siguen, deben tener una debilidad!"

— ¡Ciertamente, señor!

— Nuestra Base de Inteligencia se unió a todas las demás existentes en los cuatro Continentes para recabar información sobre quiénes son sus aliados para que puedan ser detenidos lo antes posible, ya que entendemos que para que él sepa el momento exacto de nuestros ataques aéreos.

Acuático o terrestre, es porque alguicn habla de nuestros planes. Mientras Inteligencia trabaja en este punto en particular, entre nuestros agentes más nuevos se infiltrarán en la guarida, ¿entienden?

— ¡¡¡Sí señor !!!

— Muy bien, despedido, ¡espera instrucciones!

Mi esperanza es que la decisión final del Departamento de Inteligencia analizará la mejor estrategia para iniciar la operación, sin embargo, con opiniones diferentes:

— En mi opinión, enviar agentes a su vez para infiltrarse en la organización criminal PETROVIC es ineficaz — dice uno de ellos

— ¿Por qué lo cree? — Preguntó el alcalde, líder de la Agencia.

— Uno podría volver a otro, además de que sería un gran desperdicio perderlos de una vez, tratando de ser los mejores entre los que tenemos.

— Esto es totalmente exacto, lo ideal es enviar una primera persona y la otra persona, en caso de que la primera persona falle en su misión — dijo otro

— Muy bien, ¿qué haces aquí?

— ¡También estamos de acuerdo con la sugerencia! — agregué una tercera persona, hablando en nombre de otros

Después de tres días, fuimos convocados a comparecer ante nuestro superior para recibir las instrucciones necesarias, ya que en el tiempo más retrasado y listo estábamos de regreso en la sede de la CIA.

— ¡Bienvenidos señores, tomen asiento!

Nos habremos dejado a una conclusión definitiva sobre cómo y quién llevará a cabo la próxima misión. Le informaremos quién recibirá su responsabilidad.

— ¿Qué quiere decir, señor, que los agentes no serían enviados a esta misión? — Yo pregunté

— No obstante, como principio entendemos que no es eficaz

— En mi opinión de los ideales porque podrían actuar por separado en los mismos períodos de tiempo

— Por supuesto, alcalde, pero a riesgo de perderlos de una vez si algo se vende enormemente mal, recuerde que estaremos enviando a nuestros mejores muchachos a cumplir con esta miseria y eso sería una gran pérdida para nuestra Agencia.

— Te entiendo

— Está bien, ¿alguien tiene algo que agregar? — El silencio de todos respondió a tu pregunta — Ok, ¡entonces anunciaremos el nombre de quién será enviado a Sarajevo hoy!

El secretario general de la CIA si se acerca a todos nosotros, distribuye pequeñas alfombras negras y nos pide que esperemos instrucciones, uno de nuestros superiores nos ordena abrirlas.

— Abre la alfombra que tienes, solo una de ellas contiene información detallada sobre la secreta miseria que uno de ustedes llevará a cabo a partir de ahora, ¡buena suerte!

Estaba bastante seguro de que nos enviarían a Sophia y a mí a Bosnia.

Pero después de enterarme de que la Agencia optó por cnviar solo un agente, no tenía idea de cuál de nosotros sería elegido. Sophia me mira feliz y pronto vi que la habrían elegido para esa importante misión, sin embargo, estaba muy preocupada. A pesar del entrenamiento mejorado de mi amiga más joven, sentí que ella no sería completamente capaz de resolver esa tarea sola, estaban enviando al agente que veían como el segundo mejor como cebo.

Bueno, no podría decirle eso porque ciertamente ella estaría enojada conmigo, me llamaría envidiosa, porque yo estaría molesto porque no me habían elegido y todo eso. Por eso me pareció conveniente apoyarla en ese momento que parecía ser el colmo de su carrera como agente. Su viaje tuvo lugar esa misma noche, nos despedimos calurosamente.

— Que tengas un buen viaje, amigo mío, te apoyaré

— Gracias Luana, contar con tu apoyo en un momento como este es muy importante

— Cuídate, por favor vuelve con vida.

— Prometo hacer todo lo posible para que pronto estemos todos juntos para celebrar el éxito de esta misión.

Luego de un fuerte abrazo ella se fue, pasé toda la noche dominada por la preocupación y el insomnio se apoderó de mí, algo me dijo que las cosas no terminarían bien para mi amiga. Ahora podía entender lo que sentía John en cada momento que no me veía, era una sensación terrible. A la mañana siguiente conocí a Richard en una cafetería ubicada a unos pasos del edificio donde vivía y pasé por un civil.

— No se preocupe, Sophia es una de las agentes más experimentadas y mejor capacitadas que teníamos aquí antes de su llegada. Ya ha realizado varias otras misiones en las que ha trabajado con mucho éxito por su cuenta, seguro que será una más que entrará en su vasto currículum.

— Espero que tengas razón en eso, Richard.

— ¡Lo soy, ya verás!

La conversación con mi amigo fue larga, productiva y placentera, era un hombre muy educado en sus palabras, aunque en el momento de la acción se mostraba sumamente violento y despiadado con sus enemigos. Después de la cafetería nos dirigimos a la Agencia para cumplir con la rutina, para ver a otros compañeros, para estar al tanto del avance de la misión. Según la nueva información obtenida por la Agencia de Inteligencia Estadounidense, nuestros planes iban muy bien, debido a su extremo potencial Sophia tuvo una aceptación inmediata al postularse para un puesto como asesina profesional en la organización criminal que venía aterrorizando al mundo en ese momento.

Sus técnicas de lucha, acompañadas de una puntería perfecta al utilizar cualquier arma, era tan excelente que impresionó incluso a los más escépticos sobre la importancia de las mujeres como combatientes entre ellas. Ya que en Oriente su espacio en cualquier organización aún estaba cubierto de prejuicios. Realizó varias pruebas con buenos resultados antes de conquistar por completo su espacio entre sus nuevos compañeros, todos criminales entrenados para matar a cualquiera sin dudarlo. Uno de los más terribles fue matar a toda una familia a sangre fría. Ejecutando uno a uno con disparos en la cabeza, desde niños hasta mayores.

Tras scr aprobado y accptado, comenzó a cometer crímenes bárbaros en nombre de la causa y PETROVIC, líder de la organización, se declaró enemigo número uno de todos los gobiernos del mundo, perseguidor de la religión, contrario a la fe en un Dios único, eterno, inmortal y soberano. . Durante seis meses trabajó junto con el hijo de Satanás, incluso sin saberlo.

Pasó a la Agencia en Nueva York toda la información necesaria para que fuera posible identificar cada paso del enemigo en tiempo real, esto nos hizo acercarnos mucho a cada una de sus acciones, conocer sus estrategias de ataque y sorprenderlos incluso antes de que actuaran. , pero eso levantó sospechas.

— Comandante, ¿qué está pasando?

— Lo siento, señor, ¿qué quiere decir?

— Me informaron que en los últimos ataques contra nuestros enemigos tuvimos una gran cantidad de bajas y no hemos logrado el objetivo esperado para la expansión de nuestras conquistas.

— Es cierto señor, pero no se preocupe que estamos haciendo todo lo posible para identificar los motivos que están provocando que nuestros enemigos nos sorprendan.

— Es bueno que esto se resuelva lo antes posible o tendremos serios problemas, verifique si no hay filtración de información en nuestro entorno, verifique la lealtad de cada uno de nuestros hombres desde el más pequeño hasta el de mayor rango…

Especialmente aquellos recién llegados a nosotros. nuestros ejércitos!

— ¡No, señor, se hará!

— ¡Transmita esta orden a todas nuestras bases militares en todos los países en los que operamos!

— ¡Derecho!

PETROVIC era un hombre intuitivo, sentía la amenaza desde lejos. Debido a que no era un ser humano común, fue guiado directamente por las puertas del infierno que lo guiaron por un sendero de destrucción. Después del surgimiento del narcotráfico y de vidas humanas, la venta de armas a los opositores a la paz mundial, la aparición de nuevas facciones criminales y las guerras aumentaron considerablemente.

De acuerdo a sus órdenes, todos los nuevos y viejos miembros de la organización criminal pasaron por un peine de dientes finos, investigaron todo en sus vidas, Sophia corría peligro de que le revelaran su disfraz y si eso pasaba sería torturada hasta que revelara información importante sobre la Agencia, colocando el gobierno estadounidense en alerta y todos nosotros en gran peligro.

En un momento recibimos de nuestro informante en Bosnia que el agente infiltrado en la organización ya había pasado al centro de operaciones de la CIA instalado allí información precisa de dónde estaba ubicada la base de operaciones de PETROVIC y ya se estaba elaborando un esquema para un ataque. donde se lanzarían bombas para destruirlo. El mayor problema fue autorizar a Sophia a dejar la misión e irse lo antes posible, porque en los últimos tres días habían perdido el contacto con ella. Esto me puso aprensivo, algo no parecía ir muy bien con mi amiga. Así que convencí a mis superiores de que si en dos días más no lo denunciaba, yo mismo la rescataría.

Mi esperanza era que aún sería posible rescatar a Sophia con vida, ya que todo ese silencio indicaba que ella no podría contactar o posiblemente se habría descubierto, lo que resultaría en tortura o incluso su muerte. Las cuarenta y ocho horas parecían transcurrir a cámara lenta, mi angustia era visible para todos.

— Tranquilízate, tenemos esperanza

— Algo anda mal, Richard, ella nos estaba dando noticias todos los días y de repente desapareció del radar sin ninguna pista sobre su paradero?

— Estoy de acuerdo con Luana, todo es muy raro.

— Anne tiene razón, Sophia ya habría dado vida si fuera posible

— Felicitaciones chicas, ¡ahora me preocupasteis también!

— ¡Lo peor es que mañana tú también irás allí y allí duplicaremos nuestras preocupaciones!

— Haz qué, Mark, necesito ir a averiguar qué le pasó a nuestro amigo

— Si pudiera ir contigo

— ¡Todos iríamos, Richard! - murmuró Anne

— Muchas gracias por el apoyo, pero solo será más fácil localizarla.

— Sí, eso es lo que piensan todos en la Agencia.

Llegó la noche y terminó el amanecer un jueves por la mañana, cuando el sol seguía saliendo ese hermoso día ya estaba a bordo de una aeronave.

Que me llevaría a nuestro centro de Inteligencia en Bosni, donde reuniría toda la información necesaria para ubicarme.

Invadir y liberar a Sophia si todavía estuviera viva. Sin embargo, no sería fácil poner en práctica este plan. Luego de ser plenamente informado, dos agentes me hevaron al lugar indicado.

Donde posiblemente sería encarcelada Sophia luego de que se revelara que era una infiltrada en la organización PETROVIC, la zona era montañosa y el acceso muy restringido, además de estar atendido por un fuerte equipo. seguridad formada por el ejercito maligno.

Gracias a mi enorme entrenamiento mientras estuve en las Fuerzas Armadas Británicas no fue muy difícil escalar el muro rocoso que daba en el lado sur del lugar, para pasar desapercibido para la mayoría de los guardias, aunque en algunos casos tuve que eliminar algunos, ingresando al interior del entorno. hostil y más cauteloso que la Casa Blanca

Obligado a uno de los hombres que tomé como prisionero por unos segundos antes de ejecutarlo, supe que una mujer estaba detenida en una de las muchas habitaciones allí después de ser severamente torturada por ser un informante del gobierno estadounidense, de inmediato entendí cómo tratar el agente infiltrado.

Por el dato que me dieron, fue aún más fácil ubicar el lugar donde la habrían llevado, luego de dominar a varios soldados sin tener que disparar un solo tiro, manteniendo el silencio necesario para no llamar la atención de todos, finalmente la encontré.

— ¡Vamos, Sophia, vamos!

Di la advertencia después de noquear a los dos hombres que vigilaban la puerta.

— Luana, ¿qué haces aquí?

— ¡Vamos, apresúrate!

— ¿Donde están los otros?

— Me acaban de enviar, pero deja de hacer preguntas, ¡porque tenemos que salir de aquí!

Le quité las llaves al guardia noqueado y le abrí las ataduras, salimos corriendo rápidamente buscando la salida más cercana, en el camino nos topamos con algunos de los hombres que estaban vigilando el lugar y entablamos una pelea física para evitar el uso de armas de fuego, porque estaríamos denunciado por el sonido de los disparos y fácilmente dominado.

Con admirable agilidad, incluso herida por la tortura sufrida por los verdugos que querían a toda costa obligarla a revelar datos confidenciales de la operación, Sophia enfrentó a estos brutos con increíble facilidad, juntos los derribamos a todos sin mucho esfuerzo. Sin embargo, llegó un momento en el que no era posible mantener la confidencialidad.

Uno de los soldados nos vio huir hacia el muro donde trepé en un intento de escapar bajando por la parte sur del lugar, por lo que disparó varios tiros en nuestra dirección para evitar la fuga.

Esto llamó la atención de los demás que venían hacia nosotros como si fuera un examen de abejas enojadas con las que invaden su territorio

— ¡Hombres, la prisionera está huyendo, detenla!

— ¡Rápido, divide y rodea todo el perímetro!

— ¡Van hacia la pared!

Mientras corríamos, dispararon y se dispersaron por todo el lugar para detenernos, pero un helicóptero ya nos esperaba cerca como estaba planeado, fue suficiente para que pudiéramos llegar a tiempo. Pero todo indica que el destino nos estaba peleando junto a esa banda de malhechores. Pues aun defendiéndonos en todos los sentidos no pudimos llegar mucho más lejos y nos arrinconaron antes incluso de llegar a la salida que nos llevaría a la pared de roca donde estaríamos. un helicóptero esperándonos.

Las dos pistolas automáticas con unos veinte disparos cada una se vaciaron, dejando atrás un saldo de cuarenta muertos, aún tomamos dos ametralladoras a los que caían y eliminamos a otra gran cantidad de bandidos, pero no fue suficiente para detenerlos por completo , de esa manera fuimos capturados vivos y llevados cautivos. Allí nos ataron de las muñecas a una cadena atada al techo de esa habitación semioscura.

Nos golpearon durante varias horas hasta que llegó PETROVIC para preguntarnos personalmente por los motivos por los que estábamos allí, sin embargo no fue fácil convencernos de esta hazaña, nos quedamos en silencio avergonzando a los malditos. Por eso recibimos otra paliza que nos dejó la cara deformada, pero aún sin éxito, porque no les dijimos nada sobre los motivos de la misión ni lo que realmente pretendíamos.

Luego nos dieron la orden de ejecutarnos, nos llevaron a cierto lugar en el exterior de la guarida donde se escondían los chacales. Allí nos pusieron de rodillas frente a dos bandidos que nos apuntaban con sus armas, esperando órdenes para eliminarnos, sin embargo.

En csc mismo momento en un trance y una visión me vino en el peor momento de mi vida. En cuestión de segundos fui y regresé de las profundidades donde tuve un reencuentro con Satanás quien me hizo una propuesta. Él propuso que yo aceptara regresar a su reino como su reina, regresar a vivir de la práctica del mal como antes de que fuera rescatado por el Arcángel Miguel y si él aceptaba, nos libraría a Sophia ya mí de una muerte segura. Tenía que decidirme rápido, porque nos iban a ejecutar en cuestión de segundos, así que no veía otra alternativa.

Le dije que sí al bastardo que me envió de regreso a la escena de la ejecución donde ambos estábamos de rodillas ante nuestros enemigos con las dos manos atadas, esperando el disparo inevitable. Sin embargo, como se prometió, la DEMO actuó en nuestra defensa enviando sus poderes para estar libre de muerte.De repente se escuchó un choque y como si se tratara de un círculo de fuego envolviéndonos a los dos.

Nos sacaron de allí en un abrir y cerrar de ojos y nos llevaron al lugar donde nos esperaba el avión, era la oportunidad de salir de ese infierno. Pero no podía dejar que PETROVIC y su maldito ejército escaparan. Entonces, solté los lazos que me retenían, cumplí la segunda parte del acuerdo que hice con la DEMO, y que acordamos que liberaría los poderes de los criminales de manos del reinado criminal.

Los destruiría. los miserables. Satanás desató mucho de lo que había regresado a su mundo de tinieblas, pero sabía que para hacer eso tenía que hacer el mal. De esta manera me devolvió mis poderes y me vestí con una armadura blindada por donde no atravesarían las balas, una espada afilada apareció en mi mano derecha y en la izquierda un escudo.

A mi lado, una legión de demonios, todos con arcos, flechas, lanzas y sus dispositivos, me seguían adonde fuera. De un salto volamos desde la montaña rocosa de regreso a la guarida de los lobos, librando una verdadera batalla contra nuestros enemigos que recibieron la bala, pero nada pudo detenernos. Asustados de ver la multitud que éramos y lo ineficaces que eran sus armas contra nosotros, intentaron por todos los medios encontrar una manera de detenernos, pero fue en vano.

Mi ejército de demonios y yo decapitamos a cada uno de los condenados, sus cuerpos cayeron al suelo mientras sus cabezas rodaban bajo nuestros pies, un río de sangre corría por el piso envejecido mientras avanzábamos hacia todos sus escondites en el subsuelo de ese laberinto creado a propósito. para confundir a los atacantes potenciales.

La batalla duró solo unos minutos por la velocidad con la que eliminamos a los oponentes, en ese lapso destruimos todo lo que se movía frente a nosotros. De todos modos, después de completar nuestro atentado contra los malhechores, fuimos transportados fuera de allí en una milésima de segundo.

Llevados de regreso al punto de extracción donde Sophia y el piloto me estaban esperando. Cuando me sometí a la transformación, recibiendo de vuelta todos mis poderes como Reina del Mal, otorgados por la DEMO porque accedí a volver a servirle mientras viviera en la tierra.

Luego de esa etapa volver a su reino a través de mi muerte física, Sophia y el los oficiales estaban aterrorizados de no entender nada de lo que veían. A mi regreso a la montaña acompañada de mi ejército espiritual compuesto por cientos de Ángeles caídos.

Volvieron a congelarse y ella se desmayó, cayendo a mis pies en completo delirio mientras Roger, el piloto de la aeronave se puso amarillo. Ya no tenía el mismo aspecto, mis rasgos físicos cambiaron, me volví más alto, más fuerte, resplandeciente. Sin embargo, mi cabello era largo y estaba sujeto bajo un casco rojo hecho de oro puro. Mis ojos ardían como antorchas encendidas, vestía como un guerrero de la época medieval, tenía una prenda de color rojizo en mi cuerpo.

Pareciendo una armadura impenetrable, brazaletes dorados en mis muñecas. En su mano derecha la espada afilada que cortaba al viento, en su mano izquierda un escudo hecho con la aleación de metal más poderosa de la tierra. Esa hermosa apariencia se quedó frente a quienes me miraban con terror y poco a poco se fue desvaneciendo.

Pronto volví a la normalidad. Restaurado a lo que era antes, conté con la ayuda de Roger para despertar a Sophia e irme. Durante todo el viaje de regreso a la Agencia ella me interrogó sobre la transformación, yo estaba asustado y al mismo tiempo impresionado por lo que vio que me estaba pasando. Roger también preguntó cómo pudo haber sucedido algo tan sobrenatural, para ambos fue casi increíble.

— Pero que fue eso, Luana, que diablos te paso? ¡Parece que se convirtió en una diosa o algo así, rodeada por una legión de monstruos que se parecían más a demonios del infierno!

— ¿Y esa espectacular transformación? ¡Vaya, fue sorprendente, muy aterrador!

— Chicos, cálmense, esta historia es muy complicada de explicar.

Necesitaremos tiempo para poder mantenerte informado, ya que yo mismo lo averiguo en muy poco tiempo.

— ¿Eres por casualidad un ser místico? ¿Una diosa? ¿De dónde vienes, conoces a Hércules, Zeus, la reina de las Amazonas?

— ¡Lo sé, debes ser Wonder Woman, la de las películas que vino a ayudar a la humanidad contra estos malditos criminales!

— ¿Quieren ustedes dos detener estas tontas especulaciones?

— ¿Cómo puedes pedirnos que olvidemos todo lo que vimos que te sucedió ante nuestros ojos? ¡Es simplemente imposible!

— ¡Estoy totalmente de acuerdo con Sophia!

— Presta mucha atención a lo que te voy a contar, porque esto es algo muy grave: nadie, exactamente nadie dentro o fuera de la Agencia puede saber nada de lo que pasó hoy en esa montaña, ya sabes qué medidas toman si algún agente muestra alguna sospecha de característica de deterioro mental.

Si dicen que en un momento dado me vieron transformado en cualquier ser lleno de poder y que destruí a nuestros enemigos con una legión de demonios del infierno, los dos serán inmediatamente removidos de sus deberes hasta que sean designados como curados por psicólogos. Por favor, no comprometa sus carreras, quédese solo con lo que vio, ¿comprende?

— Peor que tienes toda la razón, lo había olvidado

— Vale, mejor callar, pero no creas que vamos a abandonar esa conversación donde nos explicará exactamente qué diablos te pasa!

— Está bien, después de presentarnos en la Agencia y dar nuestros informes saldremos a tomar una cerveza allí hablamos, intentaré explicar cómo funcionan las cosas.

— ¡Es eso!

Luego de informar a nuestros superiores una fuga falsa del territorio enemigo, sin entrar en detalles sobre lo que realmente sucedió, pues en pleno acuerdo acordamos contar la misma versión de la historia, alegando que colocamos explosivos en varios puntos del cuartel general enemigo que luego de que nos fuimos. de allí provocó la explosión que provocó la destrucción.

— ¿Y cómo fue posible todo esto si estabas huyendo todo el tiempo después de haber localizado al agente?

— Antes de ubicarlo, vemos un depósito lleno de armamento muy C-4, luego de rescatar al agente, nos unimos en el propósito de esparcir varios explosivos en el tiempo récord, calculamos el tiempo ideal para que ocurriera la explosión, dándonos el espacio necesario para poder estar fuera de la sede del crimen antes de que comenzara la detonación

— ¿No fueron perseguidos?

— Como estaba planeado logré entrar y salir del lugar sin ser visto por el resto del ejército enemigo, utilicé un arma silenciosa y autodefensa para contener a los enemigos que pudieran verme. Por lo que fue posible rescatar al agente sin mayor enfrentamiento e intercambio de disparos.

— Muy bien, Mayor, una vez más le agradecemos su excelente colaboración con nuestro país Sin duda el elogio de la Agencia Británica…

Por ello es merecido, su actuación fue impecable!

— ¡Gracias Señor!

Nada más salir de la Agencia, fuimos directamente a un bar cercano, un lugar frecuentado por gente bondadosa y hablamos durante varias horas, donde Sophia desahogaba sus decepciones.

— Qué pandilla de ingratos, yo sufrí jodidamente en esa pocilga y sólo saben reconocer lo que hizo, ¡mira eso!

— ¡Qué dolor de codo!

— ¡Te hará daño, Luana!

— Calma chicas, vinimos aquí para divertirnos y aclarar ese misterio mal explicado!

— Qué mal explicado, ni siquiera ha comenzado a resolver el misterio.

— Quiere comprender algo más allá del entendimiento humano.

— Ah, ahora los dos somos estúpidos, ¿incapaces de entender tus explicaciones? Entonces, ¿qué tal si empiezas a contarnos cómo sucede todo?

— Está bien, vamos, pero como dije antes no vas a creer

— Somos todo oídos, cariño, puedes empezar

— En realidad, no sé cómo decir precisamente por qué todo lo que te voy a contar a partir de ahora, solo sé que desde pequeña me di cuenta de que tenía algo extraño conmigo.

— Estoy de acuerdo en que hay algo muy extraño en ti, amigo

— ¡Quédate quieta, Sophia, déjala hablar!

— ¡Ah, estás aburrido!

— A los diez años tenía el cuerpo de una niña de quince, en el colegio era la niña más lista de la clase, tenía sueños, pesadillas ...

En ellos me encontré en lugares extraños donde nunca antes había estado, vi gente extraña, parecían de la antigüedad, a veces tuve visiones semidespiertas, escuché voces ... Pero todo empeoró hace un tiempo después de que ya estaba trabajando en la Agencia, cuando tuve un sueño extraño en que me llevaron a un lugar oscuro y horrible y hablé con el DEMO.

— Cruz credo, amigo, ¿hablaste con el diablo?

— ¡Cara a cara!

— Estás bromeando con nosotros, ¿no?

—No, Roger, ¡todo lo que te digo es la más pura verdad! Dije que sería difícil creer mi historia

— Está bien, lo siento, continúa

— De repente me encontré caminando por un pasillo estrecho…

Que se ensanchaba con cada metro que caminaba a mi lado, muchos seres monstruosos pasaban de un lado a otro sin darme cuenta de mi presencia, era como si no pudieran verme ni sentirme. Se vestían como soldados, usaban cascos, lanzas, vestían ropas de guerrero, algunos empuñaban espadas y escudos. De un segundo a otro me encontré caminando en otro escenario donde había un gran trono cubierto de oro.

Rodeado de llamas de fuego, estaba sentado en él. un ser gigante y monstruoso, llevaba una estrella brillante en la cabeza, vestía como un rey, su rostro era como un cerdo, tenía aretes en sus orejas, nariz y cuello grandes anillos, sus manos y pies eran similares a de las ranas. Sus ojos ardían como las llamas más calientes, su voz era como el sonido de un trueno, la tierra se estremecía cuando hablaba. Se dio cuenta de que yo estaba allí y me dijo que viniera.

Fue el demonio quien reveló detalles de mi vida pasada que ni siquiera sabía que existían, me mostró como si fuera en una película todo lo que fui e hice en otra existencia, los males, las abominaciones que me llevaron a morir y ser condenado por Dios. vivir en la oscuridad. Fue por tantas cosas malas que practiqué durante dos siglos que el Creador me arrojó a la oscuridad, esta condición de pecaminosidad atrajo la atención de Satanás quien se enamoró de mí, convirtiéndose en mi reina en el reino del mal.

— Santa María, ¿nos estás diciendo que esta conversación de reencarnación es cierta? ¿Que vivió varias existencias antes de eso e hizo cosas horribles hasta el punto de que su espíritu fue arrojado a la oscuridad donde se convirtió en la esposa del mismo Diablo?

— Exactamente, Roger, eso es correcto.

— Esto solo puede ser una broma, nos trajo aquí para burlarnos de nuestra cara, ¿verdad?

— ¡Dije que no lo creerías, Sophia!

— Pero, ¿quién en su sano juicio creerá semejantes tonterías, Luana, por casualidad piensas que somos dos tontos?

— Tranquilo, Sophia, deberíamos darle un crédito, después de todo vimos lo que vimos juntos, ¡no podemos negar que todo fue extremadamente mágico e inexplicable!

— Así es, Roger, ¡fue solo un poco de magia lo que hizo esta chica inteligente para engañarnos!

— ¿Y cómo se explica la destrucción de la Sede de PETROVIC?

— Debe haber sido como informó en la Agencia, ¡debe haber puesto C-4 en las estructuras antes de que escapáramos!

— ¿Y el hecho de que aparezcas de la nada en la montaña? ¿Puedes explicar la aparición de esos horribles seres que te hicieron desmayar? ¡Dale tiempo, mujer, no puedes negar lo que presenciamos!

— ¡Mira, sálvame de toda esta desconfianza, si no crees tu problema!

— Espera un minuto, Luana, te creo, ¡la cuestionable aquí es Sophia!

— ¡Eso es porque no soy tonto por creer en un cuento de hadas!

— ¡Pura envidia, eso es!

— Bueno, entonces olvídate de todo lo que viste y oíste, ¡aún más!

En los días que siguieron, mis dos amigos resistieron como pudieron para no comentar todos los misteriosos hechos que presenciaron durante la última misión que llevamos a cabo en Bosnia. La confirmación por parte de Inteligencia de que realmente habíamos destruido una de las principales bases de la organización terrorista también nos valió muchos elogios. Los medios publicitaron la primera derrota de PETROVIC y sus aliados como un gran logro tanto para el mundo oriental como occidental.

Los gobiernos de todos los países democráticos celebraron la caída de parte del imperio criminal que crecía día a día y causaba terror por donde pasaba. eso pasaría. Después de eso, el bandido reforzó aún más su ejército, aumentó la vigilancia, contrató a más delincuentes, estuvo en alerta para evitar que lo volvieran a sorprender. Como hijo de Satanás en forma humana, no murió cuando invadimos su base.

En el mismo momento en que comenzamos a destruir todo y a todos en esa guarida de chacales malditos, simplemente se evaporó de allí, yendo a otra parte del país donde permaneció en secreto durante unos días, ideando cuál sería el siguiente paso a dar. Luego fue en espíritu a las regiones oscuras de la tierra para tener un diálogo con su padre para aclarar lo sucedido.

— Qué bueno verte en su forma natural, hijo mío, ¿qué te trae por aquí?

— Es para verte de nuevo en tu reino mi padre, vine a obtener respuestas sobre hechos recientes en el mundo de los vivos. Necesito que me expliques por qué la Reina del mal se unió al propósito de frustrar mis planes con respecto a la destrucción del género humano, ya que esta misión me fue encomendada por el Señor. Cuando decidió enviarme a la superficie de la tierra, encarnándome como el hombre que Me convertí hoy?

— Hay muchas preguntas, hijo mío, veo que tu mente está turbada, confundida y no es para menos. Todos aquí en este reino saben lo inmensa que es mi pasión por la Reina, lo bueno que es para mí tenerla a mi lado. Al verla en problemas en la forma humana actual que posee. No me contuve de traerla aquí en espíritu para hacer una propuesta, acordamos que si le daba el poder necesario para derrotar a su ejército.

Saliendo de allí viva con sus amigos, ella volvería a mí después de desencarnar.

— Entonces, ¿quieres decir que perdí a todos esos hombres valientes, que mi base principal de operaciones fue destruida por un estúpido capricho que te debilita frente a esa mujer?" Parece que a lo largo de los siglos el antiguo padre de los demonios está perdiendo el poder de liderar el reino de las tinieblas, creo que ha llegado el momento de renunciar a tu lugar en el trono.

— ¿Cómo te atreves a mencionar semejante locura ante tu rey, idiota? ¡Elimina las palabras ofensivas que acabas de pronunciar o me veré obligado a recordarte el poder de mi maldad!

Indignado, se levanta de su trono y lanza una enorme cantidad de relámpagos, fuego y truenos sobre el demonio al que llama hijo, arrojándolo a varios metros de distancia. Su ira no podía destruir un espíritu, pero ciertamente el dolor que sentía por él era muy real, provocando que se evaporara de allí y volviera a la superficie. Era una fría noche de invierno, cuando estaba en mi departamento en la agradable compañía de mis mejores amigos. Roger y Sophia, cuando de repente se escuchó una explosión y justo frente a nosotros emergió un círculo de fuego de donde venía un glorioso ser celestial. , sosteniendo una espada humeante en su mano derecha, sus ojos eran como antorchas llameantes, su belleza se parecía a la de los dioses, que nos hablaban:

— ¡Salve, escogido del Altísimo, vengo en nombre de tu Dios para advertirte del precipicio que estás a punto de caer debido a tu apostasía de la fe en el Todopoderoso!

Su voz retumbó en nuestros oídos como el sonido del más fuerte de los truenos, el resplandor de su gloria fue tan fuerte que los tres caímos inconscientes a sus pies justo después de escuchar sus palabras. Sin embargo, fuera del cuerpo físico nos fue posible contemplarlo en espíritu y seguir escuchando lo que decía. Sophia y Roger finalmente pudieron ver.

Comprender cuán verdaderas eran mis declaraciones sobre mis reencarnaciones anteriores, la convivencia con el Diablo durante dos siglos, los males cometidos, el perdón que recibí, la vida piadosa y el rechazo del Creador.Pues el ángel que allí apareció de repente les reveló toda mi historia, no solo con la riqueza de detalles, sino que también nos transportó al pasado, mostrando cada escenario donde viví, lo que practiqué, tanto en el mal como en la bondad en los tiempos en que Reencarné en este mundo como Madre Teresa.

Una monja piadosa que dedicó toda su existencia a los pobres.Luego de ese viaje en el tiempo. Se presentó como Serafín Gabriel, mensajero de Dios enviado con la misión de alertarme del riesgo de ceder a los caprichos de Satanás y volver a ser su esclavo, de la necesidad de recordar

Comprender que la reprimenda de Señor, en cuanto a la práctica de la idolatría en la vida anterior, fue por amor. Que no permanezca asqueado por su corrección, sino que trate de corregir mis errores para que después de desencarnar vuelva a las mansiones celestiales, recibiendo de él el elogio por mis logros y superación. Además, debería ayudarme a convencer a Sophia y Roger de que crean en mis revelaciones del mundo de los espíritus, lo comentamos después de despertar de la visión:

— Dios mío, ¿qué diablos fue eso?

203

— ¡Ciertamente un ser divino, en vista de su gloriosa apariencia!

— Sin duda, Roger, era un mensajero celestial.

— ¡Mierda, no estabas jodiendo con nosotros cuando contaste esa increíble historia de ir al infierno hablando con el diablo o algo así!

— Por supuesto que no, Sophia, ¿por qué harías algo así?

— No sé, tratar de ser el centro de atención, después de todo es lo que ha estado haciendo desde que lo llamó la Agencia

— ¿Estás bromeando, verdad? ¿Desde cuando necesito esto?

— ¡Mira, ya lo estás sintiendo!

— ¿Quieren ustedes dos hacer el favor de detener esta disputa infundada? Ambos son hermosos, inteligentes y los mejores agentes que he conocido hasta ahora, así que trata de comportarte como tales, ¿verdad?

— ¡Bueno, creo que es mejor!

— Pero explica ahí, Luana, cómo es ese asunto de ver estas apariciones, hablar con ángeles y demonios ... ¿Te acuerdas de tus vidas pasadas?

— No, Roger, al menos mientras estoy despierto, pero durante el sueño me llevan a un cierto plano espiritual donde puedo revivir parte de todo lo que viví en otras existencias, luego sumo cada una de las visiones. Comprendiendo vidas anteriores y asimilando quién. de hecho fui, lo hice y como llegué aquí en esta nueva reencarnación

— ¿Y pasa muy a menudo, como todas las noches?

— Casi siempre, cuando no es por sueños me acuesto, me duermo…

Me transporto en espíritu a escenarios nunca antes vistos, ahí me encuentro vestido como un guerrero de la época medieval entre batallas, enfrentándome a enemigos poderosos, feroces, pisando la sangre de mis oponentes . A veces me encuentro en las partes más bajas de la tierra en el reino de las tinieblas, otras veces en el paraíso, en un plano superior ... Cosas así

— Como te vimos allá arriba en la montaña, ¿todopoderoso?

— Así es, amigo mío, así como así

— ¡Todo arruinó la bestia!

— ¿Vas a empezar a bromear de nuevo, Sophia?

— ¡Ah, que se joda!

— ¿Tienes algún dominio sobre este don que pueda manifestar ahora mismo algún poder extraordinario para que podamos contemplarlo una vez más despiertos y en trance espiritual como ocurrió en las últimas visiones?

— No tengo control sobre estos eventos, generalmente ocurren inesperadamente

— Lástima, quería verte volver a ser la Reina del Mal, pero vivir sin tener que desmayarme

— No te preocupes amigo mío, todo pasa a su debido tiempo

— Y en relación a lo que dijo el ángel, ¿qué decisión piensas tomar?

— No sabía que había sido juzgado en la Corte Divina, ni había recibido la condena por adorar ídolos durante mi anterior encarnación, aunque en mis delirios tenía destellos de mi estadía en el paraíso, sin embargo.

Si era así y me resentía la reprimenda divina. Deseo despojarme de ese sentimiento. Ciertamente trataré de estar en paz con Dios, pero eso solo sucederá si él me ayuda a destruir el imperio del mal en la tierra dirigido por el hijo de Satanás.

— ¿Y cómo piensa hacer eso, piensa en tratar de negociar con Dios? ¿Desde cuándo el Todopoderoso hace acuerdos con los seres humanos?

— Ahora, Roger, él fue el primero que me envió un ángel.

— Estoy de acuerdo contigo, amigo mío, si le molesta su regreso al reino de las tinieblas y quiere evitar que esto suceda, porque conoce el mal que causará a la humanidad, ¡así que debe atender sus reclamos!

— Así es, Sofía, por eso negociaré con el Altísimo. Si acepta enviar a su ejército de ángeles a luchar conmigo contra este demonio del infierno, le daré la espalda al Demo, no volveré a su reino maldito, ni volveré a actuar en la tierra como la Reina del mal.

— Perfecto, ¡así es como hablas!

Pasaron dos semanas después de esa conversación y durante ese lapso me quedé a la expectativa de que el mensajero divino reapareciera para presentar mi propuesta, pero no pasó nada. A todos nos pidieron que compareciéramos en la Agencia de Inteligencia para que pudiéramos estar informados de las últimas noticias.

Según lo que los ejércitos de PETROVIC han seguido creciendo y avanzando en varios otros países del mundo a pesar de la reciente destrucción de su principal base existente en Bosnia, era urgente que actuamos en secreto una vez más para desmantelar sus planes. .

La CIA tenía en mente enviarnos a Sophia y a mí nuevamente en una misión ultrasecreta en Francia donde el dominio del ejército terrorista, como llegaron a ser llamados, se expandió rápidamente e innumerables inocentes habrían perdido la vida. Aceptamos la llamada con prontitud, partiendo inmediatamente hacia París con el propósito de actuar contra el enemigo, allí fuimos recibidos por las autoridades locales, posteriormente remitidos al Comando de Inteligencia Francés.

Como no sabía cómo evocar tanto a los seres divinos como a los demoníacos, solo tuve que esperar de un momento a otro para ser llevado en espíritu de nuevo al mundo de los muertos.

O para recibir nuevamente la visita del enviado de Dios. Sophia y yo fuimos debidamente informados sobre las acciones de los enemigos y luego pusimos el plan en acción. De la misma manera que Sophia actuó para infiltrarse en la sede principal de PETROVIC en Bosnia de la misma manera que lo hicimos para ser aceptados entre quienes la sirvieron allí y en poco tiempo ya éramos parte de su segundo ejército más grande.

Trabajando codo con codo con cientos criminales para conquistar más territorios. A semejanza de un huracán vimos a esos soldados invadir ciudades, esparcirse por las calles como hormigas, invadir propiedades, matar inocentes, violar a mujeres de todas las edades, prender fuego a sus hogares.

Robar sus propiedades, sacrificar a sus hijos, tomar posesión de la tierra por la que pasan. porque no fue arrestado. Pero, para que la misión fuera exitosa, era necesario que pretendiéramos estar de su lado y no en nombre de sus víctimas.

De esa manera nos vimos obligados a colaborar con toda esa carnicería del infierno. Después de infiltrarnos, pasamos información a la base de comando de la CIA en París, ellos a su vez informaron todo al Comando Mayor en la ciudad de Nueva York. Con la información obtenida de la acción de sus dos agentes infiltrándose en el ejército enemigo,

Los aliados contra el dominio destructivo de PETROVIC llegaron a conocer la ubicación exacta de sus principales puestos de mando, las estrategias de ataque contra tal o cual objetivo, evitando posibles ataques sorpresa.A partir de entonces, siempre que el ejército maligno planeaba dominar una provincia…

O incluso un pequeño pueblo en las ciudades de Francia, se sorprendían por la fuerte resistencia de los combatientes aliados que unían fuerzas para derrotarlos. Al darse cuenta de estas cosas, el hijo de Satanás se enojó mucho y llamó a sus generales a una reunión de emergencia.

— Señores, estamos siendo atacados nuevamente por nuestros enemigos y con muchas bajas, ellos saben exactamente dónde vamos a atacar, sin duda hay una filtración de información, ¿necesitamos silenciar a este informante lo antes posible?

— ¿Cree que se está repitiendo lo mismo que sucedió en la Sede de Bosnia?

—Nunca encuentro nada, general, siempre estoy absolutamente seguro.

Esa miserable CIA se ha infiltrado en alguien de nuestra gente y está recibiendo información sobre nuestros planes de ataque.

— Muy bien, señor, entonces, ¿cómo debemos actuar?

— Elabora un plan para localizar a este desgraciado lo antes posible, ¡lo quiero vivo para darle lo que se merece!

— ¡Sí señor, ahora mismo!

A pesar de ser el hijo de los Condenados, al menos uno de sus favoritos, PETROVIC no pudo identificarnos, ya que estábamos bajo la protección del mayor poder de las tinieblas que nos cubría de su mirada demoníaca. De esta manera permanecemos ocultos de su radar espiritual y de sus generales el tiempo suficiente para proporcionar a nuestros superiores toda la información necesaria para un ataque sorpresa con las Fuerzas Especiales, los aliados cayeron como un verdadero examen de abejas…

Sobre el segundo cuartel general del hijo de Satanás, destruyendo por completo su base, culminando en su ejército considerado invencible. Al mismo tiempo que varios escuadrones estaban convirtiendo ese lugar en cenizas en varias otras partes del mundo, otros aliados estaban haciendo lo mismo. Sucede que, incluso sin el conocimiento de los combatientes, había una fuerza misteriosa entre ellos que luchó junto a ellos, dándoles la capacidad de lograr sus objetivos de victoria. Este poder invisible vino de las partes más bajas de la tierra.

Legiones de demonios que lucharon junto a cada soldado en la lucha contra el mal. De hecho, Satanás se volvió contra su propio elegido para satisfacerme y, al final de mi existencia actual, yo regresaría a su reino y viviría con él como su Reina. Sin embargo, al final no era parte de mis planes regresar al reino de las tinieblas o volver a ser su esposa. Pasé varios días pensando en la posibilidad de aceptar la propuesta del Altísimo de mantener mi comunión con él para que al final de mi existencia….

Pudiera levantarme y no descender a la oscuridad. Resulta que después de todas esas victorias contra el hijo de Maligno, estaría en deuda con él, tendría facturas que pagar. Fue entonces que una mañana, cuando solo Sophia y yo estábamos en cierta parte de la base enemiga, luego de haber eliminado a varios de ellos durante la sangrienta batalla iniciada horas antes por la invasión de nuestros aliados, le pedí al Padre Celestial que enviara tanta ayuda para destruir el Ejército PETROVICO como los demonios. Sé que mi actitud me pareció injusta.

Porque estaban luchando al lado y a favor de nuestros hombres, sin embargo, eso era sumamente necesario, porque si no sucedía así me vería obligado a regresar al infierno, algo que ni siquiera consideré. Fue entonces cuando de repente apareció un relámpago en los cielos seguido de relámpagos, relámpagos y truenos.

De allí salieron cientos de miles de ángeles, preparados para librar una verdadera batalla contra los seres humanos y los demonios allí presentes, que significó la respuesta de Dios a mi oración.

Sophia una vez más se estremeció en la base, se congeló como un palo verde, ni siquiera podía respirar adecuadamente, especialmente cuando vio a los demonios entre los soldados.

— ¡Dios mío, Luana, mira cuánto monstruo hay en medio de nuestros aliados!

— Sí, están luchando por nosotros, pero eran invisibles a los ojos humanos.

— ¿Vinieron del infierno para ayudarnos?

— En realidad están aquí para hacerme salir con vida de aquí a instancias de la Demo

— ¿Es porque?

— Simple, espera que al final de mi viaje aquí en la tierra acepte regresar a su reino y convertirme en su Reina Malvada nuevamente.

— ¿Y estos otros ángeles que bajaron de arriba y pelearon contra los hombres y demonios de PETROVIC?

— Son Arcángeles, enviados por el Altísimo para luchar por ambos bandos y no permitir que los demonios salgan victoriosos, no estoy en deuda con Satanás ni me veo obligado a regresar a las tinieblas

— ¡Estás demasiado arruinado, amigo!

— ¡Gracias por recordarme!

— ¿Y por qué no vuelve a ser tan poderoso y entra en la batalla con los ángeles de Dios?

— ¡Porque esa heroína es la Reina del Mal, tonto, si evoca que se manifiesta en mí, estoy firmando una alianza con el diablo!

— ¡Credo, ahora está astillado!

— ¡Cálmate, salgamos de esto!

— Solo quiero ver cómo si estamos rodeados de enemigos por todos lados, ¿habéis notado la cantidad de ellos?

— Sí, hay muchos, pero ningún rival para los Arcángeles… ¡Dentro de poco no quedarán ni sus cenizas!

Permanecimos allí escondidos entre los escombros del antiguo edificio donde se encontraba el cuartel general del mal, viendo la derrota del ejército de PETROVIC. Pero para nuestra sorpresa esta vez no se escapó de la batalla como antes, uniéndose a los demonios que, al ver la llegada de los Arcángeles, dejaron de luchar junto a los aliados y empezaron a enfrentarse a los seres celestiales. En esa etapa del enfrentamiento todos sus hombres pertenecientes a su ejército de criminales ya estaban muertos, solo demonios y Arcángeles debían seguir librando esa batalla.

Quinto Capítulo: Batalla Entre Dioses

Por ello, alistó a sus hermanos de las tinieblas contra los hijos de Dios, iniciando una guerra entre Dioses. Dotado de inmenso poder, el hijo del Maldito rugió su voz como si se tratara de un gran terremoto, convocando a todos los demás demonios para que lo siguieran en el enfrentamiento contra los hijos de Dios.

Miguel, el príncipe de los Arcángeles, levantó su espada de fuego y ordenó a sus compañeros que comenzaran la mayor de todas las batallas entre los seres de la luz y la oscuridad.

Se podían ver muchos relámpagos, truenos y relámpagos mientras los seres angelicales cortaban a los discípulos de Satanás por la mitad, sin embargo, ninguno de ellos fue alcanzado por ellos, reduciendo rápidamente el ejército de PETROVIC que decidió bajar al infierno a pedir refuerzos a la Demo, dejándolo. consciente de mi traición al pedir ayuda divina.

— Te advertí que volverse contra mí para defender ese maldito no era un buen negocio, ¡ahora ella trajo a los Arcángeles para destruirnos!

— ¡Silencio! No les doy derecho a desaprobar mis decisiones. Soy el líder en este ámbito y lo que hago o no hago es solo en mi interés, debo admitir que cometí un grave error, pero lo arreglaré.

— ¿Y cómo piensa contener la acción dc los Arcángeles contra nuestros ejércitos?

— Enviando nuestros mejores demonios a la batalla, si no podemos destruirlos al menos los expulsaremos del campo de batalla. ¡Ve a las cárceles inferiores ahora mismo y ordénales que liberen a BELZEBU y su ejército, que suban!

— ¡Pero esta decisión es demasiado peligrosa, pueden destruir a todos los mortales de la tierra en cuestión de horas!

— Para expulsar a estos intrusos soy capaz de destruir a toda la humanidad, no discutas mis órdenes, ¡obedece!

— De acuerdo, como desees

BELZEBU y sus ángeles caídos son mencionados en las Sagradas Escrituras como los seres de las tinieblas más poderosos, con poderes aún mayores que los del mismo Satanás, por eso los mantiene encadenados en las cavernas más profundas del centro de la tierra, ellos serán los que se enfrentarán a Cristo. en la Guerra de Armagedón en su segunda venida a este mundo.

Liberarlos significó traer el fin de la vida humana en la tierra, ya que tienen el poder de multiplicarse, es decir, en cuestión de minutos esos cien poderosos demonios se convertirían en millones de ellos esparciéndose por el planeta. Sucedió que Demo solo pensaba en la venganza, quería hacerme sentir culpable por el Apocalipsis. Cuando los cien seres de las tinieblas aparecieron en medio de la batalla, se escuchó un gran estruendo, parecía que la tierra se partía por la mitad, todo se estremecía bajo nuestros pies.

Nubes negras oscurecían el cielo que alguna vez fue iluminado por los intensos rayos del sol, era terrible vivir todo ese. Sophia dio un grito de pavor, no puedo negar que yo también me puse amarillo, los otros demonios dejaron de luchar contra los hijos del Altísimo y dieron un paso atrás para dejar espacio a BELZEBU y sus soldados. Miguel junto con sus guerreros se mantuvieron listos para la pelea, sin embargo pararon la pelea, esperando lo que sucedería a partir de entonces.

— ¿Entonces volviste a desafiarnos, Miguel? ¿Crees que debido a que derrotaste a Satanás y sus débiles ejércitos en otra ocasión, podrías tener el mismo resultado esta vez? Bueno, sepan que solo ganaron antes porque mis hermanos y yo no participamos en esa primera batalla, pero aquí estamos para enfrentarlos como iguales. ¿Te consideras el más poderoso de los Arcángeles? Porque yo soy el mayor de todos los demonios en fuerza y poder, ¡te destruiré a ti y luego a toda esta débil humanidad que tu Dios creó!

Al decir estas palabras amenazantes, se dirigió hacia Miguel y sus guerreros celestiales con la furia de un animal salvaje, avanzaron decididos a convertir a sus oponentes en polvo y cenizas, pero olvidaron que no en vano esos ángeles son considerados el ejército privado de la Altísimo, su guardia real, el escudo que protege su reino.

En el instante en que BELZEBU pronunció sus palabras en tono amenazador, el príncipe de los Arcángeles transmitió en pensamiento todas sus palabras al Hijo de Dios, quien lo vio y escuchó todo desde su trono. Consciente de que el poder del oponente era en realidad superior al de su mayor representante, personalmente bajó al campo de batalla.

Permaneciendo escondido se incorporó a Michael, poseyendo su cuerpo celeste para luchar contra el poderoso adversario que solo podía ser derrotado por él, pero solo los Arcángeles podían verlo. Mientras los ángeles que acompañaban a Miguel se enfrentaban a los noventa y nueve seres malvados, BELZEBU se enfrentaba al príncipe de los Arcángeles, pero sin saber que Cristo estaba dotado del mayor poder de todo el Universo y al cruzar sus espadas destellaban relámpagos por todas partes.

Lanzándolo a una gran distancia de donde pelearon la pelea, admirado por el poder que salió del Arcángel y lo repelió de esa manera BELZEBU no pudo entender lo que había sucedido, ya que era mucho más poderoso que el ser celestial. El hijo de Dios le había impedido verlo a él, así como a todos los demás que estaban allí, a excepción del ejército de ángeles divinos.Descontento con la humillación, el demonio se levanta y se lanza de nuevo contra Miguel quien con un movimiento excepcional vuelve a golpearlo con su espada, arrojándolo a una distancia mucho mayor que la anterior, humillándolo. aún más ante sus seguidores.

Al darse cuenta de que su líder estaba recibiendo una tremenda paliza del príncipe de los Arcángeles y que tampoco podían derrotar al ejército celestial, los otros demonios comenzaron a retirarse de la batalla, acobardados ante los que pensaban derrotar. Poco a poco se rindieron en presencia de los valientes guerreros del cielo, confirmando la derrota de la oscuridad. Indignado por toda la situación, BELZEBU luchó incansablemente contra su oponente con la esperanza de vencerlo en la pelea que duró varias horas, eran dos seres extremadamente poderosos cruzando sus espadas que brillaban con relámpagos.

Chispas de humo por todas partes. Cristo permaneció en Miguel con el propósito de avergonzar a Satanás a través de él. Sophia y yo permanecimos escondidos detrás de los escombros allí, viendo todo de cerca, la batalla de los dioses impresionó mucho a mi amigo que nunca antes había visto algo tan fantástico.

Después de un largo tiempo de lucha entre el bien y el mal, la luz y la oscuridad, el Hijo del Altísimo finalmente derrotó a su oponente. BELZEBU cayó al suelo derrotado, destruido y humillado ante su ejército, avergonzando a quienes lo seguían, creyendo que era el hombre más grande. Pero aún había poco que el Señor le había hecho a ese exaltado demonio, que habló con arrogancia contra el príncipe de los Arcángeles, dudando de su capacidad para derrotarlo.

De esta manera, Cristo dejó a Miguel y sin que yo me diera cuenta me tomó, habitó dentro de mí, llenándome de su gloria y poder. De repente una luz fuerte me envolvió, quedé suspendido del piso.

Se escuchó un fuerte estruendo, mi ropa desapareció y en su lugar me encontré con diferentes túnicas, una espada larga apareció en mi mano derecha. Nos asombró lo que vieron tanto Sophia como los demonios se sorprendieron por lo que me pasó, me transformé en una especie de guerrero medieval, como en la antigüedad.

Listo para el combate. BELZEBU permaneció de pie unos cien metros, empuñando su espada sin entender todo eso. Fui tomado por el Señor que actuó dentro de mí, dominando mis pensamientos, mi mente, mis ojos eran antorchas de fuego que ardían continuamente y al hablar el sonido de mi voz era similar al sonido de muchos truenos.

Entonces el Hijo del Todopoderoso usó mis labios para dirigirse al demonio fallido.

— ¿Intentas avergonzar a los guerreros del Altísimo, demonio? ¡Por ahora serás vencido por la espada de una mujer que es la mayor vergüenza para un guerrero, sea humano o no, serás ridiculizado ante los ojos de quienes te siguen desde el infierno y pasan la eternidad atrapados en las cadenas de la oscuridad!

Al escuchar las palabras que salieron de mi boca, pero pronunciadas por el Hijo de Dios, BELZEBU se enojó mucho y avanzó en mi dirección, pronunciando amenazas.

— ¡Porque te mostraré que no pasaré por esta vergüenza ni aceptaré inerte a tus amenazas!

La lucha entre el diablo y la Reina de la Luz, como se llamó al ser divino que fui transformado, comenzó y para desilusión de los condenados, el poderoso Hijo de Dios que me poseyó comenzó a golpearlo con su espada llameante, arrojándolo. lo alejó cada vez que intentó golpearlo, cumpliendo así lo que prometió. La batalla librada por los dos se prolongó durante varias horas hasta el atardecer de ese día,

Cuando se acercaba la oscuridad de la noche levanté mi espada en un impulso de quien vivía en mí y el sol se detuvo donde estaba después de ascender diez grados devolviendo la luz sobre al final de esa tarde,

Para que pudiéramos seguir luchando hasta que se determinara el ganador. Continuamos luchando incansablemente entre nosotros hasta que BELZEBU reconoció su derrota, cayendo de rodillas ante mí.

A los pies de una mujer guerrera, avergonzándose a sí mismo y a los que lo seguían desde la oscuridad. Después de ser derrotado, fue encadenado junto con sus súbditos y regresó a las prisiones del infierno. Durante todo ese tiempo en que la batalla de los dioses PETROVIC permaneció a distancia, esperando ver cómo terminaría ese enfrentamiento. Tan pronto como su mayor aliado fue derrotado, huyó de allí y se presentó ante el rey de las tinieblas para informarle de las malas noticias.

—¡De nada sirvió liberar a los demonios de las cárceles y enviarlos a luchar contra los Arcángeles, porque no han logrado nada contra ellos! No sabía cuán poderoso era el Arcángel, ¡derrotó a BELZEBU y su ejército de demonios con la mayor facilidad!

— Bueno, yo conozco la fuerza y el poder de Miguel, ¡especialmente cuando Cristo está en él!

— ¿Qué quieres decir con que está en él?

— Miguel fue creado por el Altísimo para ser el líder del ejército más poderoso de todo el universo, se le dio el poder de recibir a la persona del Hijo de Dios dentro de su cuerpo celestial, como una fuerza cósmica, convirtiéndose en un cien por ciento. más fuerte de lo que ya es

— Así que aquí está la explicación de la derrota de nuestro mayor ejército de demonios.

— Así es, bajó sin que tú lo pudieras ver y se unió a Miguel en la lucha contra BELZEBU y sus súbditos, así fue conmigo el día que me rebelé y decidí subir al tercer cielo, donde reina el Altísimo…

Para tomar- su tronodecidí subir al tercer cielo, donde reina el Altísimo para tomar- su trono, sin embargo mis miles de querubines. Yo perdimos nuestros poderes, gloria y resplandor, nos convertimos en tinieblas luego arrojados del cielo a la tierra como si fuéramos estiércol, algo rechazado por los dioses, condenados a morar en las tinieblas por toda la eternidad .

— Pero BELZEBU no fue completamente derrotado por Miguel, durante el duelo de los dos una mujer parecía una diosa, vestida de guerrera, portando en su mano derecha una larga espada humeante que parecía destrozarlo con cada golpe.

— ¿Y de dónde salió?

— No lo sé señor, lo que puedo decirte es que ella era tan fuerte y valiente como Miguel

— Entonces es fácil deducir quién era, ciertamente era la Reina, ella pidió ayuda a los cielos y llegaron los Arcángeles, Cristo descendió sobre Miguel para derrotar a BELZEBU, luego se apoderó de ella para otorgarle poderes suficientes para derrotar y humillar. eso. De esta manera avergonzó a mi reino hoy, porque el mejor de mis demonios cayó a los pies de una maldita mujer.

— Sí, tiene mucho sentido

— ¡Claro que lo hace! Ahora tenemos que reunir todos nuestros consejos, tenemos que encontrar la manera de redimirnos de tanta vergüenza, ahora ve y reúne a todos mis asesores y a tus otros tres hermanos, ¡tenemos mucho que hacer!

— ¡De acuerdo, lo haré!

En mi segunda encarnación fui madre de todas las prostitutas.

Conocidas entre los mortales como POMBAGIRA, tenía la especialidad de incitar a hombres y mujeres a practicar la inmoralidad sexual en todos sus aspectos. Por eso, fui sentenciada a nacer en la tierra en una nueva existencia, pero nuevamente como mujer.

El propósito del Padre Celestial era que yo repitiera mi vida en un cuerpo similar al anterior, sin embargo, haciendo el bien y no el mal para que así fuera perdonado por tantos males practicados contra la humanidad. Fue así como me convertí en monja reconocida mundialmente como mujer santa, casta, dedicada a las causas sociales, defensora de los pobres.

Sin embargo, cometí el pecado de la idolatría al seguir a María, la diosa católica, creada por la mente humana, un ser ficticio que no existe en el cielo solo en mentes cauterizadas por la doctrina del catolicismo. Sin embargo, fue mi único gran error, una gran ofensa contra el Dios Santo de todo el Universo y eso me condenó a una nueva reencarnación.

Finalmente, nací en este mundo destinado a cumplir mi Karma, mi suerte, mi destino, como alguien que, desde temprana edad, perdería a su familia y sería impulsado por el destino hasta el punto donde yo llegué. Ahora, consciente de estas verdades porque me las reveló Miguel antes de regresar al paraíso, decidí tomar mi lugar en el Universo y elegir un lado a seguir. Después de que el Hijo de Dios me dejó, me quitó todos los poderes que tenía durante el enfrentamiento con BELZEBU, pero me mostró que podía rescatarlos si quería, solo aceptaba unirme al ejército de Arcángeles en la batalla que se libraría. por todo el país desde ese día para acabar con el sangriento gobierno de PETROVIC.

Liberar a la humanidad de su yugo, traer nuevamente la paz mundial, luego descender a las regiones inferiores de la tierra y luchar contra Satanás dentro de su propio reino, humillarlo, debilitar su poder, liberar a las almas cautivas que pudieran decidir arrepentirse, llevando el cautiverio a lo alto.

Por supuesto, la idea de poder convertirme en un ser totalmente poderoso, no como antes, cuando solo me convertí en la Reina del Mal unas pocas veces y luego volví a ser mortal, pero de forma permanente. Por supuesto, a pesar de la frustración que me causó mi aventurera pareja por miedo a no volver a verme ni a estar juntos de nuevo, decidí aceptarlo.

Sophia regresó a la Agencia, comenzó a vivir su vida con la misma rutina de siempre, ganó un gran prestigio frente a nuestros superiores, ganó el puesto más alto en la organización secreta más grande de Estados Unidos. Todavía se ganó el corazón de Roger con quien se casó, pero nunca quisieron tener hijos debido a la vida arriesgada que llevaban.

¿Cuanto a mi? Bueno, me dieron por muerta durante la batalla librada contra PETROVIC y su ejército criminal, dejando a mi mejor amigo el legado de nunca renunciar a un logro, incluso si eso significa tener que abandonar la escena muchas veces. Mi cuerpo nunca fue encontrado, pero no cuestionó la idea de haber sido eliminado.

Después de todo, con tantas explosiones que ocurrieron durante el combate, se pensó que mi cuerpo había volado sin que el menor rastro de mi existencia fuera encontrado en el lugar. Mientras todos seguían silenciosamente sus rutinas, solo Sophia sabía sobre mi importante secreto, dónde estaba y qué estaba haciendo. Ahora, transformada en la Reina de la Luz y no del mal, me uní a Miguel junto a sus miles de Arcángeles.

Entonces salimos al exterior para destruir los ejércitos de PETROVIC, allí donde solo había uno de sus seguidores, lo transformamos en polvo y cenizas. Actuamos a escondidas, en lo invisible, sin que nadie pudiera vernos a simple vista. Eu já não era um ser mortal, mas sofri a transladação da carne para o espírito sem passar pela morte física, como ocorreu com Enoque e o profeta Elias citados nas Escrituras. Me tornei uma semideusa, uma heroína, uma joia de Deus. Depois de muitas lutas travadas contra as legiões do mal que destruíam a vida dos inocentes na terra era chegada a hora de descer

Ir para as profundezas da terra para o duelo final contra satanás e seus demônios, eles haviam se reunido, traçado planos, reforçado suas defesas, nos aguardavam ansiosos para mais uma batalha onde aconteceria o bem e o mal traçariam seu último duelo. Miguel e seus Arcanjos bateram asas em direção ao reino das trevas.

Eu os acompanhei montada sobre as asas do príncipe de Deus, invadimos os portões do inferno, passamos por cima de seus vigias, reduzimos a cinzas suas fracas defesas, visitamos cada parte daquele antro maldito, removemos portões de ferro, derretemos seus cadeados de bronze, libertamos muitas almas encarceradas que clamavam pela liberdade.

Tudo mediante nos certificarmos de seu total arrependimento e o desejo sincero de querer o amor de Deus, como nos foi determinado por Cristo. Satanás arregimentou seus melhores demônios e veio confrontar-nos, mas para sua decepção fomos mais poderosos, valentes, combatendo melhor a cada luta. Aquele foi o princípio do fim, onde Arcanjos e demônios mediriam suas forças, onde somente um dos dois lados sairiam vencedores.

Tercera Parte

La Princesa de los Arcángeles

Prólogo

Me consideraron muerta durante la batalla contra PETROVIC y su ejército criminal, dejando a mi mejor amigo el legado de nunca renunciar a un logro, incluso si eso significa tener que abandonar la escena muchas veces. Mi cuerpo nunca fue encontrado, pero no cuestionó la idea de haber sido eliminado.

Después de todo, con tantas explosiones que ocurrieron durante el combate, se pensó que mi cuerpo había volado sin que el menor rastro de mi existencia fuera encontrado en el lugar. Mientras todos seguían silenciosamente sus rutinas, solo Sophia sabía sobre mi importante secreto, dónde estaba y qué estaba haciendo.

Ahora, transformado en defensor del bien y no del mal, me uní a Miguel junto a sus miles de Arcángeles y salimos al exterior para destruir los ejércitos de PETROVIC, allí donde solo había uno de sus seguidores, lo convertíamos en polvo y ceniza. Actuamos a escondidas, en lo invisible, sin que nadie pudiera vernos a simple vista.

Ya no era un ser mortal, pero sufrí la traslación de la carne al espíritu sin pasar por la muerte física, como sucedió con Enoc y el profeta Elías mencionado en las Escrituras. Me convertí en un semidiós, una heroína, una joya de Dios. Después de muchas luchas contra las legiones del mal que destruyeron las vidas de los inocentes en la tierra, llegó el momento de descender

Para ir a las profundidades de la tierra para el duelo final contra Satanás y sus demonios, se habían unido, hicieron planes, fortalecieron sus defensas, esperando con ansias otra batalla en la que el bien y el mal tendrían lugar en su último duelo. Miguel y sus Arcángeles batieron sus alas hacia el reino de las tinieblas.

Los acompañé a horcajadas sobre las alas del príncipe de Dios, invadimos las puertas del infierno, pasamos por encima de sus centinelas, reducimos a cenizas sus débiles defensas, visitamos cada parte de esa guarida maldita, quitamos las puertas de hierro, fundimos sus cerraduras de bronce, liberamos a muchas almas encarceladas que clamaban por la libertad.

Todo asegurándose de su arrepentimiento total y su deseo sincero de querer el amor de Dios, según lo determinado por Cristo. Satanás reclutó a sus mejores demonios y vino a confrontarnos, pero para su decepción éramos más poderosos, valientes, mejor luchando en cada pelea. Ese fue el comienzo del fin, donde los Arcángeles y los demonios medirían su fuerza, donde solo uno de los dos lados ganaría.

Primer Capítulo: Regreso al Principio

Después de ser trasladado, perder mi forma humana y haber restaurado mis poderes sobrenaturales que en el pasado solía convertirme en la Reina del Mal, fui iluminado por Miguel quien me permitió seguirlo en la batalla que se libraría dentro de la tierra donde vivía satanás. con su ejército de demonios. A pesar de que había vivido juntos durante dos siglos, ocupando la posición privilegiada de su esposa.

Al mando de ese reino hecho de tinieblas sin fin, no guardaba nada en mi corazón que me hiciera sentir algún sentimiento de afecto por él o su reino, al igual que los demás guerreros. los celestiales trajeron conmigo solo el deseo de destruirlo. Desde que dejó las mansiones celestiales

Vivió en las partes bajas de la tierra, donde creó su imperio en medio de la oscuridad, el Diablo se ha dedicado exclusivamente a perseguir, Matar, robar, destruir y atormentar al género humano por considerarlo su peor. enemigo. Su odio por la corona de la creación de Dios no tiene paralelo.

Los seres humanos fueron creados y colocados en el Huerto del Edén donde solían ser la morada del antiguo Querubín Ungido y sus seguidores, ya Querubín Ungido y sus seguidores. Ya que fueron expulsados del paraíso debido a la rebelión que los llevó a conspirar contra el Todopoderoso.

Por tanto, como principal enemigo de Dios, perseguidor de su más excelente obra en la tierra, Satanás fue sentenciado a la destrucción junto con todos sus ejércitos de demonios, luego de recibir la luz verde para invadir las tinieblas y allí poner fin a su reinado de horror y tormento. que decimos de inmediato.

Acompañado por Miguel, el príncipe de los Arcángeles, me dirigí hacia mi antiguo hogar donde en compañía del Maligno llevé a tantas almas al pecado condenándolas a una vida eterna de condenación y muerte espiritual, como Reina del Mal, seductora de seres humanos, madre de prostitutas. Desafortunadamente en otras encarnaciones llevé a muchos a ese cautiverio. Al llegar allí nos encontramos con un sinnúmero de demonios armados hasta los dientes que nos esperan,

La lucha se libró entre los hijos de la luz y los de las tinieblas, nuestras espadas soltaban chispas de fuego al entrar en contacto con el cuerpo de los monstruos, caían a nuestros pies como moscas mientras avanzábamos hacia el centro de la tierra. Ninguno de ellos parecía estar a la altura para enfrentarnos en combate a pesar de ser seres sumamente poderosos.

La fuerza y el poder propio de los guerreros de Dios estaba en mí y eso me daba una mayor ventaja sobre ellos. En solo unas pocas horas, cientos de ángeles malignos fueron exterminados, o al menos derrotados, en gran medida reducidos.

Miguel lideró el ataque y lo seguimos a donde fuera, ya que confiamos en su estrategia de atacar a los siervos de Satanás quienes al ver sus ejércitos vencidos, decidieron abrir las puertas de las cuevas donde estaban presos sus peores demonios, dándole la oportunidad a BELZEBU.

Estaban presos sus peores demonios, dándole la oportunidad a BELZEBU. de una revancha contra nosotros. Al ver que él y su ejército fueron liberados, el príncipe de los Arcángeles nos llamó a unir nuestras fuerzas, multiplicando el poder divino que nos dio el Altísimo para que pudiéramos exterminarlos a todos a la vez. Un grupo formado por decenas de Arcángeles se unieron y con ellos también compartí todo mi poder, permitiendo que un rayo fuerte saliera de nosotros hacia los oponentes.

La ráfaga de poder que se lanzó hacia los demonios fue tan grande que se disiparon en el aire como un simple humo negro con olor a azufre que se extendió por todo el reino de las tinieblas, provocando que la Demo se enrojeciera de rabia contra los enviados. de Dios. A pesar de la derrota y de nuestra actual victoria, parecían multiplicarse, saliendo por todos lados a luchar contra nosotros, esos demonios no se rindieron fácilmente.

Sin embargo, como verdaderos soldados del Padre Celestial, también fuimos incansables en la batalla contra el mal, luchando contra las fuerzas del mal que resistieron nuestro ataque lo mejor que pudieron. Ángeles de luz lucharon contra sus antiguos hermanos quienes, debido a la rebelión contra quien los creó, cayeron en desgracia, siendo condenados a una existencia permanente en un mundo oscuro de extrema oscuridad, esclavos de las tinieblas y satanás a quien eligieron servir. Pude ver en el rostro de Miguel su tristeza al ver la forma deplorable en que se encontraban sus hermanos luego de la caída, los mismos que alguna vez alabaron a Dios en el paraíso, recibiendo el honor de custodiar el jardín creado para la gloria del Altísimo. Ciertamente le dolía el pecho ver la triste situación en la que se encontraban y el hecho de tener que destruirlos.

Pero hacer qué si hubiera sido su elección vivir de esa manera. Esta es la recompensa para los rebeldes, permanecer cautivos en la oscuridad. La lucha librada en el reino de Satanás duró solo unas pocas horas en el reloj espiritual, pero en el mundo de los vivos significó días, incluso semanas. Mientras luchábamos contra los hijos del mal, los seres humanos sintieron terremotos, volcanes estallaron, el odio aumentó en el corazón del hombre.

Ocurrieron guerras en varias partes del mundo, aguas de los mares y ríos se desbordaron, cataclismos, inundaciones.Tormentas, terremotos, ciclones, tormentas que destruyeron un tercio de los seres vivos en los cuatro rincones del planeta. La ciencia, como siempre, culpó de todas estas catástrofes a la naturaleza, pero todo eso fue el equilibrio de la guerra entre los dioses del bien y del mal.

Finalmente, cansado de solo ver la destrucción de sus ejércitos demoníacos, el propio rey de las tinieblas decidió entrar en combate. Ir en contra del más poderoso de los hijos de Dios. Derrotado, sus súbditos se retiraron dando paso a la batalla final entre él y Miguel, nuestro líder, allí se definiría quién sería realmente el vencedor en esa guerra entre dioses, porque eran los más poderosos en el campo de batalla.

Me paré junto a los Arcángeles en una parte y los demonios en otra, observando todo muy de cerca como testigo ocular de un momento único en el mundo de los muertos. En las cadenas que allí existían miles de almas perdidas escuchaban todo, muchas gemían de agonía ante el dolor de ser encadenadas, subyugadas, torturadas o mantenidas como animales en su cautiverio. Todos ellos fueron tentados a practicar el pecado mientras vivían en la superficie de la tierra.

Cediendo a la tentación a la que fueron sometidos, me entristeció el corazón saber que yo era el responsable de la condenación de la mayoría de ellos actuando como promotor de la inmoralidad. Por supuesto, todavía había una posibilidad de restauración reservada para cada uno de ellos, porque la orden dada por el Padre de las Luces a Miguel fue que después de que conquistamos a los demonios.

Encarcelamos a Satanás en las mazmorras del infierno por mil años, deberíamos anunciar la salvación a través del nombre de Cristo a los cautivos de las tinieblas. Cualquiera que mostrara interés sería salvo, así fue, fue evangelizado y salvo. Después del duelo entre el Tentador y el príncipe de los guerreros de Dios, luego de que se consolidó la victoria de Miguel sobre los malditos.

Todas las almas que fueron evangelizadas por nosotros e inclinadas ante el nombre del Mesías fueron perdonadas de sus iniquidades. Restaurado, liberado de las ataduras y subió con nosotros a la gloria celestial. Sin embargo, antes encarcelamos a Satanás y sus demonios en las cadenas de HADES. Allí también permanecieron todos los que se negaron a aceptar a Cristo como Salvador.

Porque a pesar del sufrimiento constante, cientos de miles optaron por despreciar la rica oportunidad de rendirse a los pies del Todopoderoso. Entonces, después de que nuestra misión terminó, llegó el momento de regresar al Reino Celestial, Michael propuso algo inesperado:

— Ven con nosotros, tengo órdenes de llevarte de regreso a la casa de papá. La Santísima Trinidad desea tener una conversación seria contigo, aconsejo que no te niegues a acompañarme

— No esperaba recibir este tipo de invitación, ya que por lo que recuerdo fui rechazado por él luego de haber cometido el pecado de idolatría en mi anterior encarnación.

— Sí, la Corte Divina formada por Dios Padre…

Hijo y Espíritu Santo te condenó por adorar una imagen esculpida por las manos del hombre como si fuera el verdadero Dios de todo el Universo. Porque esto es a los ojos del Altísimo como adoradores de demonios, pero te has mostrado digno de recibir el perdón definitivo por los errores cometidos tanto en la existencia anterior como en la que acaba de vivir en el mundo de los mortales.

— Pensé que luego de la batalla con los demonios volvería a mi antigua forma física, pudiendo volver a vivir entre mis amigos en la tierra que seguramente me extrañan, incluido mi padre, a quien le tengo tanto aprecio por todo lo que hizo por mí en el momento mas duro de mi vida

— La elección es solo tuya, te hemos invitado a regresar con nosotros a las mansiones celestiales donde te espera nuestro Señor, pero depende de ti elegir lo que te resulte más conveniente

— ¿Entonces puedo elegir regresar a la tierra?

— ¡Claro que sí!

— ¿En la misma forma humana que tenías antes de la transferencia?

— ¡Por supuesto también!

— Bueno, pero ¿qué pasa con el tiempo desde mi supuesta muerte en combate?

— Bueno, pero ¿qué pasa con el tiempo desde mi supuesta muerte en combate? Ha pasado mucho tiempo y seguro que hasta me hicieron un supuesto velatorio, ¿cómo será si de repente aparezco de la nada?

— Esto es fácil de resolver, solo retrocede en el tiempo.

— ¿Cómo retrocedes?

— Al descender a la batalla contra el Maligno y haberlo convocado para unirse a nosotros en el combate…

Consideré la posibilidad de que quisiera volver a su forma humana después de que todo se hubiera consumado. Recibí permiso de mi Señor para hacerlo si así lo prefería, así que decide si esto es realmente lo que quieres y se hará.

— ¿Volveré a mi forma física anterior?

— ¡Por supuesto, sin duda!

— Ha pasado mucho tiempo, me consideraban muerta, ¿cómo puedo levantarme entre los que me conocieron antes y presentarme vivo después de que ya tuvieron mi muerte?

— Como mencioné anteriormente, puedo retroceder el tiempo, dándote la posibilidad de volver al mismo punto donde estabas antes de que me acompañaras en la lucha contra los hijos del Maligno.

— ¿Seriamente? ¿Es eso siquiera posible?

— Ven acá, mantén los ojos cerrados hasta que te des cuenta de que estás de nuevo entre los mortales

— Está bien!

Me acerqué a él, sentí su mano ser colocada en mi cabeza, sentí que todo giraba a mi alrededor y en un abrir y cerrar de ojos pude escuchar el sonido de disparos, de espadas cruzando entre sí, gritos, rugidos de demonios y el disparo de muchos. armas. Poco a poco me desperté mientras Sophia gritaba como loca masajeando mi pecho.

— ¡Vamos, Luana, despierta!

— ¿Qué pasa, por qué gritas tanto?

— Maldita sea, amigo, ¡ha pasado mucho tiempo desde que saliste! Maldita sea!

— ¿Qué pasó, cómo lo borré?

— ¿No recuerdas la explosión? ¡Nos arrojaron una bomba! ¡Apenas escapamos vivos, malditos demonios!

Estábamos escondidos entre los escombros del edificio demolido horas antes por las muchas bombas que allí arrojaron, delante de nosotros Miguel y los Arcángeles se enfrentaron a los demonios enviados por PETROVIC.

Directamente desde las profundidades después de derrotar a sus ejércitos humanos. Decidí acercarme para ver más de cerca el enfrentamiento, todo parecía un sueño, estaba un poco confundido. Cuando Miguel me vio, detuvo la lucha contra BELZEBU.

Y me lanzó una mirada repentina como si me hiciera entender todo lo que estaba pasando, entonces recordé lo que había pasado desde que enfrentamos la oscuridad y mi regreso al mundo de los vivos. Cerré los ojos, dejé que mi mente sintonizara el presente, una vez más sentí que todo daba vueltas y como en un sueño desperté a la realidad.

Estaba acostado en una cama de hospital, Sophia, papá y Roger estaban hablando mientras esperaban a que me despertara. En cuanto demostré que estaba despierto vinieron y me cubrieron de abrazos, caricias y glorificaron a Dios por mi vida.

— ¡Dios mío, hija mía, pensé que te había perdido!

— ¡Es verdad, amigo, fue un gran susto el que nos diste!

— Mira tu condición, Luana, ¡tu cuerpo está todo lastimado!

— Cálmense, gente, ¡un florero malo no se rompe tan fácilmente!

Muchas risas calmaron el corazón de todos los que allí estaban presentes. Muchas risas calmaron el corazón de todos los que allí estaban presentes, poco a poco comencé a sentir los efectos de las contusiones esparciéndose por todo el cuerpo luego de estar casi aplastado durante el enfrentamiento en Francia. Nada más salir del hospital me llevaron a la casa de papá para que me recuperara mejor de mi precario estado de salud. No admitió ni un segundo la idea de que estaría al cuidado de otras personas a pesar de que eran profesionales competentes, como médicos y enfermeras. . En la mansión de John recibí el mejor trato En poco tiempo volví a estar en forma, lista para regresar a la Agencia, lo cual hice sin perder tiempo.

Al llegar al trabajo fui recibido con mucho cariño por compañeros que estaban celebrando mi recuperación luego de un largo período en la cama de un hospital, se escuchó una verdadera lluvia de aplausos mientras me dirigía a la oficina de mi superior para ser reintegrado en la antigua función. Quién sabe, al recibir un nuevo encargo inmediato, saldría de todo ese bajón que me asfixiaba con tanto aburrimiento.

— Con tu licencia de director ...

— Luana, ¿cómo está nuestro agente de diez billetes?

— Vaya, por cierto, ¿me está citando el director más rudo de la agencia Agente Favorito de la CIA?

— ¿Y porque no? Después de todo, fue responsable del fin de la organización criminal más grande y demoníaca de todos los tiempos, sin su desempeño no hubiéramos tenido el menor éxito en esa misión.

— Pero qué pasa, director, no olvidemos la importante participación de la agente Sophia, quien contribuyó mucho para que las cosas funcionen

— Sí, es cierto, pero para mí y el pez gordo que realmente brillaba en todo eras tú.

— Me siento honrado por eso, director.

— Entonces, ¿te sientes listo para una nueva misión?

— Seguro que sí señor, inmediatamente me pongo a disposición de la Agencia

— Está bien, vamos al auditorio, necesito mostrarte algo importante para que entiendas perfectamente todo sobre tu próxima misión.

Tenemos un nuevo agente con nosotros, se llama Richard y vino desde Interpol para colaborar en esta nueva misión, ven que nos espera en el auditori. Al llegar allí, me presentaron al nuevo agente que me acompañaría en mi primer trabajo luego de recuperarme de las heridas sufridas durante la batalla contra PETROVIC y sus cientos de soldados, aunque esa situación hubiera ocurrido solo en la visión distorsionada de los hechos vividos de cara a ojos limitados de mis compañeros que no pudieron ver la realidad por la que pasamos.

Mientras yo iba y salía del abismo después de librar una terrible lucha contra los demonios en compañía de Miguel y sus ángeles. Richard me impresionó mucho, era un hombre atractivo, elegante, comunicativo y transmitía confianza a pesar de ser un espía muy entrenado, como yo. La química entre nosotros ayudó a que surgiera una fuerte amistad y en pocas horas ya estábamos hablando y riéndonos como si nos conociéramos desde hace mucho tiempo.

La nueva misión que recibimos en esa ocasión fue rescatar a la hija de un importante político que estaba prisionera en manos de un grupo terrorista en Siria con su sede criminal ubicada en la ciudad de Alepo. La segunda población más grande del país después de la capital Damasco, nuestras órdenes era entrar en ese territorio hostil y liberar a la joven. Con toda la formación que teníamos mi nuevo compañero de campo. Yo, se creía que todo sucedería con la mayor tranquilidad, con éxito garantizado. Simplemente estaba en cautiverio, eliminando tantos imbéciles como fuera posible sin llamar demasiado la atención de todo el rebaño y luego llegaba al punto de extracción combinado para regresar sano y salvo.

Sería genial si todo saliera según lo planeado, porque de esa manera solo tomaría unos días completar la misión y podríamos regresar a casa sanos y salvos. Esa mañana de primavera llegamos a Siria, cuando el sol había salido temprano. Salimos hacia Alepo horas después, donde nos recibieron informantes que nos dejaron saber toda la situación. Especialmente la ubicación exacta del cautiverio. Se sorprendieron de que la Agencia hubiera decidido enviar solo dos agentes para rescatar a la niña.

Ya que allí había decenas de hombres bien armados, pero tuvimos suficiente tiempo. El lugar estaba en uno de los barrios más pobres de la ciudad. En una especie de barrio pobre, lejos del centro urbano, rodeado de basura y escombros por todas partes. Ingresamos al perímetro sin ser notados hasta que nos topamos con los que estaban en guardia para evitar la presencia de extraños en el lugar.

Inicialmente actuamos con cautela para no llamar la atención de todos a la vez, eliminando cada obstáculo con el uso de las propias manos. Estrangulándolos a través de nuestras técnicas de lucha corporal. Richard demostró ser un excelente luchador de artes marciales y a mi lado cooperó mucho para acabar con los primeros bandidos que conocimos.

Segundo Capítulo: Una Nueva Oportunidad Para Amar

Había entre cincuenta y sesenta hombres a los que tendríamos que enfrentarnos antes de llegar al punto exacto en el que se encontró a la víctima de los terroristas. Que amenazaban con matarla si no se cumplían sus demandas en cuarenta y ocho horas. Exigieron que el Ministro de Medio Ambiente firme un plazo que permita el vertido de residuos tóxicos.

El producto debe ser vertido en las aguas del mar Mediterráneo como si se tratara de otro tipo de material atóxico. Evitando que la ley ambiental los castigue por cometer tal delito. El hecho de que el Ministro, padre de la joven secuestrada, se negara a colaborar con los secuestradores.

Los llevó a amenazar con matarla si no se echaba atrás en su decisión, por lo que su vida ha estado en nuestras manos desde entonces.Luego de enfrentarnos a la mayoría de los bandidos y poder ingresar al lugar, fuimos descubiertos y una lluvia de perdigones cayó sobre nosotros.

Los cuales intentamos protegernos de la mejor manera posible, sin, sin embargo, retroceder ante la amenaza. Armados con pistolas automáticas, contando con nuestra acertada puntería, vimos varios cuerpos sin vida caer al suelo, no se perdieron disparos.

Tanto Richards como yo éramos excelentes francotiradores, lo que facilitó mucho el éxito durante el ataque, en pocos minutos desmantelamos el cautiverio. Liberamos al rehén y ya nos dirigíamos al punto de extracción que fue informado por Inteligencia. En el helicóptero, los dos estábamos respirando aliviados al final de la misión sin que la víctima sufriera bajas ni heridas.

— ¡Vaya, finalmente de vuelta a casa y sin ningún rasguño crítico sobre nosotros o el rehén!

— Así es, Richard, otra misión cumplida con éxito.

— Mejor aún, no me gustan los fracasos, que podamos seguir teniendo la misma suerte siempre

— Tuvimos la suerte de poder contar el uno con el otro en esta misión

— Tuve la suerte de trabajar junto a un agente tan bien capacitado como tú.

Ese cumplido me dejó enrojecida de tanta vergüenza, algo que nunca antes me había pasado, ni siquiera cuando mis superiores me elogiaban al final de cada misión, que ya se había convertido en rutina para mí. Quizás fue porque nos acabamos de conocer, o porque estábamos en presencia de un extraño ... — pensé.

A cambio le di una sonrisa amarillenta, un poco avergonzada, toda desconcertada. ¿Será que después de que llegáramos a la Agencia me invitaría a tomarme una cerveza fría ahí en el bar de la esquina del edificio donde viviríamos juntos como vecinos o me sería indiferente? No sé qué me estaba pasando, después de todo.

Después de la enorme decepción sufrida en el primer amor decidí no volver a arriesgarme nunca más. Tenía miedo de volver a amar y sufrir otro dolor como el de mi adolescencia, donde fui engañado, abandonado, tratado como algo inútil que usamos y luego tiramos

. Me juré a mí mismo que nunca permitiría que otro hombre me tratara así, ni creer en palabras vacías que solo sirven para engañar, juzgar, humillar. Sin embargo, ccomo pude ver, realmente parecía haberse suavizado ante el encanto, la elegancia y los hermosos ojos verdes de ese bello inglés con sus casi dos metros de altura.

Cabello rojo, su barba siempre bien hecha y una sonrisa en sus labios capaz de encantar cualquier corazón. necesitado como el mío. Cuando llegamos a la CIA, presentamos nuestros informes y luego, como estaba previsto. Fuimos a tomarnos esa esperada cerveza fría en el pequeño bar de la esquina del hotel donde nos convertiríamos en vecinos.

— Legal para que la Agencia nos otorgue apartamentos de lujo en pleno centro de la ciudad

— Sí, y no es una ciudad cualquiera, ¡es la metrópolis más grande del mundo!

— Es la verdad más pura, Nueva York es realmente hermosa, ¡tan hermosa como el color de tus ojos!

— Gracias, pero los tuyos son mucho más encantadores que los míos.

— ¿Entonces eres la admirable agente Luana, que como magia destruyó todo el ejército del tirano PETROVIC?

— No tuvo nada que ver con la magia, amigo mío, fue pura táctica de guerra acompañada de un perfecto plan de ataque

— Y tu amiga, aquella con la que realizaste la misión en Francia donde tuvo lugar la famosa pelea con los criminales, ¿dónde está?

— ¿Estás hablando de Sophia? Por lo que me informaron tan pronto como regresé a la Agencia, ella y nuestro amigo Roger están en una misión en Haití, pero deberían regresar pronto.

— Ustedes tres son grandes socios por aquí, ¿no?

— Aquí y donde quiera que vayamos nos llevamos muy bien

— ¿Y son tan buenos en lo que hacen como tú?

— La mayor prueba de ello es que somos amigos…

Eso sería imposible si no tuviéramos las mismas cualidades que los agentes

— ¿Y por qué piensas eso?

— En primer lugar, debido a que estaríamos en diferentes niveles dentro de la Agencia, sería imposible acercarnos, tener un contacto diario y directo. Entonces, debido a que las personas altamente capacitadas como nosotros no pueden relacionarse con socios sin experiencia, ¿no está de acuerdo?

— En cierto modo sí, pero creo que es posible convivir con civiles o agentes menos calificados que yo.

— No lo sé, tal vez creo que sí porque tengo entrenamiento militar. Allí nos enseñan a mantener una convivencia armoniosa solo con los militares.

O con quienes de alguna manera sirven a su gobierno o país, incluso con nuestros familiares no nos enseñan a mantener un contacto permanente, ya que aprendemos que las Fuerzas Armadas son nuestra única familia. verdad.

— Lo sé, yo también fui, pero no dejé que me afectaran tus ideologías.

— ¿Participó en alguna guerra mientras servía a su país?

— Realmente no, debí haber participado en las Malvinas, pero en el último momento me asignaron comenzar mis servicios en la Interpol de inmediato porque me consideraban el más capaz para llevar a cabo una misión a favor de nuestro gobierno. Pero me informaron que estabas allí, al mando de un pelotón que puso a correr a los argentinos

— Sí, eso es muy cierto, lo hicimos muy bien

— ¿Cuál es su rango actual como militar?

— Mayor, ¿y usted?

— Teniente Coronel, fui excusado con honores para seguir sirviendo a mi país como agente

— Yo también, porque tenemos algo en común

— No, creo que tenemos más en común de lo que crees

— ¿Realmente crees eso?

— ¡Claro que sí!

— Aún no lo sé, veamos cómo va, pero ahora quiero decir que si lo hago seré feliz

Pasamos mucho tiempo hablando Intercambiando confidencias sobre nuestra vida profesional y personal, hablamos de amigos, familiares, misiones en las que operamos, los riesgos que corremos cuando operamos en cada una .Finalmente decidimos ir a descansar en nuestros apartamentos que estaban en el mismo piso que el Hotel donde la Agencia nos alojó indefinidamente hasta que fuimos trasladados a otra ciudad.

Al llegar a ese pasillo iluminado nos detuvimos para despedirnos y desearnos una buena noche de sueño, él se apoyó contra la pared, agarrándome las manos con fuerza. Su rostro se acercó más al mío y al sentir el suave roce de sus labios junto a los míos, de repente ya estábamos abrazados, besándonos como si hubiéramos sido amantes durante mucho tiempo. Por primera vez en años, me rendí sin miedo. Perdí completamente mi compostura, mi razón, mi miedo a ser lastimada nuevamente.

Cuando me tocaron esas manos enormes en un abrazo fuerte y apretado, deliraba de deseos y sentía dentro de mí como si un fuego abrasador me consumiera. Había pasado tanto tiempo desde que me amaban, mi cuerpo estaba intacto,

Mi sexo sellado desde la última vez que le hice el amor a un bastardo que me dejó embarazada cuando era solo una chica tonta sin idea de lo que realmente quería de la vida. Me invitaron a entrar a su departamento, que estaba frente al mío, con cada paso que dábamos seguíamos besándonos y tiramos cada una de nuestras prendas que estaban esparcidas por el piso. Tirándome en la cama completamente desnuda, besó mi boca más fuerte, chupó mi lengua locamente, luego comenzó a chupar mis pezones, lamió todo mi cuerpo, bajó a mi coño mojado del deseo.

Me abrió todo y Empecé a chupar mi clítoris volviéndome loco. Su lengua suave pero cálida lamió el interior de mi sexo que ardía con fuego mientras yo gemía de placer, se retorcía en la cama como una oruga en la arena abrasadora, deseando ser invadida pronto. Cuando se dio cuenta de que yo estaba lista para el acto, se puso de pie y entonces pude ver ese mástil enorme, grueso, veteado, cuya cabeza parecía un tomate rojo, apuntándome.

Su propuesta inicial fue que me la chupara. Obedecí y traté de meterme todo en la boca, pero era demasiado grande, a pesar de todo el esfuerzo no fue posible tragar más de la mitad. Parecía de unos veinte centímetros de tamaño y cuatro o cinco milímetros de grosor, una verdadera boa humana, así que solo chupé el glande, chupé tanto como pude soportar. Mi falta de experiencial, él como un macho insaciable. Procedió a alcanzar y tirar de su mástil. Sentí ese palo enorme dándome un puñetazo en la garganta siendo virgen por tal acto, porque en los tiempos en que estaba poseída en mi adolescencia mi pareja solo me metía el pene en la vagina y nada más, nada más que eso que él hizo o me enseñó. Richard era varonil, sus manos.

Brazos eran poderosos, todo sobre ese hombre era increíblemente exagerado. Cuando mi sexo penetró sentí como si un torpedo hubiera sido disparado y rompiera la abertura de mi vagina. Desgarrándome por dentro, destruyendo todo lo que estaba frente a mí, con cada embestida ponía los ojos en blanco de delirio mezclado con dolor y lujuria. Templado con un placer inexplicable que me llevaba a las nubes, nunca antes había experimentado tal satisfacción. Pero me puse amarillo de susto cuando mi compañero de cama propuso que me pusiera a cuatro patas.

No podía creer que tuviera la intención de penetrarme por detrás, no había practicado sexo anal, pero Sophia me dijo que la mierda me dolía mucho. Practicado sexo anal, pero Sophia me dijo que la mierda me dolía mucho y que era ¡Ese palo grueso me despedazaría! Al principio me negué, pero me convencí de estar de acuerdo después de que dijo que usaba una crema anestésica para facilitar la penetración.

Evitando el inmenso dolor que temía sentir. "¡Con todo, todo se puede solucionar!" — dijo — Bueno, decidí arriesgarme por el bien de la relación que acababa de comenzar. Fue un sacrificio meter toda esa monstruosidad de pica en mi estrecho hoyo virgen, pero el cabrón logró meterlo todo en él, hasta que golpeó el tronco.Dios mío. Rentir ese enorme nervio siendo golpeado en mi culo fue una experiencia inolvidable.

Porque fue allí donde encontré placer en mi ano similar al que sienten los gays, me encantaba follar por detrás. Al final de todo me hizo otra propuesta después de haberme follado con ese palo. Gigantesco, le pedí que le volviera a chupar la polla hasta que se corriera dentro de mi boca, me disgustó, pero el cabrón insistió con cariño y lo tomé.

Le tomó casi una hora llegar al clímax y eyacular, un chorro de esperma salió de ese mástil y se lanzó en mi garganta, seguí chupando, tragando toda esa jodida sal, chupando desde la cabeza de su polla hasta la última gota de leche mientras la mía macho se desmayó de placer. Dormimos juntos esa noche y al amanecer nos dirigimos a la Agencia para recibir nuevas instrucciones para nuestro próximo trabajo, pero mantuvimos la discreción necesaria para mantener nuestro secreto. Ese mismo día Sophia y Roger regresaron de la misión en Haití y conocieron al nuevo colega.

Formando un cuarteto perfecto, capaz de realizar misiones que requerían experiencia, técnica y agilidad.

— ¿Así que esta es Sophia, la compañera número uno de Luana?

— Bueno, si así es como comentan, lo acepto de buena manera.

— Llame no, amigo, a Richard le gusta bromear

— ¿Y usted es el inglés que vino a trabajar con nosotros aquí en la CIA?

— Hola, debes ser Roger. Sí, mi gobierno me envió a cooperar con la Agencia de Inteligencia Estadounidense, muy complacido

— ¡Sea bienvenido!

— ¡Gracias!

Después de las presentaciones, pasamos todo el día moviéndonos de una reunión a otra, conociendo todas las actividades de la Agencia en todo el planeta, buscando siempre colaborar con la paz mundial junto con otras Agencias de Inteligencia alrededor del planeta. Al final de la tarde nos reunimos para cenar en la Plaza donde volvimos a conversar.

— ¡Amigo mío, qué hombre!

— ¡No te extrañes, Sophia, ya tiene dueño!

— Pero claro que la hay y solo puedes ser tú, ¿no es tu travieso?

— Pasé mucho tiempo solo con miedo a amar de nuevo, a lastimarme, pero con Richard cambió

— ¿Y ya tuviste sexo? ¿Fue sabroso? ¿Es tan bueno en la cama?

— ¡Qué pregunta más indiscreta, Sofía!

— ¡Vamos, dímelo antes de que regresen!

— Por eso pidió que lo recogieran, ¡quería interrogarme!

— Por supuesto, en cuanto los vi a los dos juntos en la Agencia, enseguida me di cuenta de que algo estaba pasando entre tú e incluso le comenté a Roger, pero él dudaba de mí.

— Tu novio es sensato

— ¡No, amigo mío, es ciego o no quiere ver lo obvio!

— ¡Honestamente, eres horrible!

— ¡Listos, chicas, aquí están las chuletas frías!

— ¡Ustedes llegaron justo a tiempo!

— ¿A qué hora?

— Sabes como es Luana, Roger, ev

itando siempre dar explicaciones

— ¡Ustedes dos son solo un misterio!

Pasamos horas en una charla relajada hasta que cada uno fuimos a sus habitaciones, Richard y yo subimos al quinto piso del Hotel Plaza donde vivíamos mientras Sophia y Roger iban al apartamento que habían comprado recientemente después de consolidar su relación amorosa y seguir adelante. juntos.Ya de nuevo en el espacioso pasillo del edificio donde vivíamos, veinticuatro horas después de haber vivido con Richard momentos de intenso placer.

Volvimos a besarnos entre muchas caricias. No pudiendo soportar tanta lujuria, volvimos el uno al otro con la misma disposición de antes, en una locura extraordinaria que nos llevó a prender fuego a esa cama donde, durante la mayor parte de la noche, rodamos como dos animales salvajes. Repetimos toda la sodomía de la noche anterior y como somos igualmente pervertidos en el sexo. Inventamos muchas otras locuras para completarnos sexualmente. Ese hombre despertó en mí deseos y sentimientos hasta entonces muertos, sucumbió a una enorme decepción. Vivía en un cuento de hadas, el momento más espontáneo y gracioso de mi vida, pero como nada me parece que nada sea duradero, el destino me volvería a sorprender.

Esa mañana, mientras Richard dormía profundamente, permanecí despierto en un insomnio terrible el tiempo suficiente para ser perturbado por la visita inesperada de un personaje muy conocido de la otra vida, un círculo de fuego se abrió de repente y un mensajero de Satanás salió con un mensaje enviado desde la oscuridad.

"Te traigo la noticia del padre de las tinieblas, mi Reina, así lo dice: Te atreviste a traicionar la confianza que puse en ti, uniéndote a los hijos del Altísimo en una batalla que no destruyó completamente mi reino porque los espíritus o demonios no pueden exterminados, sin embargo, Fuimos vencidos y humillados. Mientras tanto, logramos levantarnos de la derrota sufrida para darte la recompensa que te mereces, vengándonos de los que más quieres para sentir en tu corazón el sabor amargo que nos hiciste experimentar. Así que clama a tu Dios pidiendo ayuda porque desde este momento las puertas del infierno te declaran guerra permanente hasta que no queden más de tus seres queridos."

Escuché las palabras del hueso enviado en completo trance, mi cuerpo estaba completamente paralizado, el hielo no se movía, con grandes ojos en el parpadeaban. Cuando el círculo de humo y la oscuridad desaparecieron, me desperté en agonía, preocupado por las amenazas que me golpeaban ahora mismo. Inmediatamente recuerda papá, ¿cuál fue el pasado? De un salto llamé de inmediato a John

Al amanecer finalmente logré hablar con uno de los empleados de la mansión y me dijeron que mi padre adoptivo estaría bien, en la confusión me olvidé de Sophia y Roger quienes también estaban en grave riesgo, así que arreglé mi error llamándolos y respondieron de inmediato.

Nos conocimos en la Agencia, pero no le conté a Richard lo sucedido porque sabía que no creería la versión de los hechos.Así que elegí hablar sobre la visión satánica solo con mis dos amigos más cercanos porque ya habían presenciado tales apariciones y creerían todo lo que les dije. Sophia se preocupó por todo lo que escuchó, proponiendo que buscara la ayuda de Miguel, lo cual hice sin perder el tiempo.

Tercer Capítulo: Venganza Satánica

El príncipe de los Arcángeles pronto respondió a mi llamado, apareciendo en nuestra presencia allí mismo en una parte aislada de la Agencia, un destello apareció justo frente a nosotros, de él emergió el santo ángel de Dios.

— Salve, Reina de la Luz, me alegro de verte en persona

— Necesito tu ayuda lo antes posible

— Se de eso. Ni siquiera tienes que entrar en detalles sobre lo que sucedió, porque vimos todo desde allí.

Sin embargo, debo advertirle que lo único que se me permitió hacer fue aclarar las consecuencias de su última decisión. Te ofrecemos la oportunidad de que todas tus transgresiones sean perdonadas, de regresar al Reino Celestial para vivir allí con nosotros, estando disponible para que el Todopoderoso te sirva junto a mí en la conducción de tus ejércitos en la lucha contra el mal que ciertamente se levantaría. y volverías a atacar a los seres humanos por ser más frágiles en una venganza infernal, pero optaste por rechazar la propuesta divina. Eligió retroceder en el tiempo y seguir siendo la mitad de mortal que él, por lo que selló su destino y el de ellos con drásticas consecuencias

— Pero luché contra los hijos de Satanás, aporta mucho para que el ejército celestial triunfe en ese enfrentamiento y merezco ser recompensado de alguna manera

— Por supuesto que se lo merecía, pero rechazó la oferta de mi Señor.

— Entonces, ¿así serán las cosas, porque elegiste quedarte aquí en la tierra con tus amigos y tu padre se volvió inmerecido de recibir la ayuda de un Dios que dice que es benevolente? — Interrogó a Sophia quien esta vez no se durmió ni se desmayó del susto.

— ¡Silencio, no tienes derecho a expresarte frente a un príncipe divino!

— Si no podemos hablar, ¿por qué nos dejaste despiertos esta vez?

— ¡Cállate Sophia, por favor!

— Déjalo, te responderé esta pregunta…

Se me ordenó que solo les permitiera contemplar mi gloria y estar al tanto de las consecuencias de la decisión tomada por su amigo...

Quien de ahora en adelante estará solo en la lucha contra el Maligno. ¡Grande será la batalla que tendrán que enfrentar, porque tienen la libertad de Dios para perseguirlos! Al final de sus palabras, el destello se desvaneció y Miguel se fue al Reino de su Dios sin darme más tiempo para hacerle más preguntas. Sophia y Roger estaban desesperados ante nuestro estado de abandono. No sabíamos con certeza qué nos pasaría a partir de ese momento.

Porque cuando viéramos que estábamos indefensos por el poder divino, Satanás vendría con todo sobre nosotros. Regresamos al sector operacional de la Agencia donde conocimos a Richard, quien nos había estado buscando durante algún tiempo, pensamos en cómo informarle lo que acabamos de ver y escuchar. Ser escépticos sobre el mundo espiritual no sería tarea fácil para convencerlo del inminente peligro que corría.

De allí emergería en cualquier momento. Fuimos llamados a comparecer en la oficina del Director General de la Agencia de Inteligencia para recibir instrucciones sobre una nueva tarea.

— ¡Señores, tenemos una emergencia nacional y necesitamos su cooperación para contener este problema lo antes posible!

— No señor, todos somos oídos

— Muy bien, Mayor, el caso es el siguiente: Los rusos revelaron la identidad de tres de nuestros agentes y están bajo severas torturas en Moscú. Necesitamos que los contrate antes de que mueran o revele secretos que pondrán en riesgo a esta Agencia o llévanos a una guerra contra ese país. Será tu trabajo entrar y salir con vida, trayendo a nuestros agentes, evitando así algo más grave entre EE.UU. y Rusia.

— Muy bien, señor, ¡estamos listos!

— Vale, dos de mis asistentes te darán el apoyo necesario

Después de recibir todas las instrucciones necesarias para llevar a cabo la nueva misión, ya estábamos en el aeropuerto esperando que la aeronave nos llevara a Moscú, cuando sonó mi celular y me informaron que algo terrible le había pasado a John en Londres. La situación se complicó aún más al hablar con mis superiores que se negaron a permitirme ir a Inglaterra a ver a mi padre antes de nuestra partida. John era más que un padre adoptivo para mí, me recogió de la calle en el peor momento de mi existencia, todo en lo que me convertí se debió a su inmenso amor por mí, algo que ni los miembros de mi familia dieron ni hicieron. ¿Cómo podía saber que estaba al borde de la muerte y ni siquiera ir a verlo ir?

Tenía en mis manos una decisión importante que tomar en ese momento, obedecer las órdenes superiores, ir a Moscú a rescatar a los tres agentes o desobedecerlos y acudir a John. Arriesgarme a ser castigado por la Agencia, exonerado definitivamente de mis deberes duramente ganados que enorgullecían mucho a mi padre. No, John nunca estaría de acuerdo con tal actitud, porque él me enseñó a obedecer siempre, ciertamente diría:

"Aunque el mundo se derrumbe sobre tu cabeza, que tu madre o yo estemos con el cuello atados a una cuerda en una horca, ¡cumple tu misión!" Seguiría adelante para no decepcionarte. Pero, ¿quién en su sano juicio dejaría que alguien a quien ama tanto se vaya a la otra vida sin tener que despedirse de él si aún es posible? Sería una tremenda falta de amor y consideración para alguien como John, que ha dedicado parte de su vida a recibirme.

Ayudándome a convertirme en la mujer brillante en la que me he convertido. Por lo tanto, a pesar de saber que no aprobaría mi decisión, informé a mis superiores para que enviaran otro Agente. Eligieron a Willis, un hijo del pez gordo de la CIA que esperaba una oportunidad incluso si ni siquiera llegaba a Roger, Richard y Sophia. El mismo día salí para Londres mientras el cuarteto se dirigía a Moscú para rescatar a nuestros compañeros que estaban en manos de los rusos.

Al llegar a la mansión encontré a John postrado en cama bajo la observación de uno de los mejores médicos del país. Él y su equipo hicieron lo mejor que pudieron para mantenerlo con vida, pero ya lo había abandonado, ya que el cáncer se había extendido por todo su cuerpo y no se podía hacer nada para salvarlo.

Sus ojos brillaron cuando me vio, vi su rostro pálido enrojecerse, en sus labios cerrados por el dolor que lo consumía dentro una sonrisa amarillenta que se formó a través de tanta tristeza. Sin duda alguna se alegró de verme llegar.Todos los que estaban allí lo querían por la forma atenta en que los trataba sin hacer distinción entre ricos y pobres, blancos y negros. Ya fuera empleado o de un nivel social superior. Incluso la Reina del Reino Unido estuvo presente en su funeral que tuvo lugar días después de mi llegada, autoridades, personas distinguidas se despidieron por última vez.

Cuando su cuerpo descendió a la tumba, los pájaros cantando, la suave brisa que soplaba esa mañana. Parecía llorar mis lágrimas. Perder a John fue el mismo dolor que sentí cuando vi a mi verdadero padre sucumbir. A las armas de esos policías que lo mataron sin la menor piedad luego de reclamar mi honor al cobarde que me engañó con falsas palabras de amor. Dejándome con un hijo. en el vientre cuando era adolescente. Pero algo fue más grande en esa despedida.

Porque no solo perdí a un segundo padre que me levantó de las cenizas y el polvo, perdí un amigo sincero.Digno, honesto, capaz de todo para hacerme feliz. Después del velatorio me visitó un abogado que leyó el testamento de John en mi presencia y todos sus otros familiares que ardían de odio después de tomar conciencia de su decisión de gastar el ochenta por ciento de sus bienes, incluidos sus innumerables bienes. bienes raíces, propiedades e inversiones diversas para mí como su único heredero, donando el veinte por ciento restante entre organizaciones benéficas y los empleados de la mansiónJohn detestaba a sus hermanos.

Sobrinos y a todos los parientes de él o de su difunta esposa, Elisabeth, porque decía que eran parásitos que vivían solo para gastar lo que recibían con una vida llena de lujuria y exageración social. Siempre interpretó a todos los que llevaban su sangre en las venas, nunca dejó que faltara nada, yo fui testigo ocular de eso, sin embargo, cuando murió, la fuente se secó. Cuando pensaban que estaban desenamorados, se enamoraban y se preocupaban mucho, porque a partir de ahí tendían a poder seguir el ritmo de la patrona social que vivió durante décadas en la costa de mi querido cura.

Sabían que no lo harían. y no podía contar con su generoso corazón o mi ayuda, después de todo, siempre encontré que John era el vagabundo de hermanos, sobrinos, primos y todo este grupo de holandeses, así que se fue a trabajar, ¡yo estoy trabajando! Hasta que todo se resolvió y entregué todos los bienes heredados de papá. En manos de personas de confianza para continuar con el legado que me había dejado. Pasaron menos de semanas.

Mis amigos estaban cumpliendo el importante malentendido que ordenaron en Moscú, pero era menos lo que tenía en mente, esperaba que todos los empleados tuvieran éxito. Que regresaran en paz con la gente sana y segura. quince días después, para mi decepción y desesperación, me llamaron de la Agencia para decir que algo iba mal con la misión.

Me pidieron que regresara de inmediato al Centro de Inteligencia para estar al tanto de la situación, lo que me preocupó terriblemente, preguntándome qué tenían de grave mis amigos. Definitivamente me sentiría culpable toda mi vida si les pasara algo malo.

Tomé el vuelo de la mañana siguiente de regreso a Nueva York. Corriendo a la CIA en busca de noticias de los camaradas que se habían ido en una misión de rescate a Moscú. Pronto supe que habían sido capturados y estaban bajo tortura a manos de los rusos. Según nuestros informantes.

Habrían sido emboscados después de que alguien que conocía el trabajo de los agentes denunciara la misión. Todo el escuadrón de Operaciones Especiales que los acompañaba fue masacrado en enfrentamiento contra los rusos y mis amigos muertos, al recibir la noticia mi alma se atormentó dentro de mí hasta el punto de casi volverme loco.

Al darme cuenta de mi estado de shock. Mis superiores tomaron la decisión de dejar mis funciones por un período determinado para que pudiera recuperarme de la inmensa pérdida, así que regresé a mi apartamento y permanecí allí en una inmensa angustia.Sin embargo.

¿Cómo iba a soportar quedarme en soledad, recordando los buenos momentos vividos junto a Sophia, Roger y Richard. Que me sacaron de entre los muertos del espíritu, la sequedad sentimental en la que decliné desde que ese maldito hijo de Dantas abusó de mí en el ¿adolescencia? Salí varias veces a las calles de Nueva York buscando algo que alegrara mi corazón.

Volví al bar de la esquina, bebí cerveza bien fría, fui a Central Park, visité cines y teatros, di de comer a las palomas en las plazas. Incluso en algunas discotecas me atreví a entrar con la esperanza de superar esa tristeza que me consumía por dentro.

Pero fue en vano. La ausencia de mis tres amigos inseparables me causó un dolor tremendo como si fuera un cáncer creciendo dentro de mí, carcomiendo mis entrañas, reduciendo mi ánimo a vivir en polvo y cenizas. Al final de cada noche que pasaba, veía sombras que seguían mis pasos en la oscuridad a la vuelta de cada esquina, era como si me siguieran seres de la oscuridad.

El infierno me miraba, sin embargo, no se atrevían a acercarse y enfrentarme cara a cara. . No entendía por qué se mantenían alejados, por qué no me atacaban de una vez, después de todo, había perdido mis poderes sobrenaturales después de la despedida de Miguel.

Fue en un frío amanecer, cuando desfilaba solo por las calles de la metrópoli, que un conocido ser maligno apareció frente a mí, vestido de guerrero, pero con la horrible apariencia de un demônio. Sugiriendo que lo siguiera hasta las profundidades de la tierra. Bueno, realmente no tenía nada importante que hacer en el resto de las horas que quedaban antes del amanecer, así que acepté la invitación y me llevaron al Maligno para escuchar sus burlas.

— ¡Salva, salva a la espléndida Reina de la Luz, bienvenida!

— ¡Ya no soy reina de nada, bastardo, porque si aún poseyera mis antiguos poderes, te destruiría por completo junto con los de tus lacayos!

— ¡Mira, todavía respira aire de venganza contra nosotros!

Debido al tono burlón que todos se rieron, yo era una broma.

— Te advertí que tus acciones tendrían graves consecuencias tanto para ti como para los más cercanos.

Debido a tu hábito de creer que es intocable tus amigos fueron asesinados recientemente por manos de los rusos directamente influenciados por mí, ¡claro! Asigné a algunos de mis súbditos a ascender al mundo exterior y dominar las mentes de esos soldados para encarcelar a sus compañeros después de torturarlos hasta la muerte.

— ¡Hijo de puta! — Me detuvieron algunos antes de intentar abofetear a ese cerdo gigante

— ¿Qué crees que puedes hacer contra mí en esta forma humana, mujer, quieres quedarte aquí mismo y nunca volver a tu cuerpo físico que descansa tirado en alguna acera en esas calles oscuras?

— ¡Además, desafortunado, vine por completo a este reino inmundo!

— No querida, de hecho tu espíritu está aquí. ¡Pero el cuerpo estaba allá arriba!

Esa revelación me dejó atónita por no saber con certeza si correría peligro de muerte si algo malo le pasaba a mi historia, por lo que quise volver a mi forma física de inmediato.

— ¡Quiero volver ahora mismo al lugar donde estaba antes de venir aquí! Donde descansé después de un día agotador y lleno de preocupaciones

— Cálmate, cariño, aquí no das órdenes ni decides nada, solo yo determino si volverás o no

— ¡Maldito seas, no tienes derecho a evitar mi existencia de esa manera!

— Bueno, creo que puedo, porque tu Dios te abandonó por las malas decisiones que tomaste y me dio el poder para quitarte la vida.

— ¡No creo en ninguna de tus palabras, por ser malvada, porque aunque dejó mi suerte sé que nunca te daría el poder de acabar con mi vida sin cumplir todo el círculo previsto para mi existencia!

— Comete un error, perra, entregó completamente tu espíritu, ¡ahora estás en mis manos y estarás aquí para siempre en la oscuridad!

Al escuchar tales palabras, cerré los ojos, clamé al Dios de toda la tierra y el Universo que perdonara las malas decisiones que tomé en el pasado, todas mis rebeliones, iniquidades, la falta de humildad y acudir en mi auxilio en ese momento cuando el padre de las tinieblas pretendía mantenerme cautivo en su reino de perdición. En el mismo momento en que cerré mis oraciones, se escuchó un fuerte estruendo justo en el mismo lugar donde me encontraba, provocando un terremoto que sacudió las estructuras del infierno. Apareció el príncipe de los Arcángeles con algo reluciente, su espada desenvainada, blandió en su mano derecha, llegando a los demonios que lo desafiaron y cayeron a sus pie…

Como moscas en sopa. Me tocó y en un abrir y cerrar de ojos desaparecimos de ese lugar sucio, saliendo a la superficie junto a mi cuerpo que yacía en algún callejón de una calle estrecha de la ciudad. Después de dejarme a salvo siempre en silencio voló de regreso a los cielos de donde había venido. No me dijo una palabra, no me abrazó ni me regañó por mis acciones, no tomé sus regaños como de costumbre, él no hizo nada como antes. Regresé a mi apartamento y allí reflexioné sobre los últimos acontecimentos.

Cuando un sueño pesado cayó sobre mí como no ha sucedido en muchos días desde que se fueron Sophia y mis otros amigos, así que me quedé dormido en un sueño extraño que me llevó a la presencia del Altísimo. Si hace unos segundos estaba acostado en mi cama, ahora estaba de pie ante el majestuoso trono del Rey de todo el Universo.

— Bienvenida de nuevo a este consejo, Reina de la Luz, decidimos brindarte una nueva oportunidad para redimirte y ayudarnos a defender a los seres humanos de las inminentes amenazas de Satanás contra sus vidas, sin embargo, necesitamos escuchar directamente de ti si aceptas o para no recibir esta nueva oportunidad de luchar contra el mal en la tierra al lado de nuestros ejércitos celestiales — Así Cristo se manifestó

— Sin duda, acepto la propuesta de este Consejo Celestial de unirme a los Arcángeles en la batalla contra Satanás y sus aliados, porque es mi deseo castigarlo por el mal causado a toda la humanidad desde el inicio de la Creación, principalmente por la muerte de mi seres queridos

— Percibimos su intensa amargura por la pérdida de cada uno de los que amaba, pero no es correcto unir nuestras fuerzas de defensas celestiales solo por un sentimiento egoísta de venganza…

Solo por un sentimiento egoísta de venganza porque esto limitará tu disposición a luchar contra la oscuridad solo por un tiempo determinado, renunciando a perseguir este objetivo después de haber consumado su intento contra las tinieblas: el Espíritu de Dios avanza

— Entiendo perfectamente tu punto, Señor. Pero no pretendo limitarme en la lucha contra las fuerzas del mal, daré mi vida por esta causa.

— Muy bien, entonces te llevarán al sitio de preparación.

El Lugar de Preparación mencionado allí por el Todopoderoso era el ambiente divino donde los guerreros del Altísimo fueron debidamente entrenados y luego de ser aprobados recibieron sus ropas, armas y los poderes necesarios según sus funciones en los ejércitos celestiales.

Me asignaron convertirme en el segundo líder de los Arcángeles junto a Michael, sería su princesa, una especie de vicecomandante. Incluso, por supuesto, que no necesitaban esto, ya que Miguel les proporcionó toda la luz que necesitaban para luchar y vencer a sus enemigos.

Consideré que recibí esa función especial solo como recompensa por los esfuerzos realizados contra el mal en la tierra o simplemente por la infinita misericordia divina La verdad que los motivos que les llevaron a darme tal honor fue lo que poco importó, solo les agradecí inmensamente. Mi cuerpo se movió en el instante en que salí con Miguel de mi apartamento. Por lo que no quedó expuesto allí como lo hizo cuando el demonio me transportó a la oscuridad a instancias del diablo. Una vez más desapareció físicamente de la tierra y el propósito era que nunca más viviría con un mortal al regresar a la Agencia como un simple agente del Centro de Inteligencia Estadounidense.

Ahora mi misión sería universal e infinita. Después de muchas idas y venidas, batallas ganadas, mal prevenido, prevenimos las malas acciones del Diablo contra la humanidad durante muchos años Después de mi traslado, entendí que todas las tierras y propiedades heredadas de John debían ser supervisadas y sus recursos adquiridos aplicados a un alcalde mayor que pudiera ir más allá de una simple ayuda humanitaria.

Siempre y cuando propusiera al Gran Creador de la vida una forma de crear algo muy innovador entre los humanos.Mi idea era que el Señor permitiría la encarnación de algunos de los guerreros más valientes del Reino Celestial en la tierra en forma física,

Sin embargo, con poderes sobrenaturales que nos ayudarían a combatir el mal causado por los seres humanos contra sus semejantes. Por ejemplo, robos, crímenes, corrupción a través de los poderosos, el crecimiento de la violencia.

Pero todos influenciados por Satanás, ya que nuestra acción directa exterminaría a la raza humana. Nos limitaríamos a luchar directamente solo contra el reino de las tinieblas, cuando se levantó contra el mundo de los mortales a través del poder del ocultismo que tienen. Nuestra lucha contra el Maligno y sus ejércitos oscuros se llevaría a cabo en el plano espiritual mientras que en la superficie de la tierra los Sobrenaturales defenderían la vida de los mortales,

Usando sus poderes hasta cierto grado de limitación para no provocar el fin de los seres vivos. La idea presentada por mí al consejo fue primero analizada y luego aprobada, a partir de entonces se eligieron aquellos que bajarían a la tierra

Nacerían naturalmente de mujeres en los cuatro rincones del planeta, creciendo normalmente como cualquier hombre o mujer. Sin embargo, traerían el paquete de poderes nunca antes visto por hombres que contribuirían a la defensa de la humanidad en su totalidad. De un centenar de Arcángeles aplicaban para cumplir esta misión.

Tan pronto como todo estuviera listo bajaban a la tierra. Nacerían de mujeres previamente elegidas por los Dioses para llevar en sus entrañas a los hijos en cuyos cuerpos habitarían los hijos del Altísimo. Cada niño ya nació con las características de un verdadero dios, dones y poderes inexplicables para la mente humana, la ciencia no pudo explicar tales fenómenos y por eso empezaron a considerarlos una aberración. La gente normal estaba asustada por la aparición de estos extraños seres en la tierra, divididos entre ellos en opiniones contrarias, porque temían por sus vidas.

Mientras unos apoyaron la existencia de lo sobrenatural, otros no estuvieron de acuerdo y pidieron su extinción por parte de las autoridades, las parejas cuyos hijos tenían tales poderes sufrieron persecuciones y constantes amenazas de muerte, muchas tuvieron que huir de sus hogares, ciudades o incluso del país donde nacieron. Al darse cuenta de que la encarnación de los Ángeles Celestiales no fue bien recibida. Por todos los habitantes de la tierra, Dios lamentó haber aceptado la idea de la Princesa de los Arcángeles sin mucha reticencia.

Capítulo Cuatro: Los Sobrenaturales

Mientras unos apoyaron la existencia de lo sobrenatural, otros no estuvieron de acuerdo y pidieron su extinción por parte de las autoridades, las parejas cuyos hijos tenían tales poderes sufrieron persecuciones y constantes amenazas de muerte, muchas tuvieron que huir de sus hogares, ciudades o incluso del país donde nacieron. Al darse cuenta de que la encarnación de los Ángeles Celestiales no fue bien recibida. Por todos los habitantes de la tierra, Dios lamentó haber aceptado la idea de la Princesa de los Arcángeles sin mucha reticencia.

"Cuando nos dio su opinión sobre crear en el mundo mortal un cierto ejército de hombres y mujeres empoderados para defender a los seres humanos, de las amenazas del Maligno, me di cuenta que aunque era una gran idea. Correríamos el riesgo de que ocurriera este rechazo, pero elegí Apuesto a que todo funcionaría bien, aunque sea consciente de lo contrario. De hecho, lo que queríamos hacer era mostrarte que la humanidad no siempre es capaz de comprender nuestras buenas intenciones. Si tuviéramos reticencias a tu propuesta, nos verían inflexibles, incapaces de aceptar una opinión ajena a las que suele formar este Consejo Divino. Sin embargo, como pueden ver, existe el resultado de lo que sucede cuandosubestimamos la aceptación humana de cosas superiores.

Ellos no creen en lo inmaterial, en lo espiritual, en lo que no pueden ver, tocar, comprender. Son tontos, incrédulos, pesimistas, asustados por lo desconocido, cobardes, sienten el centro del Universo, los únicos que existen y conocen las cosas más profundas, perdidos en sus propias comprensiones. Pero están equivocados.

Atrapados dentro del caparazón de sus especulaciones. Su sabiduría no es más que una locura que los lleva en la dirección opuesta al verdadero conocimiento. Son tontos que se consideran sabios, inteligentes, pioneros, cuando ni siquiera saben explicar lo inexplicable"

— Entiendo, mi Señor, perdóname si cometí otro gran error. Al proponer la creación de estos seres dotados de poderes para ayudar a los habitantes de la tierra.

— No nos arrepentiremos si nuestros planes no salieron según lo planeado, recuerda que enviando a mi único Hijo a la tierra para que sea utilizado como sacrificio vivo, perfecto y completo para que el hombre finalmente sea rescatado de su pecados, recibiendo de vuelta el derecho de reconciliación conmigo, como Creador y Padre, las cosas no salieron muy bien, porque no todos creyeron o acordaron seguirlo para ser salvos. Ahora lo que nos queda es encontrar la solución a todo este problema, así que busquemos una salida inmediata para que nuestros enviados puedan sobrevivir a toda esta ola de persecución.

— Si me lo permite, Altísimo, me gustaría ofrecerle una idea más que aliviará la caótica situación en la que se encuentran.

— Habla, estamos atentos a tus palabras

— Como sabes mientras viví en la tierra en la forma física de Luana, heredé de John, mi padre adoptivo, muchos bienes, una enorme riqueza que dejé en la tierra cuando llegué al plano espiritual. Sin embargo, todo sigue a mi nombre y puedo tomar posesión cuando quiera a pesar del tiempo que llevo aquí en este otro lado, aunque no me hayan declarado oficialmente muerto. Entonces, si este Consejo me permite enviar de regreso al mundo de los mortales y me encargaré de que nuestros hermanos Arcángeles que están en misión en la tierra puedan estar adecuadamente protegidos y protegidos de aquellos que lo persiguen por los cuatro rincones del planeta.

— ¿Y podría explicar con más claridad cómo piensa hacer esto?

— Si se me permite regresar a Londres…

Usaré la mansión donde vivió John antes de su muerte como una especie de Cuartel General para todos los Sobrenaturales que ahora están esparcidos por la tierra, allí con el poder económico que tendremos nadie se atreverá a molestar- Podemos intentar convencer a las autoridades para que acepten sus acciones a favor de la sociedad explicándoles que la verdadera misión de estos seres, dotados de extraños poderes es liberar y proteger a la humanidad de los ataques de la oscuridad.

— Sabemos lo mucho que la mente humana es incapaz de comprender y aceptar lo sobrenatural, ¿cómo crees para convencerlos de esto?

— Tengo fe en que lo lograré

— ¡Muy bien, su determinación nos impresiona mucho! Por lo tanto, te otorgamos permiso para regresar al mundo mortal.

269

Poner en práctica tu plan. A partir de ahora recibirás el poder de ocupar tu forma física y espiritual siempre que lo desees, seguir cumpliendo tu misión, regresar solo después de cumplida, se te abrirá un portal para que entres y vayas a este Reino cuando lo consideres oportuno!

— ¡Gracias, mi Señor, me mantendré en contacto!

— Estaremos conectados contigo por telepatía, habla con nosotros a través de tus pensamientos si necesitas algo.

— ¡Está bien, me iré ahora mismo!

Antes de dejar el Reino Celestial, Miguel y yo nos alejamos un poco hacia el Pórtico Superior del majestuoso templo sagrado y nos despedimos como dos grandes amigos que éramos. Sus hermosos ojos azules, encantadores, ardiendo como llamas de fuego, me impresionaron mucho, encantaron mi corazón.

— Haz un gran viaje de regreso

— Gracias mi amigo

— Ojalá pudiera ir contigo en esta misión, ayudar con lo que sea necesario

— No se preocupe, todo irá bien, pero si necesita una advertencia

— ¡Escucha al Señor, háblanos con el pensamiento, estaremos atentos!

— ¡Claro, lo haré!

— Así que está bien, baja, pon todo en orden. ¡Yo siempre estaré a tu lado! Recuerda el inmenso cariño que aprendí a tener por ti, por eso siempre te seguiré aunque sea distante

— ¿Lo prometes?

— Sentirás mi presencia a tu lado en todo momento, de eso puedes estar seguro

— ¡Esta bien te veo luego!

Si estuviéramos en forma física con todos los deseos que siente la carne humana, parecería haber una atmósfera entre Miguel y yo en ese momento de despedida, pero a nivel espiritual no existe, el sentimiento es puro, sin motivos ulteriores.

Bueno, al menos era lo que yo creía que era porque siempre he escuchado que los ángeles no tienen sexo, ¡aunque nadie ha visto nunca a un hombre desnudo! Luego de una larga ausencia, reaparecí en Londres, en la mansión que dejó papá, e inmediatamente convoqué a todos los empleados a una reunión de emergencia donde les informé de los cambios que ocurrirían en el lugar.

Especialmente la llegada de varias personas que vendrían a vivir allí, me fui que se sentirían libres de dejar el lugar si lo preferían. Ya que tendrían que vivir con los Sobrenaturales.Una de las principales demandas que les hice a todos fue que mantuvieran total secreto sobre la existencia de esas personas allí, quien no lo hiciera sería despedido, pero si se quedaban o no con nosotros estaría prohibido comentar el asunto.c A quien saliera con riesgo, sufrir castigos graves. Todos acordaron quedarse en la mansión y mantener en secreto la información que les di. Los Sobrenaturales que aún estaban esparcidos por los cuatro rincones. De la tierra empezaron a ser encontrados por un equipo de hombres.

Mujeres contratados especialmente para esta función. Poco a poco llegaron y se quedaron en las decenas de habitaciones que teníamos en la casa. Que haya sido reformado y adaptado exclusivamente para recibirlos, además de todo el confort. Contar con toda la infraestructura adecuada instalada para la formación de cada uno de ellos según las competencias que tuvieran.

Después de reunir a la mayor cantidad posible de quienes servirían a nuestro país y al mundo en defensa de la vida humana, les dejo conocer todo el proyecto que debe ponerse en marcha a partir de ese momento.

"Esta será nuestra misión a partir de ahora, nos convertiremos en guardianes de la humanidad, defensores del bien, enemigos de las tinieblas y de todo aquello que quiera causar la destrucción del género humano sobre la faz de la tierra. El mundo exterior seguirá dividido entre los que creen que nuestro poder es algo extraordinariamente útil para la sociedad en su conjunto y los que insistirán en afirmar que somos una aberración de la naturaleza. Sin embargo, lo que realmente somos y de dónde venimos seguirá siendo un gran secreto que guardaremos solo con nosotros mismos, ya que fuimos agraciados por nuestro Creador.

Con el don de ser conscientes de dónde venimos, cuál es nuestra verdadera misión en este mundo, nuestra verdadera esencia y cuál es la meta que debemos alcanzar a favor de la gloria divina. Los seres humanos son la corona de la creación de nuestro Dios, los ama inexplicablemente. Dio la vida de su único hijo en una cruz rugosa solo. Para que pudieran ser salvados de la condenación eterna. Por eso, más que nunca, debemos seguir el ejemplo de Cristo y defender lo que se ve con tanto amor.

Al Altísimo. Si pudo sacrificar a su propio Unigénito por la humanidad, ¿quiénes somos nosotros para no sacrificarnos para proteger y mantener la manzana de sus ojos, qué es lo que más ama el Eterno? Todos ustedes moraron en el cielo, junto con miles y miles de otros seres dotados de un poder extremo, hoy están aquí.

Hicieron esta elección por su propia voluntad, nadie los obligó a hacer nada, eligieron por sí mismos dejar su hogar divino y venir a luchar contra la oscuridad a favor de los mortales. Como recompensa, el Señor Dios Todopoderoso te colocará en el nivel más alto entre sus guerreros después de terminar su misión, en este plano existencial, pero mientras seguimos luchando contra Satanás y sus demonios, debemos hacer todo lo posible para obtener buenos resultados, ¿entiendes?"

— ¡¡¡Si señora!!! — Respondió con una sola voz

— Muy bien, luego mejoraremos nuestros poderes a través del entrenamiento diario, utilizaremos todo el equipo necesario disponible, solicita lo que creas que aún falta, nos convertiremos en verdaderos guerreros soldados de guerra listos para luchar. Destruir todas y cada una de las amenazas de la reino de las tinieblas que puede manifestarse en la tierra con la intención de destruir a la humanidad!

A partir de ese día, decenas de ellos empezaron a prepararse para la lucha contra el mal que sucedería en las calles de ciudades de todo el mundo, logré comprar aviones militares., que ya no se usaban para llevar el transporte de los Sobrenaturales a ningún lado. Cuando sea necesario, el mundo llegaría a conocer la importancia de nuestros poderes.

Aprendería a valorarnos como la principal forma de defender sus frágiles y desprotegidas vidas frente a la oscuridad. No solo lucharíamos contra la violencia en sí, sino que como éramos seres con la capacidad de ver lo invisible. Aquello que se mantiene oculto a los ojos humanos.

Podríamos fácilmente destruir cualquier amenaza incluso antes de que se manifieste visible y concretamente entre la humanidad. En poco tiempo ya estábamos en las calles, liberando a la gente de las garras de la muerte. De los ataques de la oscuridad y dando un poco más de paz a los habitantes de la tierra.

Que en un principio se asustaron, pero luego empezaron a aceptarnos como defensores de sus libertades y no como amenaza, debido al gran progreso y éxito de nuestros equipos a nivel mundial. Los gobiernos de varios países han venido a apoyar la causa ayudándonos mucho. Inglaterra, Estados Unidos, Francia y otras naciones nos han brindado recursos que han permitido la adquisición de nuevos bienes.

Equipos, armamento de guerra y un aparato de nuevos beneficios que solo reforzó nuestro deseo de seguir avanzando, el gobierno estadounidense se ha dirigido públicamente a su nación en defensa de nuestro trabajo en el planeta.

Dándonos total libertad para usar nuestros poderes, para defender a Estados Unidos. Podríamos liberar a los indefensos de la muerte, contribuir a la paz mundial y por eso, otros gobernantes siguieron su ejemplo, en poco tiempo, mucho antes de lo que esperábamos, nos convertimos oficialmente en los más grandes representantes. De un mundo donde inicialmente se nos veía como monstruos.

Con todo esto, las puertas del infierno temblaron, los demonios ardieron de odio y Satanás fue amenazado, porque todos sus ataques fueron percibidos por nosotros incluso antes de que se manifestaran a los hombres. Los Sobrenaturales volaron de una parte del planeta a otra luchando contra las fuerzas de la oscuridad que usaban a personas de mala naturaleza para causar pánico y terror entre la gente buena, terroristas, traficantes.

Todo tipo de criminales fueron arrestados, arrestados, dominados, sacados de circulación. o muerto en batalla por los hijos del Altísimo que descendieron del paraíso para frustrar los planes del Diablo. Durante meses, años, tuvimos una gran victoria en esa batalla, permanecí en el liderazgo de los guerreros de Dios en la tierra. Sin embargo, aunque el reino de las tinieblas fue debilitado por la obra de los Sobrenaturales, ellos nunca se dieron por vencidos en dar la vuelta y por la astucia de Satanás se infiltró en el mando de la mayoría de las naciones masculinas de cuya naturaleza se sospechaba, eran perseguidores de los buenos, no les importaba. la sociedad que los eligió como sus representantes, ambiciosa, interesada solo en su propio bienestar.

De esta forma, comenzaron a perseguirnos, se negaron decididamente a seguir apoyando nuestra causa, se convirtieron en nuestros enemigos, retiraron la ayuda recibida de otros gobernantes del pasado. Declararon la guerra a todos los que poseían poderes sobrenaturales. En todo el mundo se han dado órdenes para que las autoridades competentes nos detengan, nos maten y nos persigan incansablemente.Después de décadas de defender a los seres humanos. Ahora nos encontramos acusados de causar desorden, amenaza-

Perdóname, gran Señor, nunca fue mi intención faltarle el respeto. Tampoco dudas de tu sabiduría, sin embargo, no entiendo cómo dices estar haciendo lo correcto si veo a mis hermanos perecer allí sin que nosotros hagamos nada para ayudarlos.

Además, quienes bajo la inmensa presión que sufrían se rebelaron y enfrentaron a quienes los perseguían perdieron su cuerpo físico, regresando aquí sin ningún privilegio a pesar del martirio que sufrieron solo por hacer el bien.

— No es su trabajo evaluar la conducta de este Consejo o determinar si nuestras decisiones son las más correctas o no, su papel es solo liderar los ejércitos celestiales y prepararlos para la batalla cuando así lo determine, ¡así que limítese a esto! — Aclarado el Espíritu de Dios

— ¡Ciertamente, mi señor!

— Miguel, sé que estás preocupado por tus hermanos, especialmente por la Princesa de los Arcángeles, pero cálmate. Tenga la seguridad de que planificamos lo mejor para todos, pronto todo saldrá a nuestro favor

— Sí, mi Señor, sé que nos amas lo suficiente

Miguel era un líder nato, el poder que recibió del Altísimo cuando fue creado fue inconmensurable hasta el punto de haberlo convertido en el príncipe de los Arcángeles, su humildad le permitió ganar tan honorable posición.

 Le hizo entender que si el Padre Celestial da la vida de su único Hijo en la Cruz del Calvario para rescatar al hombre de sus crímenes y pecados, ¿cómo no permitiría que sus ángeles perecieran a cambio de la vida…

Humana en la tierra? Mira cuánto el hombre, creado del polvo de la tierra, formado por las manos de su Creador, es inmensamente valioso a tus ojos, as veces me pregunto qué lleva a alguien a la desesperación. No importa lo grande que sea, tener el coraje y la valentía de quitarse la vida en un impensable acto de suicidio.

¡Mire el valor que tiene la humanidad ante Dios! ¡Entregó su Unigénito a los enemigos de la luz para que lo crucificaran y lo mataran como un criminal colgado de un árbol rústico! Entonces, ¿qué derecho tenemos de usar el cuerpo físico que nos ha dado y evitar nuestra existencia en este mundo?

Las luchas y las pruebas surgen durante la caminata para hacernos más fuertes, es un entrenamiento para la maduración del alma, para enseñarnos a vivir con mayor esperanza, para aumentar nuestra confianza después de cada conquista. Cada derrota en el presente nos traerá como consecuencia una victoria futura, porque si caemos hoy nos levantamos.

Si lloramos, sonreímos; si avanzamos a trompicones, damos un paso firme; no todas las noches de la vida son tinieblas; no toda lágrima de los ojos es dolor. Pensando así, animé a mis hermanos a seguir adelante sin reaccionar ante las amenazas de los hombres, solo huyendo de sus constantes ataques, esperábamos que el Todopoderoso decidiera.

— Princesa, ¿qué haremos si el Altísimo nunca toma la decisión de permitirnos enfrentarnos a los ejércitos humanos, dejaremos que nos encuentren y nos maten? ¿Crees que eso es justo después de todo lo que hemos hecho por ellos? — Cuestionó uno de ellos

— Entiendo tu indignación, hermano mío, pero recuerda que para nuestro Padre la rebelión es similar al pecado de la brujería. Merece ser pagada con la muerte. ¿Deseas ser desterrado del paraíso y arrojado a las llamas del Fuego Eterno después de desencarnar de este cuerpo físico en el que ahora estás viviendo o tienes la intención de regresar viviendo o tienes la intención de regresar y seguir disfrutando del gozo celestial?

— ¡Sí, mi señora, seguro!

— ¡Entonces limítate a obedecer!r la paz mundial.

Que poner en peligro la vida de aquellos a quienes hemos protegido durante tanto tiempo. Debido a estas acusaciones hechas de manera cobarde por quienes representaban a la gente de las naciones más poderosas de la tierra, llegamos a ser vistos como monstruos, fenómenos, un peligro para la humanidad. La mansión que instalé como Cuartel General de los defensores de la vida humana fue invadida y nos convertimos en fugitivos. Algunos incluso fueron arrestados, torturados y asesinados durante experimentos científicos en los que buscaban comprender cómo poseíamos nuestros poderes.

No estábamos inertes, mirando inamovibles toda esa barbarie y reaccionamos, luchamos contra nuestros perseguidores, escondiéndonos en escondites sobrevivimos a toda esa persecución con optimismo y varias veces cayeron a nuestros pies. Éramos plenamente conscientes de que no estábamos siendo atacados por la gente común, sino por el diablo y sus demonios. Con esta conciencia no sentimos odio ni rebelión por parte de los seres humanos. Sino que dirigimos nuestra mirada hacia la verdadera fuente de toda esa persecución contra nuestra vida.

La orden del Señor, nuestro Dios, era que nos mantuviéramos firmes en nuestra misión de ayudar a los más débiles, defender a los desfavorecidos, liberar a los cautivos de Satanás, de esta manera decidimos mantenernos firmes, unidos, a pesar de varias bajas.

A pesar de la determinación divina de los Sobrenaturales de evitar el enfrentamiento directo con los hombres. Muchos se rebelaron debido a la presión constante que sufrían, por lo que muchos de nuestros hermanos perdieron la vida en el enfrentamiento contra las Fuerzas Armadas en diversas partes del planeta.

Debido a los poderes que tenían. poseídos derrotaron a cientos de soldados, derribaron sus aviones, hundieron sus barcos, volaron sus tanques de guerra. Saquearon sus pelotones, desmantelaron su caballerí. Quemaron sus cuarteles generales, pero aun así al final fueron derrotados y asesinados.

Mientras todo este infortunio cayó sobre nosotros y el Señor Dios, como siempre misericordioso. Nos impidió tomar la iniciativa de destruir por completo a quienes fueron usados por el maligno para perseguirnos, sufrimos las consecuencias de permanecer inertes ante el caos que nos ha sobrevenido a todos.

Fue entonces que cansado de vernos sufrir por querer obedecer las órdenes divinas de no atacar a los hombres, pues éramos demasiado fuertes y ciertamente perecería toda la raza humana. Miguel decidió hablar ante la Sagrada Corte en nuestra defensa, pero su actitud se vio. como un acto de insolencia a los ojos de los tres Dioses que forman el Concilio Celestial.

Del dominan el Universo, para Dios Padre, Dios Hijo y Dios Espíritu Santo. Dominan el Universo. Para Dios Padre, Dios Hijo y Dios Espíritu Santo, su audacia al hablarles fue irrespetuoso.

— ¿Qué te está pasando, Miguel, pretendes impugnar las decisiones tomadas por este Divino Concilio.

Cuando eres consciente de que tenemos todo el conocimiento y sabiduría universal, que somos capaces de decidir con total claridad y de manera perfecta y sin márgenes? de errores, sabiendo cuál es el mejor camino a seguir por el bien de la humanidad? ¿Frente a quienes piensan que están a punto de tener la audacia de ir en contra de nuestros preceptos, discutiendo y desaprobando nuestras elecciones? — Reprendió a Cristo

Era natural que no estuvieran satisfechos con las decisiones del Consejo Celestial, querían poder usar sus poderes nuevamente, para enfrentar a sus oponentes a pesar de que no podían competir con sus habilidades sobrenaturales, pero ¿y qué, quién ordenó que los persiguieran? Sin embargo, el Padre Eterno ama al hombre hasta el punto de ordenarnos que sobrellevemos en silencio y sin ninguna reacción a sus abusos.

Este ha sido siempre el caso desde el principio, los seres humanos habitan la tierra y la destruyen. Matan, roban, intercambian la adoración de lo divino o sagrado por la adoración de los demonios, se dejan dominar por el mal y siguen deliciosamente sus designios, obedecen a Satanás y practican todo tipo de iniquidades, se complacen en el pecado, niegan la existencia de su Dios. Sin embargo, incluso con todo este rango de rebelión y falta de voluntad para obedecer a aquellos que tienen en sus manos todo el poder del Universo, todavía, tienen el privilegio de abusar…

De la misericordia divina. Nuestra dedicación a nuestro Señor y la voluntad de obedecer sus órdenes fue durante mucho tiempo inquebrantable. Pero cuando me di cuenta de que mis hermanos estaban siendo asesinados por aquellos a quienes teníamos que proteger a cualquier precio, aunque estaban conscientes de sus rebeliones, lo que los llevó a despreciar las misericordias divinas.

Me repugnó profundamente esa idea absurda y decidí convencerlos de que también se rebelaran contra tal determinación. Una tarde, cuando estábamos reunidos en cierto escondite, huyendo de nuestros opresores que intentaban eliminarnos de la faz de la tierra por considerarnos una abominación y una amenaza para la sociedad, les hice saber mis propósitos a partir de ese día.

— Hermanos míos, escúchenme con mucha atención, por favor: hemos seguido las reglas divinas hasta ahora sin cuestionarnos aunque de nada sirve aceptarlas pasivamente mientras muchos de nosotros hemos perecido a manos de estos humanos ingratos que nunca saben agradecer todo el bien que han recibido. del cielo ya recibido. Sin embargo, fuimos fieles a la determinación de nuestro Dios de no reaccionar ante sus ataques con el alto precio pagado con la vida de nuestros hermanos que ya fallecieron sin luchar. Ante tanta masacre por parte de estos criminales, ¡propongo que dejemos de lado esta inercia y empecemos a dar el cambio que estos cabrones merecen!

— ¡Pero, princesa, si hacemos esto estaremos cumpliendo las órdenes que nos ha dado el Altísimo! — Observó uno de nosotro

— ¡Pero, princesa, si hacemos esto estaremos cumpliendo las órdenes que nos ha dado el Altísimo! — Observó uno de nosotros, cuando varios otros discutieron entre ellos por mis palabras.

— Estoy de acuerdo, pero en mi opinión ya no podemos estar inertes mientras estas personas nos matan sin ningún motivo.

Porque no somos aberraciones y nuestro único propósito aquí fue defenderlos del mal que los persigue en este mundo.

— Sucede que actuando de esta manera ascenderemos la ira divina contra nosotros — Alguien advirtió

— ¡Podemos ser arrojados a las tinieblas cuando desencarnemos! — Observó otro

— Hermanos míos, ¡comprendan la gravedad de la situación! ¿Es justo que todos hayamos salido del paraíso para llegar a este plan existencial de ayudar al ser humano de los ataques del Maligno, haciéndolo con toda nuestra fuerza y dedicación, recibiendo como recompensa esta feroz persecución? No importa el precio que tengamos que pagar por dejar nuestro cuerpo físico, propongo que dejemos de ser sumisos a un Dios que sólo muestra misericordia al género humano mientras desprecia a los seres celestiales que también son obra de sus manos!

— ¡Eso es rebelión, princesa! — Avanzó uno seguido de varios otros que coincidieron con su visión de los hechos.

— Muy bien, me enfrentaré a estos ingratos y los destruiré uno a uno junto con tus armas ¡con o sin tu ayuda! Así que decídete, ¿quién vendrá conmigo para poner fin definitivamente a esta incesante caza contra los…

Sobrenaturales?Hacer tal pregunta todavía me traía a la mente la esperanza de que entre docenas de ellos hubiera uno que decidiera seguirme. En esa batalla contra nuestros perseguidores, sin embargo, para mi decepción la respuesta general fue solo un profundo silencio.

— Bueno, veo que el miedo que todos ustedes tienen de la reprimenda..

Del Todopoderoso es mayor que el amor por ustedes mismos, así que cumpliré lo que dije antes. Lucharé solo en esta batalla, porque no continuaré acobardado frente a estos bastardos.

Varios ejércitos humanos, provenientes de todo el planeta, se reunieron en la incesante caza contra los de nuestra especie, convirtiéndonos en blanco de la furia de los que estaban siendo usados por Satanás para reducirnos a polvo y cenizas. Las fuerzas del mal usaron todo el poder disponible en manos humanas para terminar con nuestra existencia en la tierra con el fin de dominar completamente a la raza humana. Entendiendo esto, la Corte Divina nos impidió actuar contra los hombres en un enfrentamiento directo.

Porque sabían que eran inocentes de sus actos violentos, ya que estarían bajo la maligna influencia del Diablo. Sin embargo, ya no podía ver la muerte de tantos hermanos sin hacer nada para evitar tal masacre y decidí actuar incluso sin el apoyo de quienes me seguían hasta allí. Luego continúe con la confrontación solo, confiando solo en el coraje y la determinación para evitar que esa masacre continúe. Ya que los Sobrenaturales estaban siendo asesinados a sangre fría por no mostrar ninguna reacción de defensa frente a aquellos que los lastimaron.

Gravemente cuyas mentes estaban siendo dominadas por Satanás. . Mientras estaba aquí, procedí a destruir la eminente amenaza que nos había caído. Allí arriba, el Altísimo tomó medidas para contener mi acción contra los hombres a pesar de testificar y saber que nos perseguían sin causa ni motivo, me llenó de odio cuando me di cuenta da realidad.

De que los seres huanos le parecían más importantes que sus ángeles, seres celestiales creados mucho antes que los habitantes de la tierra cuya perfección moral era inmensamente superior a cualquier ser mortal en este mundo.

De esta manera caí sobre nuestros opresores y, usando el inmenso poder que me fue dado, comencé a destruirlos sin la menor piedad, arrojando mi espada sobre sus cabezas. Transformando sus armas de guerra en montones de escombros.

Mostrándoles a todos que éramos mucho más que simples seres dotados de una fuerza sobrenatural, pero que también supimos defenderse de sus cobardes ataques. Al ver que me ponía en riesgo total ante los que sin piedad avanzaban por todos lados para reducirnos a polvo y cenizas.

Los otros hermanos tomaron la iniciativa de venir a ayudarme porque concluyeron que fue un acto de cobardía dejarme solo defender eso. porque eso implicaba tanto mi supervivencia como la de ellos Por lo tanto, hubo una feroz guerra entre los seres humanos comunes y los que estaban dotados de poderes sobrenaturales, cada uno a su manera.

Quinto Capítulo: Rebeldes

Paralelamente a esto en el cielo, el príncipe de los Arcángeles fue convocado a una reunión de emergencia en la Corte Divina a fin de recibir instrucciones para poner fin a nuestra rebelión. Condición en la que nos colocó la Santísima Trinidad después de tomar la decisión de defender nuestra propia vida ante de los que nos oprimieron. Dios Padre, Hijo y Espíritu Santo insistió en decir que habíamos cometido un error al actuar en defensa propia y dio órdenes expresas a Miguel para que detuviera nuestra acción.

— Has sido convocado ante esta Corte sagrada para reunir a tus soldados.

Para descender la tierra de inmediato para contener el avance de los Sobrenaturales contra los humanos que no podrán resistir sus poderosos ataques.

— Perdóname, mi Señor, pero sigo sin entender por qué esta Corte insiste en defender la acción humana contra quienes solo buscaban defender a los hombres de la persecución de las tinieblas.

— Miguel no sigas siendo reacio a nuestras decisiones, solo obedece

— Miguel no sigas siendo reacio a nuestras decisiones, solo obedece…

Sigue las órdenes que te den, reúne inmediatamente tus ejércitos y ¡ejecuta tu nueva misión en el mundo de los mortales!

— Una vez más les pido que me perdonen, pero esta vez no cumpliremos sus órdenes, señores míos, no podemos actuar contra nuestros propios hermanos que un día por amor aceptaron encarnarse en la tierra. Hermanos que un día por amor aceptaron encarnarse en la tierra para defender al ser humano, siendo ahora perseguido y asesinado por ellos

— ¿Cómo te atreves a pronunciarnos tales palabras, Arcángel, olvidas quiénes somos y qué podemos hacer contra ti y todo tu ejército?

— De ninguna manera, mi Señor, sin embargo, preferimos ser exterminados por sus propias manos que cometer cualquier crimen contra nuestros hermanos que solo luchan por su supervivencia en un mundo hostil, donde sus habitantes son injustos, ingratos y sin el menor sentido de la justicia.

— ¿Consideras justo que seres con un poder incomparable masacren a los pobres humanos cuyas niñeras están siendo poseídas por el Diablo? ¿No te das cuenta de que son tantas víctimas de la oscuridad como tus otros hermanos?

— Sí, lo entiendo, pero tienen el libre albedrío dado por el Altísimo desde la creación del mundo para elegir si seguir o no las malas influencias, si lo hacen es su propia elección, porque están más inclinados a servir al mal que al bien.

— De hecho sabemos que la humanidad vive inclinada al mal.

Sin embargo, porque es la obra más importante de nuestras manos, no permitiremos que se destruya, ¡siempre la defenderemos a toda costa!

— ¿Incluso al precio de sacrificar la vida de nuestros hermanos?

— Miguel, ¡no olvides que por amor a los hombres sacrifiqué la vida de mi propio Hijo en una cruz áspera!

— Sí, mi Señor, fui testigo ocular de este hecho. Solo muestra el celo exagerado con el que trata a criaturas tan imperfectas, ingratas hasta el punto que a pesar de todo el sacrificio hecho a favor de ellas aún mantienen la espalda a ti y a los tuyos. amado hijo

— ¡Miguel, tu insubordinación no nos da otra alternativa para castigarte seriamente! ¡Aléjese de nuestra presencia ahora mismo, usted y todos sus seguidores serán llevados al área de detención hasta nuevo aviso!

— Aceptamos su decisión, mi Señor, pero aún así le pido el derecho a argumentar a mi favor, una vez más sobre este asunto.

— ¿Y qué quieres contarnos?

— A semejanza de los mortales se nos ha dado el libre albedrío…

 Es decir, el derecho a elegir nuestro propio camino frente a la vida, por lo tanto, siendo así todos, tus Arcángeles exigen que nos dejes seguirte

— ¿Y qué le propone a este Tribunal?

— No propondremos nada, solo decir que si de alguna manera se determina alguna intervención divina contra nuestros hermanos en la tierra que resulte en su muerte en defensa de los humanos, exigiremos a esta Corte el derecho a abdicar de nuestras existencias celestiales para descender a la tierra a rendir nuestra ayuda contra los ejércitos humanos. Y, si es necesario, lucharemos contra cualquier ser celestial que hayan enviado para detener a los Sobrenaturales

— ¿Quizás estás loco? ¿De verdad crees que vale la pena renunciar a tus asignaciones divinas en favor de menos de cien ángeles rebeldes?

— Sucede, mi Señor, que este pequeño número de ángeles a los que te refieres son tan mis hermanos como los cientos de miles. Que hay en este Reino. Y sí, para mí y los demás Arcángeles coincidimos en que vale la pena ir a rescatarlos aunque eso signifique nuestra expulsión del paraíso.

— Sabemos del inmenso amor que tienes por tus hermanos, del poder que te ha sido dado desde tu creación, que se comunica telepáticamente con todos ellos y sufre junto con sus dolores, que no podremos hacer nada para evitar que dejes este Reino y bajes. a la tierra para liberarlos de las manos de sus oponentes, sin embargo, queremos advertirte que cuando te vayas de aquí ya no podrás regresar.

Ni ser parte de nuestros ejércitos celestiales. Perderás tu puesto de príncipe y líder de los Arcángeles que quedan aquí, otro tan poderoso como tú se colocará en tu lugar

— Somos más que conscientes de eso, mi Señor, pero estamos decididos a luchar en nombre de nuestros hermanos.

— Muy bien, te llevarán al área de detención junto a todos los demás Arcángeles que decidan seguirte en este acto de rebelión contra esta Corte, sin embargo tendrás libre albedrío para retirarte de este Reino cuando lo estime conveniente!

Miguel, junto con todos sus Arcángeles, fue llevado por una fuerte escolta de ángeles serafines a un cierto ala de aislamiento que allí existíapara que pudiera tomar su última decisión.

Que era cumplir las ordenanzas divinas o continuar su rebelión contra las determinaciones del Todopoderoso. En el mismo momento otro Ángel fue citado para comparecer ante el Tribunal Divino para recibir instrucciones.

— Gabriel, has sido citado a comparecer ante este Juzgado para que recibas las antiguas atribuciones de honor, gloria y poder que anteriormente se le había dado a tu hermano Miguel ante los ejércitos celestiales. Como bien sabes, se rebeló contra nuestras decisiones y junto a cientos de sus ángeles está aislado hasta que elige su camino. Mientras tanto, te estamos dando todo el poder que antes solo pertenecía al príncipe de nuestros guerreros para reunir a los que no se rebelaron y descender de inmediato al mundo de los mortales para luchar codo a codo con los humanos contra la furia de los Sobrenaturales y aquello que lidera el rebelión

— ¡Sí, milord, se hará!

— Hasta hoy lideraste como príncipe solo a los Serafines…

Nuestros mensajeros, ahora liderarás al resto de los Arcángeles en esta batalla, convirtiéndote en tu superior. Te seguirán dondequiera que vayas y obedecerán tu orden, ninguno de ellos se negará a escucharte

— ¡Sí, mi Señor, lo entiendo!

Después de recibir instrucciones del Altísimo Gabriel, reunió a todos los Arcángeles que no siguieron a Miguel en la rebelión contra la Corte e inmediatamente bajó para unirse a los ejércitos humanos para luchar contra los Sobrenaturales y yo, su líder.

Él y Miguel fueron creados por el Padre, su Hijo y el Espíritu hace miles de años, incluso antes de que la primera pareja fuera colocada en el Edén y Lucifer se convirtiera en el Tentador. Sin embargo, el hecho de que fueran grandes amigos, hermanos y príncipes de sus ejércitos no le impedía cumplir plenamente las ordenanzas del Creador.

Ya que era extremadamente celoso en obedecer las decisiones divinas. Por naturaleza, los serafines son ángeles pacíficos. Fueron hechos para cuidar a los seres humanos. Actuaron entre el cielo y la tierra como mensajeros, dirigiendo y llevando a los hombres la respuesta a sus oraciones.

También son responsables de cuidar su vida, curarlos de sus enfermedades y conducirlos hacia la luz. Pero si es necesario, pueden estar inclinados a luchar directamente contra las fuerzas del mal como verdaderos guerreros a semejanza de los Arcángeles.

De esta forma, Gabriel también lideró el ejército de guerreros celestiales en el lugar de Miguel, descendiendo a la tierra en defensa de sus residentes. Al darse cuenta de que su amigo habría sido elegido en su lugar para actuar ante los rebeldes Arcángeles. Miguel se comunica con él telepáticamente en un intento de evitar que actúe contra mí y los Sobrenaturales, pero sin éxito.

— ¡No puedes hacer eso, Gabriel, son nuestros hermanos! ¿Cómo puedes pensar en destruir a aquellos con quienes hemos convivido durante milenios de años en defensa del hombre que ni siquiera está agradecido por lo que recibe de Dios. Sinceramente, no puedo entender este exagerado amor que el Señor tiene por estos mortales.

— Perdóname amigo mío, sabes lo mucho que te amo y te admiro, pero mi obediencia y celo a nuestro Creador me hace incuestionablemente seguir las órdenes que me han dado, lo siento si entristece tu corazón

— Sabes lo que eso significa, ¿no, hermano?

— Sí, que hay una enorme posibilidad de que pronto entremos en un fuerte enfrentamiento en defensa de lo que creemos

— Sí, que hay una enorme posibilidad de que pronto entremos en un fuerte enfrentamiento en defensa de lo que creemos, yo en el cumplimiento del deber que se me ha encomendado y tú en la rebelión que elegiste seguir.

— ¿Dónde estás en este momento?

— De camino al mundo mortal con aquellos que se negaron a seguirte

— ¡Nos veremos pronto!

— ¡Te estaré esperando, amigo!

Mientras Gabriel bajó a la tierra en cumplimiento de su deber de luchar junto a los mortales contra el Miguel sobrenatural y cientos de otros Arcángeles, también eligieron abandonar voluntariamente el Reino Celestial y fueron al lugar donde los hermanos luchaban. Habría una guerra nunca esperada entre ángeles tan poderosos que incluso podrían ser considerados verdaderos dioses y el mundo mortal sería sacudido por todos lados por esa liberación de poder que tendría lugar durante una confrontación tan inmensa. Al llegar a la tierra, particularmente en la parte donde los hombres y los Sobrenaturales se enfrentaron, Gabriel y sus ángeles fueron testigos de un derramamiento de sangre desmedido.

En ambos lados. Sus ojos se llenaron de lágrimas cuando vio que en lugar de paz, amor y comprensión entre quienes debían tratarse como hermanos. Luchando codo con codo contra las fuerzas del mal que insistían en dominar a la humanidad, se autodestruían aumentando su El poder de Satanás en un mundo casi completamente dominado por la oscuridad, ninguna de las partes contribuía a la comprensión y el origen de la paz mundial. Que fue y sigue siendo el mayor propósito del Creador. Pero incluso con el corazón lleno de dolor por el conflicto entre los hombres, tendría que cumplir con su misión, que era detener el avance de Sobrenaturales contra mortales en esa batalla infernal.

De esta manera, cómo el buen soldado divino que siempre ha avanzado sin dudarlo. Sin embargo, cuando ya había dado la orden a sus seguidores de entrar en enfrentamiento directo contra sus hermanos encarnados y quitarles sus cuerpos físicos mediante la muerte.

El cielo se abrió y de allí apareció Miguel con sus Arcángeles dispuesto a defendernos aunque fuera por esto tenía que ir en contra de aquellos que una vez lo siguieron en innumerables batallas contra el mal y su mejor amigo

— ¡Miguel, por favor no te interpongas entre estos rebeldes y yo!

— No son rebeldes, Gabriel, son nuestros hermanos que aceptaron recibir cuerpos físicos para ayudar a una humanidad egoísta, soberbia, blasfema e ingrata que ahora los atormenta hasta la muerte, son Arcángeles como yo y los demás que te siguen, sin embargo despreciado por el Creador y dado su destino porque amaba a los hombres más que a sus seres celestiales!

— No importa cuáles sean tus razones, amigo mío, ¡nuestro deber como soldados del Altísimo es cumplir plenamente las órdenes que nos han dado!

— ¿Incluso si estas órdenes son injustas?

— ¿Estás acusando al Consejo Divino de cometer injusticias?

— ¿No es así? ¿No es un acto injusto enviarte a eliminar a nuestros hermanos en defensa de estos humanos corruptos y dignos? ¡Para mí es un acto de injusticia!

— Cuidado com suas palavras, meu amigo, senão acabarás expulso do Reino e punido com tua descida ao inferno!

— Veo que tienes miedo de bajar a la oscuridad, Gabriel, ¡tienes miedo de encontrarte cara a cara con Satanás! Tienes miedo porque nunca te enfrentaste a él fase por fase como lo hice yo, ¡eres un cobarde!

— Soy ángel mensajero, Miguel, no estaba preparado para enfrentar el mal con espadas o peleas, pero como ves recibí del Altísimo el mismo poder que antes te pertenecía solo a ti, hoy no tengo miedo!

— Bueno entonces, si de verdad crees que has recibido el mismo poder que se me ha dado desde mi creación, debes venir contra mí y mis ángeles enséñame si también te han dado las mismas habilidades que tenemos para luchar batallas contra la oscuridad durante milenios. !

— ¡Así es, veremos esto! Sin embargo te hago una propuesta: lucharemos solo nosotros dos en este plano espiritual en el que nos encontramos.

Ni los encarnados ni los ejércitos humanos nos están viendo hasta este momento, por lo tanto, si yo soy el vencedor reunirás a tus ángeles y regresarás al Reino Divino y me dejará cumplir mi misión sin ninguna interferencia de tu parte, pero si soy derrotado dejaré de luchar contra nuestros hermanos, dejaré este lugar sin acosarlos

— ¿De verdad tendrás el valor de desobedecer las órdenes dadas por el Consejo?

— En nombre de nuestro amigo, te respeto como el más grande de todos los guerreros celestiales y el amor que arde en mi humanidad, si eres consciente de los severos castigos que me esperan para continuar. . Así como antes fue sometido a la Corte, hoy también le sirvo con dedicación y reverencia.

— ¡Muy bien, hermano mío, propuesta aceptada!

Miguel sabía que a pesar de que había recibido el mismo poder del Consejo Divino, que una vez le fue otorgado en el momento de su creación. Para convertirse en el más grande de todos los guerreros celestiales, Gabriel no tendría las mismas habilidades que adquirió a lo largo de los años. siglos de su existencia en la lucha contra el mal. Así, al aceptar el duelo, ya entendió de antemano que al final sería el único vencedor. La lucha comenzó entre los que podrían ser llamados dos dioses, mientras se batían en duelo los otros ángeles que los seguían de buena gana para obedecer sin dudar sus órdenes observaban el destello de sus espadas que al tocarlas lanzaban rayos y truenos. Los dos gigantes en el poder lucharon entre sí en un intento por ganar cada uno al final de esa disputa y también fueron asistidos por el Altísimo.

Al enviar a Gabriel para evitar el avance de los Sobrenaturales contra los ejércitos humanos en la tierra, el Señor Dios de todo el Universo ya sabía que Miguel no presenciaría una masacre tan inerte sobre sus amados hermanos, por tal motivo le dijo que si quería, podía dejar el Reino. quería para cumplir su intención. Dios es omnisciente, sabe todas las cosas que sucederán en un futuro cercano o lejano, de esa manera ya predijo que los dos ángeles se disputarían entre sí. Uno querría cumplir su misión en obediencia al Supremo, el otro en defensa de sus hermanos encarnados que estarían sufriendo injusticias. El verdadero propósito del Padre Celestial era medir la altura y la profundidad del amor que ambos sentían por sus hermanos.

La obediencia a sus ordenanzas, la voluntad de ser fieles y el celo, tanto por el Creador como por su Creación más importante. Miguel se rebeló, cuando vio que aparentemente Dios amaba más al hombre mortal que a los seres celestiales. El más poderoso de los guerreros de Dios se sintió traicionado por su Creador al ver que los humanos parecían ser más privilegiados.

La revuelta anterior que ardía en su pecho, porque sabía el valor que tenían como valientes defensores de la luz. La verdad y del bien. Sin embargo, su Señor supo de su descontento ante sus decisiones, comprendió su dolor, el dolor que lo carcomía por dentro y le dio plena razón. Entonces, si es así, porque lo confinó en el ala de detención junto con sus ángeles y le dio la opción de elegir ir a la tierra para defender a sus hermanos encarnado Perdiendo así su privilegio como el más grande de todos los ángeles sin derecho a ¿regresar al paraíso o quedarse allí…

Sin ayudar a los Sobrenaturales que están siendo asesinados por humanos? Ciertamente, Miguel estaba siendo puesto a prueba.¿Prueba? ¿Qué más prueba sería eso? Durante muchos milenios de años, el príncipe de los Arcángeles demostró ser fiel. Firme en su naturaleza, decidido a cumplir todas las ordenanzas divinas. Inmutable, pero ¿es que en la semejanza del antiguo Querubín Ungido no había ningún defecto en su carácter que un día lo llevara a pecado contra tu Dios?

Bueno, si el Padre Celestial existía o no, él ya lo sabía, pero ¿lo sabría él, Miguel? Pues esa prueba revelaría su mayor debilidad.Cuando Lucifer recibió mayor gloria que todos los demás Querubines y fue puesto como director de la Orquesta Cantora en el paraíso.

Llegó al punto de decir que colocaría su trono sobre las nubes y llegaría a ser como Dios. Esta arrogancia de querer parecerse a su Creador lo llevó a cometer el mayor de todos los pecados, condenándolo a una vida de inferioridad en la oscuridad. El propósito de la Corte Divina era precisamente mostrar al príncipe de Dios sus características más íntimas. Profundas, exteriorizar sus fortalezas.

Debilidades, revelar su verdadera personalidad. No es que la Santísima Trinidad formada por el Padre. El Hijo y el Espíritu Santo no los conociera, sino porque él mismo debía conocerlos y si realmente había alguna falta que la corrigiera.

Sexto Capítulo: Guerra Entre Dioses

Los dos dioses continuaron luchando entre sí con sus espadas en llamas en un plano espiritual sin ser vistos por el ojo humano para ver quién sería el vencedor. Mientras que en la tierra los Sobrenaturales dirigidos por mí masacraban los ejércitos de hombres, destruían sus armamentos. Redujeron a polvo a cientos de sus soldado.

Aunque tuvieron algunas bajas durante el enfrentamiento. Finalmente, la disputa entre los dos ángeles poderosos llegó a su fin y como era de esperar. Miguel fue el vencedor, Gabriel aceptó humildemente la derrota.

Porque entendió que si bien tenía en ese momento los mismos poderes que su oponent   En ese momento los mismos poderes que su oponent No tenía las mismas habilidades que la suya, el adversario había adquirido durante cientos de años al actuar en defensa de los propósitos divinos.

— Reconozco que tu superioridad sobre los demás ángeles divinos es indiscutible, amigo mío, así que, como te prometí, me retiraré con los que me sigan de regreso al Reino de nuestro Dios e informaré de mi fracaso, ahí los poderes que que me dieron me serán quitados y volverás a ser el mayor de nuestros hermanos

— Seguramente serás castigado por no haber realizado sus ordenanzas.

— No importa, realmente no quería hacer nada de eso.

Los dos amigos sonríen y se abrazan en una breve despedida. Gabriel da su último grito de orden a los que en ese momento partían rumbo al paraíso. Donde sería juzgado según las reglas divinas, recibiendo luego la debida recompensa por su rebelión. Miguel no perdió tiempo partiendo hacia la tierra para luchar contra ejércitos humanos junto a sus hermanos.

Los encarnados, su actuación sería invisible y decisiva. Cuando mis otros compañeros de lucha emergieron en las nubes, sentimos su presencia incluso si estábamos apegados a nuestros cuerpos físicos, pero los que enfrentamos no notaron nada. Luego transmitió su mensaje de apoyo a cada uno de nosotros. Fortaleciendo nuestra certeza de la victoria, brindándonos una mayor confianza frente a nuestros perseguidores dominados por el poder y la furia de Satanás. De repente dejamos de pelear y nos retiramos ante los enemigos y ellos, sin entender, celebraron porque creían que estábamos acobardados, sin embargo.

Lo que realmente sucedió fue que nuestro defensor nos había ordenado detener la batalla, porque a partir de ese momento la pelea sería solo su. Desde lo alto donde estaba en compañía de cientos de Arcángeles levantó su espada humeante y gritó con voz fuerte.

La tierra se estremeció, el cielo se oscureció, los relámpagos y los truenos podían ser escuchados y vistos por los de la tierra, era la manifestación del poder divino de ese poderoso ser celestial dotado de una gloria incomparable. En lo más profundo del reino infernal, Satanás también se estremeció y tembló en la base. Supo que era Miguel el príncipe de Dios Todopoderoso, dándose cuenta de pronto que su dominio sobre los seres humanos había llegado a su fin.

Ya que a partir de ese momento ya no podía controlar sus frágiles mentes contra los hijos del Altísimo.Todos los soldados que formaban los ejércitos humanos fueron liberados de la influencia satánica. Sus mentes ya no estaban esclavizadas La perplejidad en sus ojos era visible porque no entendían las razones que los hubieran llevado a la guerra contra nosotros sin causa aparente. Cada uno de los generales que sobrevivieron a la masacre reunió a sus hombres y regresó a sus bases en diferentes partes del mundo, la batalla terminó.

En el lugar donde libramos esa terrible batalla, solo quedaron innumerables cuerpos en el suelo como saldo de una guerra sin sentido e injusta, porque solo queríamos ayudar a la humanidad a liberarse del juicio de Satanás, nuestro peor enemigo. Miguel bajó de las alturas para recibirnos, estaba muy feliz de volver a verlo.

— Princesa, ¡qué gusto poder volver a verte después de tanto tiempo!

— ¡También estoy feliz de verte de nuevo, amigo!

— Lamento la demora y venir a ayudarte, pero encontré resistencia tanto en el paraíso como en el plano espiritual que separa este mundo del nuestro.

— ¿Te enfrentaste a las fuerzas del mal en el espacio exterior?

— No, fue Gabriel

— ¿Gabriel, el príncipe de los serafines? Pero, ¿cómo y por qué?

— Es una larga historia que prometo contarte en otro momento, pero ahora necesito volver al Reino Divino para rendir cuentas al Padre.

— Confieso que no entiendo nada de esta situación…

Pero agradezco la ayuda que nos brindó, ¿viniste a instancias del Altísimo?

— No, vinimos solos, mis hermanos y yo después de que me peleé con mi Señor

— ¡Oh, oh, esto no es bueno para ti! Seguramente tendrás serios problemas cuando regreses al paraíso.

— No te preocupes, yo sabré solucionarlo todo

— ¡Pero no es correcto que se haya complicado por nosotros!

— ¡Por ti y mis hermanos haré todo lo necesario!

— ¡Muchas gracias por todo!

— No hay razón para agradecerme

Después de darme un fuerte abrazo y ser exaltado por su valentía y celo por todos nosotros, el Arcángel voló de regreso al cielo mientras regresábamos a nuestro escondite ubicado en las cercanías de donde luchamos contra los ejércitos humanos que estaban bajo el dominio de Satanás. Allí discutimos cuáles serían nuestros próximos pasos ya que no podíamos volver a la mansión, nuestra antigua base confiscada por el gobierno, necesitábamos reconstruir nuestras vidas después de todo eso.

— Y ahora, princesa, ¿qué hacemos?

— Ahora que la persecución terminó, lo primero que hay que hacer es descansar, luego me pondré en contacto con alguien que conozco para que podamos tener un hogar nuevamente donde comenzaremos…

A rehacer nuestra sede y volver a estar activos como los Sobrenaturales

— ¿Tiene intención de seguir defendiendo a estos ingratos humanos, del mal después de todo lo que nos han hecho?— preguntó uno de ellos

— Ciertamente, después de todo, si no continuamos con la misión que se nos ha encomendado, ¿cuál será la importancia de continuar nuestra existencia en este mundo? ¿Vamos a vivir como seres humanos comunes, casarnos, tener hijos, trabajar en algún lugar y parecernos gente común?

— ¡Me gusta la idea! — murmuró uno

— ¡Por favor, hermanos míos, detengan esta locura! Todos ustedes son Arcángeles, seres dotados de un poder enorme, ¿cómo se adaptarán a una vida tan mezquina?

— Estamos cansados de tanta persecución, mi Reina. Además, cuando perdamos este cuerpo físico y regresemos al paraíso, seremos reducidos a simples ángeles que actuarán en las funciones más mediocres del Reino, pues el Padre no nos dará ningún honor después de que hayamos fallado en nuestra misión a semejanza de aquellos hermanos nuestros que ya lo han hecho. desencarnado ante nosotros!

— ¡Aún no hemos fallado! Recuerda que todavía estamos vivos, ¡podemos sortear esta situación!

— ¡Cuéntanos cómo!

—- Empezar de cero, olvidar todas las persecuciones, dificultades, obstáculos, rehacer la misión desde el principio. Nuestro Padre Celestial nos mira, siente lo que sentimos y escucha nuestros pensamientos…

Porque es omnisciente, todo lo sabe. ¡Él comprenderá nuestro propósito al comenzar de nuevo, hacer las cosas correctas, cumplir con lo que se nos ha asignado!

— La Princesa tiene razón, nuestro Señor lo sabe todo.

Es seguro que lo entenderá a propósito, debemos seguir su consejo — Uno de ellos me apoyó

— ¡Está bien, te apoyaremos! — Completado otro

Luego de tantas batallas, guerras y batallas entre hombres y dioses que llevaron al más poderoso de los ángeles celestiales a abdicar de su lugar privilegiado ante el Trono Divino y convertirse en hereje a los ojos del Todopoderoso por considerarlo rebelde y desertor, Miguel regresa al paraíso para dar cuenta al Padre de todo lo que había hecho. Porque entendía que a pesar de haber definido ya su destino, debía dar explicaciones a quien por milenios de años sirvió indiscutiblemente.

De esta manera, voló de regreso al Reino y allí se presentó para recibir la sentencia final que sería pronunciada por la Corte Divina, sin embargo, para su sorpresa, amigo Gabriel, por estar sorprendido por el gran Dios de Universo. Comenzó el juicio de los dos príncipes celestiales . Gabriel fue sentenciado a permanecer en el ala de aislamiento durante una década según el tiempo contado en ese plano espiritual.

Perdiendo temporalmente su puesto de líder de los serafines y todos los demás privilegios. Luego fue el turno de Miguel de ser escuchado por la Santísima Trinidad y de que sus decisiones fueran condenadas en la forma en que les convenía juzgarlo según las reglas divinas.

"Sus actos de rebelión contra nuestras decisiones sobre lo que debía hacerse en relación con sus hermanos en la tierra, cuando se enfrentaron a los humanos, fue bastante grave y esta Corte decidió expulsarlo de este Reino por un siglo junto con quienes también decidieron seguirlo deliberadamente en ese loco acto de rebelión. Por lo tanto, ordenamos que sean expulsados del paraíso y lanzados a la tierra en forma humana. Sin embargo, sin nacer de mujer, es decir, ya tomarán la edad adulta entre los hombres y entre ellos vivirán sin poder envejecer, ni morirán, vivirán cien años en la cuenta de la existencia humana sin gozar de ningún privilegio, tendrán que trabajar.

En la medida de lo posible para que obtengan su sustento, se sentirán cansados, fatigados, todas las aflicciones que siente la gente normal, sus alegrías y tristezas. Las preocupaciones, dolores, angustias y desesperaciones del alma. Junto a ellos, temerán los peligros de la vida, las amenazas del presente y el futuro. Serán perseguidos, calumniados, heridos, pero no les será posible llegar a la muerte física hasta que expire el tiempo que les asigna esta Corte o cumplir completamente Luego de tantas batallas, guerras y luchas entre hombres y dioses que llevaron al más poderoso de los ángeles celestiales a abdicar de su lugar privilegiado ante el Trono Divino y convertirse en hereje a los ojos del Todopoderoso por considerarlo rebelde y desertor".

Miguel regresa al Paraíso para dar cuenta al Padre de todo lo que había hecho, porque entendía que a pesar de haber definido ya su destino debía dar explicaciones a quien por milenios de años sirvió indiscutiblemente. De esta manera.

Voló de regreso al Reino y allí se presentó para recibir la sentencia final que sería pronunciada por la Corte Divina, sin embargo, para su sorpresa, amigo Gabriel. Por estar sorprendido por el gran Dios de Universo comenzó el juicio de los dos príncipes celestiales y Gabriel fue sentenciado a permanecer en el ala de aislamiento durante una década.

Según el tiempo contado en ese plano espiritual, perdiendo temporalmente su puesto de líder de los serafines y todos los demás privilegios. Luego fue el turno de Miguel de ser escuchado por la Santísima Trinidad. De que sus decisiones fueran condenadas en la forma en que les convenía juzgarlo según las reglas divinas.

Capítulo Séptimo: Entre la Eternidad y la Pasión

Comenzó el juicio y el Señor expresó su descontento con el ex príncipe de los Arcángeles

"Sus actos de rebelión contra nuestras decisiones sobre lo que debía hacerse en relación con sus hermanos en la tierra, cuando se enfrentaron a los humanos, fue bastante grave y esta Corte decidió expulsarlo de este Reino por un siglo junto con quienes también decidieron seguirlo deliberadamente en ese loco acto de rebelión. Por lo tanto, ordenamos que sean expulsados del paraíso y lanzados a la tierra en forma humana.

Sin embargo, sin nacer de mujer, es decir, ya tomarán la edad adulta entre los hombres y entre ellos vivirán sin poder envejecer, ni morirán, vivirán cien años en la cuenta de la existencia humana sin gozar de ningún privilegio, tendrán que trabajar. En la medida de lo posible para que obtengan su sustento, se sentirán cansados, fatigados, todas las aflicciones que siente la gente normal, sus alegrías y tristezas. Las preocupaciones, dolores, angustias y desesperaciones del alma. Junto a ellos, temerán los peligros de la vida, las amenazas del presente y el futuro serán perseguidos, calumniados, heridos.Pero no les será posible llegar a la muerte física hasta que expire el tiempo que les asigna esta Corte o Cumplir completamente.

Esta será la maldición que ahora lanzaremos sobre todos ustedes que decidieron con valentía desobedecer las ordenanzas divinas, yendo en contra de la voluntad suprema del Padre"

.Cuando se citaron estas palabras, terminó el juicio y Miguel y sus compañeros fueron desterrados del cielo y enviados a la tierra, en un abrir y cerrar de ojos sus poderes como Arcángeles fueron retirados y cada uno apareció en este mundo en la forma física que convenía recibir del Señor Dios. del Universo. Sin embargo, no borró sus recuerdos y recordó claramente todo lo que les había sucedido, incluida la conciencia del castigo recibido del Gran Señor por sus locas acciones.

De esta manera empezaron a seguir sus propios destinos de acuerdo a la existencia que les dio la Corte de Gracia para pagar por sus pecados. Sin embargo, cabe aclarar que no fueron colocados en forma humana con la posibilidad de vivir en el mismo lugar. , es decir, cada uno fue enviado a un país, estado y ciudades diferentes. No sé exactamente cómo explicar las razones, pero Miguel terminó aquí conmigo.

Tal vez fue porque éramos muy cercanos, grandes amigos, no puedo explicarlo claramente. Pero lo cierto es que adoptó la forma humana de un apuesto joven de unos treinta años y nos conocimos por casualidad en un importante evento en la capital de Inglaterra. En ese momento, los gobiernos habían aceptado una vez más el papel de los Sobrenaturales en los cuatro rincones de la tierra. Formamos nuestro cuartel general y nos instalamos en la mansión previamente confiscada por las autoridades. Desde allí actuamos en defensa de la raza humana frente a todas y cada una de las amenazas de las fuerzas inferiores de la oscuridad.

No fue difícil identificarlo como mi amigo Miguel, el príncipe de los Arcángeles, porque los poderes que me quedaron y los que lo siguieron me permitieron ver el ser espiritual escondido dentro de esa forma humana. Llevé a Peter, nombre que usaba Miguel de hombre, a la mansión y allí le proporcioné comida, ropa y vivienda el tiempo que necesitaba.

Sin embargo, como siempre no estaba tranquilo ni satisfecho de pensar en cómo estarían sobreviviendo sus otros hermanos después. Se han encarnado en la tierra. Incluso después de darle todo lo que necesitaba para una estadía cómoda y no perderse nada para su sustento en este mundo, su insatisfacción era clara.

— Pareces un poco triste y preocupado, Miguel, ¿te falta algo aquí con nosotros?

— No, Princesa, todo es de acuerdo a mis necesidades y estoy agradecido por tu apoyo, pero me entristece ver a mis hermanos esparcidos por diferentes partes de la tierra sin haber oído hablar de ellos y cómo están sobreviviendo a tal castigo.

— Sí, amigo mío, te puedo entender claramente.

— Lo peor de todo es no saber exactamente dónde están, la forma física que cada uno recibió en este mundo y sentirse impotente para ayudarlos.

— ¿Crees que es posible que sobrevivan en esta realidad, ya que nunca antes vivieron en la tierra entre los hombres?

— Porque esta es mi mayor preocupación, he vivido algunas encarnaciones antes, pero ellos viven esta experiencia por primera vez.

Idealmente, estaría cerca para ayudarlos a comprender mejor este mundo y sus sorpresas.

— Creo que hay alguna forma en que puedo ayudarlos.

— ¿Y qué pasaría si perdiera todos mis poderes?

— Puedo reunir a los iluminados y formar un ejército de rescate que los junte por los cuatro rincones de la tierra y los traiga aquí, después de estar reunidos les daríamos cobijo y ejercitaríamos alguna actividad según la capacidad de cada uno de ellos.

— Sin poderes, ¿cómo serían de utilidad para los Sobrenaturales y la misión que realizan a favor de los mortales?

— Hay funciones administrativas que requieren un trabajo humano específico que nos llevaría mucho tiempo aquí en la mansión, si las podemos asignar a nuestros hermanos encarnados sería muy útil

— Bien, entonces, ¿cómo hacemos esto, cómo ubicarlos si no tenemos idea de dónde están o la forma humana que recibieron?

— Haré uso de mis poderes para ponerme en contacto con los Sobrenaturales que trabajan en los cuatro continentes e informarles de la necesidad de localizar a sus hermanos, seguro que encontrarán la forma de encontrarlos aunque carezcan de sus poderes como Arcángeles.

— ¿De verdad crees que eso podría ser posible?

— Debe haber algunos rasgos físicos o espirituales en ellos que los diferencian de otras personas comunes

— ¡Sí, puedes tener razón!

— Luego seguiremos este camino para poder localizarlos, me pondré en contacto telepáticamente con los Sobrenaturales y les informaré sobre esta nueva misión

Esa misma mañana entré a una de las muchas habitaciones existentes en la mansión donde nos convertimos en nuestra sede y me conecté con todos nuestros poderosos agentes que actuaron contra las fuerzas del mal en defensa de la humanidad en todas partes.

Solicitando que comenzaran a buscar ángeles. encarnado en forma humana. Miguel seguía entristecido por no poder ayudar en la búsqueda de sus hermanos perdidos fuera del mundo.

A pesar de intentar consolarlo, mis muchos esfuerzos obtuvieron pocos resultados. En realidad, nada parecía satisfacerlo sin antes ver a todos sus hermanos a salvo y seguros a su lado y para eso necesitaba actuar lo antes posible.

Ese mismo día les pedí a los Sobrenaturales que hicieran una búsqueda refinada por los cuatro rincones del planeta en busca de nuestros hermanos. El resultado de la búsqueda fue excelente porque en pocas horas teníamos buenas noticias y ya se había localizado la primera de ellas.

— Te traigo buenas noticias amigo

— ¿Has localizado a nuestros hermanos?

— Sí y algunos de ellos ya están de camino a casa.

— Bien princesa, estoy muy agradecido por todo.

— No lo olvides, ¿yo también me convertí en uno de ustedes?

— Sí, pero la diferencia es que ahora nos hemos transformado en meros mortales

— Este es solo un castigo momentáneo que pasará pronto. Después de todo, ¿qué es un siglo para quienes vivirán por toda la eternidad?

— Quizás no sea nada siendo divino, pero como hombre en este mundo parece una eternidad

— Lo siento, lo había olvidado

— Bueno, pero ¿cuánto tiempo antes de que lleguen todos?

— Tranquilízate, no tardará

— Está bien, espero que sea lo antes posible

— Lo importante es que lo peor de todo se ha superado. Ahora estarán a tu lado, pueden contar con tu protección

Miguel se acostumbró a proteger a sus guerreros como un verdadero líder, ya que tenía la tarea de guiarlos durante milenios de años. Como un guardián fiel y decidido los guió a través de innumerables misiones en batallas contra las fuerzas del mal, su mayor propósito siempre sería mantenerlos a salvo incluso después de haber perdido su posición como príncipe y todos sus poderes como Arcángel Mayor. En unos días todos los ángeles que habían sido expulsados del paraíso junto a Miguel, ocupando la forma humana, ya estaban presentes en la mansión y en un día especial se reunieron en uno de los locales para recibir cada uno un nuevo rol en el sector administrativo de nuestro cuartel. general. Por su propia elección, decidieron que estarían bajo el liderazgo de su príncipe, a quien todavía veneraban.

310

— Estoy muy feliz por ti amigo mío, veo que tus hermanos aún te ven como líder

— Sí, princesa, tienes toda la razón.

— Es algo merecido, porque demuestra lo dedicado que estabas en tu misión de guiarlos a través de los siglos.

— Estoy totalmente de acuerdo, princesa, tienes toda la razón, después de todo, trabajé duro para ganarme su respeto.

— ¿Puedo preguntarte algo amigo?

— Pide lo que quieras

— Deja de llamarme princesa, déjalo en manos de los sobrenaturales, solo llámame Luana

— Pero sigues al servicio de los cielos como Princesa de los Arcángeles

— Sí, pero no soy su líder, no necesita usar esta formalidad

— Está bien, como prefieras

Miguel estaba feliz de tener a sus hermanos a su lado, para que pudiera volver a liderarlos y protegerlos, sin embargo, solo una cosa parecía intrigarle que era la condición física de cada uno de ellos, pues durante siglos condujo ángeles que tenían un aspecto masculino y ahora estaban divididos entre hombres y mujeres. De hecho, los ángeles no tienen relaciones sexuales, pero parecen ser hombres y liderar seres femeninos parecía ser una tarea difícil. Sin embargo, para su sorpresa, pronto se adaptó a la nueva realidad y en poco tiempo había superado ese obstáculo.

A la nueva realidad y en poco tiempo había superado ese obstáculo. Incluso en los cuerpos nuevos. Los Arcángeles permanecieron conscientes de quiénes eran y por qué estaban allí, por lo que fue fácil recibir órdenes de su Señor.

— Entonces, ¿has superado las diferencias entre tus seguidores?

— Si por su puesto. Fue solo una preocupación tonta, pero se ha superado

— ¿Sabías que aquí en la tierra la mayoría de las mujeres tenemos dificultades para ser aceptadas para asumir funciones profesionales entre los hombres por puro prejuicio?

— ¿Seriamente?

— A pesar de varias leyes que se crearon a favor de las mujeres, la mayoría de los hombres aún se limita a pensar que somos un sexo más frágil, incapaz, menos inteligente y sin la menor competencia que nos califique para asumir importantes funciones profesionales entre ellos, desde el Empresas privadas a organismos públicos, sin excepción. La mayoría de los que conquistan sus espacios lo hacen con gran sacrificio

— ¡Vaya, entonces actué igual con estos hombres sexistas y prejuiciosos!

— Sí, amigo mío, lamentablemente, pero aún no has aprendido nada de lo malo que este mundo mediocre ofrece y ciertamente eso te hace digno de ser perdonado por tener tal actitud.

— ¡Qué buena cosa! Pero también entiendo que para la Santísima Trinidad nunca somos completamente inocentes en nuestras acciones.

Por lo que al final seré visto como culpable y ciertamente tendré que soportar la ira del Todopoderoso! Durante meses trabajamos juntos para combatir las malas influencias que azotan la tierra y la vida de la humanidad constantemente, los Sobrenaturales haciendo uso de sus poderes y Miguel, ahora tomando el nombre de Peter, con su equipo a cargo de las funciones burocráticas que involucraban el contacto con el agencias gubernamentales.

Departamentos de inteligencia que nos mantuvieron al tanto de las últimas amenazas que surgieron en todo el mundo, pero algo inesperado empezó a suceder en nuestra relación como amigos y socios contra el mal. Empezamos a convivir por mucho tiempo Esto nos acercó más de lo esperado, provocando una fuerte atracción física que puso en riesgo nuestra amistad.

Desde que nos volvimos a encontrar, sentí algo extraño dentro de mí, debido a la intensa belleza que existía en él, me estremecí tan pronto como lo vi, mi corazón se aceleró por completo. Se me puso la piel de gallina como nunca desde que conocí a Richard durante mis misiones como agente de la CIA. No estaba segura si él también sentía lo mismo por mí, pero todo parecía indicar que esta era una gran verdad, porque cuando estábamos cerca el uno del otro seguía mirándome con una mirada de nostalgia. Quizás eso le molestó porque pensó que el fuego que ardía en sus miembros era algo maligno, era algo nuevo para él. Aunque ya encarnó otras veces y vivió en este mundo en forma humana, no me dijo si durante ese tiempo tuvo alguna relación íntima con mujeres, todavía no habíamos hablado de esto.

Pasaron los días y me sentí cada vez más atraída por ese hermoso macho que desfilaba todo el tiempo frente a mí mientras realizaba sus actividades en la mansión. Durante las noches nos sentábamos en una de las muchas habitaciones de la casa, charlábamos, bebíamos un buen vino y luego nos íbamos a dormir a nuestras habitaciones. Como sentía ese fuerte deseo ardiendo en mi interior, me fue casi imposible dormir porque el sueño se me escapó, dando paso a un insomnio insoportable.

Rodó de un lado a otro en la cama sin ninguna forma mientras los pensamientos eróticos corroían mi mente, era algo que sofocaba mi alma. A pesar de convertirme en un buen semidiós y recibir un poder soberano que me capacitó para liderar seres dotados de una fuerza extraordinaria, seguía siendo un ser humano con todas las características de una mujer y todos sus sentimientos.

Como yo Peter, el mismo Miguel, también heredó las mismas condiciones humanas al recibir su forma física, ciertamente tenía los mismos deseos por mí que hasta ese momento no los había revelado claramente. En una de las muchas oportunidades que tuvimos para hablar de nuestras existencias actuales.

Planes y proyectos futuros tanto para nosotros como para los Sobrenaturales, decidimos comentar lo que de hecho significaban el uno para el otro además de la amistad que nos unía. Después de una larga conversación acompañada de un delicioso vino francés, me miró profundamente a los ojos, mostrando su intención de revelar sus secretos.

— ¿Puedo preguntarte algo muy personal e íntimo?

— Mas es claro

— si puedes. preguntame que te responderé sinceramente

— Siempre que estamos juntos me doy cuenta de que nuestras miradas se encuentran de otra manera

Llenas de admiración, con un encanto fuera de lo común. ¿Tienes algo por mí que no sea amistad?

— Para ser franco y muy directo, sí, tengo más que admiración por ti y espero que la altura esté siendo igualada

— Vaya, que franco, viniendo de una mujer

— No empieces a actuar como un sexista con prejuicios

— Lo siento, esa no era mi intención, simplemente aprendí en otras vidas que el hombre siempre era responsable de declararse a las mujeres y no al revés

— Olvídese del pasado y céntrese en el presente, estamos en un mundo moderno donde hombres y mujeres tienen los mismos derechos.

— Está bien, olvidémoslo, volvamos a hablar de nosotros

— Estoy de acuerdo. Entonces, ¿tú también te atraigo?

— ¡Lógicamente! ¿Cómo no sentir cariño por una mujer tan hermosa?

— Entonces, ¿qué tal si dejamos de perder el tiempo…

Empezamos a vivir una entrega completa y sin reservas?

— Tomó un tiempo, ¡no perderemos ni un segundo más!

Fuimos a las habitaciones de Peter y allí vivimos momentos de intensa pasión, donde solo las cuatro paredes eran el límite de nuestra locura, pero ni siquiera imaginamos que tendríamos que pagar un alto precio.

Por el derecho a entregarnos el uno al otro con toda la libertad que pensamos que teníamos, porque justo después dejé que Peter (Miguel) volviera a subir a las nubes, no como antes, sino por Fuerza del intenso placer que le di en la cama — Regresé a mi habitación en la mansión donde estábamos y allí me visitó un viejo conocido.

Fue Rafael, un serafín mensajero que vino a recibirme con la advertencia de que sería convocado a comparecer en el paraíso lo antes posible para que pudiera informar sobre mis actos recientes ante la corte divina y, cuando dudé en acompañarlo. Me advirtieron que rechazar la llamada sería muy costoso.

— Está bien, Rafael, al menos déjame saber las duras consecuencias que sin duda tendré que afrontar.

— Es muy simple, Princesa, la Trinidad está enojada por la forma en que se ha estado comportando últimamente, principalmente por los actos pecaminosos que practica hoy con nuestro hermano Miguel.

 Le hizo contaminar su cuerpo físico en el que está encarnado con los deseos inmorales del sexo.

— Está bien, admito mi error, pero él ya es un hombre hecho y no puedo asumir todo el pecado practicado solo, ¡si quisiera él también estuvo de acuerdo!

— Ese será el Tribunal que decidirá

— Ven aquí, ¿quieres decir que para eso está el cielo, Dios, la eternidad, para poder estar juzgando y condenando a las personas porque buscan satisfacer sus deseos en esta vida?

Si tener relaciones sexuales es un pecado tan grave, ¿por qué el Creador se lo dejó a la raza humana?

— En realidad, el sexo al principio no se creó como es hoy, era santo y sin tacha. Solo después de que Satanás convenció a la primera pareja de desobedecer la orden que le dio el Creador, permitiendo que el pecado entrara en este mundo, la pasión por la iniquidad surgió en todas sus formas posibles en el corazón del hombre, como se ve hoy, llevándolo a deshonra tu cuerpo en este desenfreno sin fin

— Entiendo, pero ¿tenemos que pagar por los errores cometidos por nuestros primeros padres en el pasado? Porque si analizamos bien no tenemos la culpa si fueron desobedientes en su tiempo, estamos viviendo milenios de años por delante de ellos y es injusto que seamos castigados por lo que no practicamos

— Ocurre a los ojos del Creador, toda mujer es una Eva y todo hombre es un Adán, como si toda la humanidad estuviera resumida solo en estas dos personas y ante sus ojos todavía estuvieran en la misma condición de desobediencia. Además, no olvide que debido a su mayor creación en la tierra, dio la vida de su único Hijo en la cruz para perdonar todos los pecados de un egoísta. Orgulloso e incapaz de apreciar su gesto de piedad, prefiriendo seguir sus propios instintos sin miramientos, su infinita paciencia con sus frecuentes rebeliones.

Así que ahora no te dará más tiempo para lamentarlo. Porque ha llegado el momento en que todos los que pecan pagarán por sus iniquidades, comenzando por los que son parte de su Reino en este mundo.

— Lo entiendo, así que vamos, porque quiero resolver este problema de inmediato y volver a ejercer mis obligaciones aquí.

— Sinceramente no sé si esto aún será posible mi Princesa.

— ¿Y porque no?

— Porque me parece que el castigo que se te aplicará por la gravedad de tus errores será la pérdida de todos tus poderes divinos que alguna vez te fueron entregados por ese Consejo Celestial.

— ¡Qué montón de hijos de puta!

— ¡Cállate mujer! ¿Tienes idea de lo que acabas de hablar? ¿Olvidas que el Padre nos ve y oye todas las cosas?

— No me importa, Rafael, si lo que acabas de decir es cierto, ¡ya estoy jodido!

La santidad del mensajero Serafín le impidió escuchar tales palabras, fue una gran ofensa contra el Padre y contra él mismo, pero sé que entendió mi rebelión. Demonios, si no querían que Miguel se involucrara sexualmente con ninguna mujer en la tierra, ¿por qué le dieron un cuerpo físico, le quitaron sus poderes , redujeron su pureza como un ángel a la nada! Le permitieron sentir los mismos deseos que siente cualquier ser humano? Tremenda zorra que, la pobrecita era frágil y aún tenía que ser fuerte para resistir las tentaciones de esta vida, ¿cómo explicar tal calvario? Porque eso es exactamente lo que nos pasa a cualquiera de nosotros.

Nacemos contaminados por los pecados de nuestros primeros padres, somos tentados por el infierno las veinticuatro horas, Satanás nos induce a todo tipo de maldades. La oscuridad envuelve el mundo donde vivimos mientras la luz descansa allá arriba y todavía tenemos que trabajar duro para no pecar. Quizás debería ir al cielo para enfrentarme a esa Corte.

Decirles ciertas verdades que nadie en el transcurso de tantos siglos parece haber tenido el valor de decir. Los seres humanos somos una raza condenada a nacer, crecer, morir y bajar al infierno, sin derecho a quejarnos.

Fui trasladado junto con los serafines y llevado en espíritu al tercer cielo donde los tres seres divinos que formaban la Santísima Trinidad fueron encontrados allí para ser interrogados y juzgados por ellos como mejor parecía. En mi defensa, solo quedaron mis propias palabras y explicaciones, que de alguna manera no serían aceptadas por nadie que fuera demasiado perfecto para considerarlas.

— Veo que esta vez no dudó en seguir al mensajero y venir a nosotros

— No veo por qué debería haber dado un paso atrás, conocen muy bien mi postura, no debo rehuir mis responsabilidades

— Muy bien, entonces ya deberías conocer los motivos por los que te pedimos que estuvieras presente ante este Juzgado

— Así que sea breve porque tengo mucho que hacer ahí abajo

"Lamentamos la sinceridad, querida, pero creemos que a partir de ahora no tendrás más acciones a favor de este Reino allá abajo.

Debido a sus recientes prácticas de desobediencia y actos inmorales practicados junto a uno de nuestros príncipes celestiales, quien fue expulsado del paraíso y condenado a vivir durante decenas de años en la tierra en forma humana. Sin poderes ni ningún beneficio celestial por actuar con un propósito egoísta. Mas sin considerar nuestros conceptos superiores.

Este Consejo te sentencia a regresar a tu mundo sin ningún honor, gloria o regalo que te brindamos anteriormente, viviendo como un simple mortal entre los hombres. A partir de ahora perderás el título de Reina de los Arcángeles, volverás a ser Luana, la Agente, con tus habilidades adquiridas a través de tus propios esfuerzos ¡las cuales no tenemos derecho a excluir!"

— Si esta es la decisión de este Consejo que se juzga por encima de todo y de todos, no puedo ir en contra, ¡pero les pido al menos el derecho a expresar mi opinión sobre tal injusticia!

— ¿Cómo te atreves a pronunciar tal insulto al Señor de toda la tierra? — me regañó uno de los ancianos presentes

— Perdóneme, ancianos, pero ¿si se nos diera libre albedrío porque se me juzga indigno de servir a este Reino por los actos que deliberadamente decidí hacer? Si el sexo es un pecado, ¿por qué nos lo dieron como una forma de buscar placer para nuestro cuerpo? Si aún en el Edén, nuestros primeros padres tuvieron la opción de elegir entre el bien y el mal y la elección que hicieron fue seguir el consejo de la serpiente, porque aún hoy sus descendientes pagan por su desobediencia.. Cuando ante ellos se abrieron dos puertas y dos caminos. para tomar sus propias decisiones? Si fuimos creados solo para la alabanza y adoración de nuestro Creador.

Si el objetivo principal era la obediencia ciega, sin la opción de opinar sobre lo que realmente queremos, entonces ¿por qué nos da libre albedrío y nos muestra tantos otros caminos a seguir?

— Su insolencia no tiene medidas! ¡Muestras falta de respeto a tu Dios!

Desde que nació sabíamos que nunca sería domesticado, ya que es incapaz de adaptarse a ninguna forma de liderazgo, dominio o mando superior. ¡Eres rebelde por naturaleza!

— Mis actitudes no revelan ninguna forma de rebelión, mi Señor, sino la ansiedad por comprender cómo juzgan nuestros pecados y defectos derivados de nuestra naturaleza imperfecta si fuimos creados así desde que el pecado dominaba este mundo. Entonces, ¿por qué nos juzgan?

— Juzgamos tus iniquidades porque estamos por encima de todo y de todos

"Sí, ustedes se consideran los seres más perfectos del Universo, los más santos, los más justos y los más misericordiosos y tal vez lo sean de verdad, pero ¿la justicia realmente prevalece en sus constantes juicios? Por ejemplo, es muy fácil que los seres celestiales no pequen, pues los santos ya han sido creados, sin sexo, sin deseos ni ningún medio de contaminarse con lo que ofrece el mundo de abajo. Pero, ¿cómo podemos los seres humanos no tropezar con nuestras propias debilidades? ¿Es justo que seres tan puros nos acusen de pecar cuando se encuentran en una posición espiritual privilegiada en relación con nuestra personalidad caída y carecen de fuerza o poder para mantenernos alejados del mal si éste habita parcialmente dentro de nosotros?"

— ¡Tus palabras no son más que excusas para los que aman el pecado!

— Si la naturaleza humana ama pecar!

Porque fuimos formados desde el vientre de nuestras madres, si quizás también pudieras sentir lo que sentimos.

¡Ciertamente elegirías experimentar los mismos deseos impuros que buscamos durante nuestras existencias!

— ¿Estás diciendo que en algún momento nos sentiríamos atraídos por el mal? ¿De verdad crees que de alguna manera la oscuridad podría dominarnos? ¿Estás loca mujer?

— Sí creo que si dejaran ese pedestal y bajaran a la tierra para ponerse cuerpos mortales, cederían a los instintos humanos al igual que todos los seres humanos.

— ¡Pero ya hice eso, cuando encarné como el Cristo y no cedí a la tentación de Satanás!

— ¡Hay controversias en la tierra sobre esto, mi Señor!

— Sí, algunos insisten en decir que me involucré sexualmente con Madalena, de quien eché varios demonios y perdoné sus pecados, ¡pero eso es una gran mentira!

— Puede ser, pero ¿quién puede garantizarnos lo contrario?

— ¡Yo puedo! Porque si de alguna manera mi Hijo cometiera algún tipo de iniquidad durante su estancia entre los hombres, ¡su sacrificio por la humanidad sería rechazado por esta Corte y la misión de salvación comprometida!

— Fui enviado para asistir al Hijo en su camino como Salvador de los hombres a través de su sacrificio en el Calvario. Como Espíritu Consolador le di fuerzas para soportar el dolor y la fatiga del martirio, soy prueba viviente de que nunca falló en su camina hacia la cruz! Es una gran falta de respeto tratar de empañar la más pura reputación su nombre

— Está bien, si todos dicen que las cosas son así, no seré el simple mortal que dudará, pero la verdad es que si el Señor no fallaba, no significa que un ángel como Miguel tendría el mismo resultado.

— Miguel fracasó como hombre porque desde que bajó y reencarnó ha abandonado la comunión con nosotros, ha dejado de rezar, de buscar su santidad, ha abandonado la fe, se ha entregado a su forma humana y el mal lo ha debilitado.

— ¡Tomó sus poderes, convirtiéndolo en un simple mortal!

— Sí, pero si hubiera mantenido su comunión con este Reino a través de la fe y la oración no se habría dejado vencer por sus deseos carnales.

— ¡Fue derrotado porque lo abandonaste a su propio destino diferente al que hiciste con el Hijo que podía contar al cien por cien con la protección del Espíritu! ¡Miguel se encontró indefenso, desprevenido, solo!

— ¡No seas ingenua, mujer, Miguel ya se había encarnado en la tierra otras veces y supo cumplir su misión sin involucrarse íntimamente con mujeres ni ceder a las pasiones! Fuiste y seguirás siendo la razón de tu fracaso, ya sabíamos que te entregó tu corazón incluso antes de perder toda su gloria de Arcángel y ser lanzado a la tierra en forma humana a pesar de que es uno de los príncipes más poderosos de este Reino

— Quizás tengan razón, pero ¿qué mal hay en un ser celestial que se enamora?

— La pasión es una debilidad que pertenece solo al alma humana, ¡un ángel en la posición de Miguel no podría haber estado dominado por un sentimiento tan mezquino!

— La pasión es una debilidad que pertenece solo al alma humana.

¡Un ángel en la posición de Miguel no podría haber estado dominado por un sentimiento tan mezquino!

— Si encuentra este sentimiento tan vulgar…

Entonces ¿por qué permitió que existiera en nuestros corazones?

— En realidad, lo que creamos dentro del hombre fue el amor, completamente puro y sin conexión con las pasiones carnales. Fue solo después de que sus primeros padres escucharon a Satanás, siguiendo su consejo, que el pecado nació y despertó deseos pecaminosos en el hombre en forma de pasión.

Este tipo de sentimiento despierta la inmoralidad sexual en sus diversas formas en la humanidad, los celos, la envidia, la lujuria, la ambición por las riquezas materiales, las disputas en los diferentes ámbitos de la existencia, es lo opuesto al amor verdadero y nuestros propósitos para el hombre

— Entonces es parte de la maldición que hemos heredado del Huerto, ¿es una de las facetas del pecado?

— Sí, y quien es dominado por ella comete varias formas de iniquidades

Se aparta de la luz, sucumbiendo a la oscuridad espiritual.

— Fuimos creados a imagen y semejanza de un Dios que hoy solo juzga nuestras debilidades, no heredamos nada de él. ¡Incluso parece que somos imagen y semejanza de Satanás, porque él es toda nuestra esencia como pecadores dignos del infierno!

— Sí, toda la humanidad vive esclavizada y atrapada en las cadenas del pecado, arrastrada por los deseos eróticos, carnales.

Inmundos que Satanás plantó en sus corazones. Estoy de acuerdo con tu punto de vista, el hombre es aún más digno del infierno que del paraíso y trae como herencia una característica satánica mayor que la de su Creador.

— Entonces, ¿por qué no rendirse de inmediato…

Dejarnos vivir en paz con nuestras debilidades e iniquidades? ¡Deja de juzgarnos, deja de castigarnos por todo lo malo que hacemos, porque no es culpa nuestra que se abrieron dos puertas antes que nuestros primeros padres y eligieron lo peor de ellos que acabó follando a todas las generaciones! En toda esta historia somos las víctimas y ustedes son nuestros verdugos, ¡nada más!

"Ya no permitiremos tu insolencia en este santo lugar, esta reunión se acabó. Volverás a tu mundo imperfecto, sucio e inmoral sin tus viejos poderes, estás despojado de tu posición de Princesa de los Arcángeles, prohibido regresar a este Reino. Vivirás en la tierra como cualquier mortal y, después de tu muerte, descenderás al infierno de donde nunca debiste haber sido llevado.

¡Porque es y siempre será indigno de vivir cn la luz! Luego de que este Juzgado sea deshecho. Serás transportado al cuerpo físico que reposa en tus habitaciones de donde te sacaron, sin embargo, aún recordarás todo lo que se dijo en este lugar para que no olvides el castigo al que serás sometido de ahora en adelante hasta todos. las décadas se cumplen en tu existencia, en este período ni tus oraciones serán escuchadas!"

Luego de ser expulsada del paraíso y perder todos mis poderes junto con el título de Princesa de los Arcángeles, regresé a la tierra. Despertando en el lugar exacto donde solía descansar. Estuve extasiado por unos minutos sentado junto a la cama y luego me levanté. Yendo a la Las habitaciones de Peter para contarle todo lo que había pasado.

— ¡Qué cosa terrible, querida, pero qué absurdo! ¿También pecamos al satisfacer nuestros deseos humanos? Entonces, solo porque nos amamos, ¿has sido exonerado de la misión más sublime a los ojos del Altísimo, que es proteger a la raza humana de los ataques de la oscuridad?

— Sí, y aún así quitaron todos los poderes que me habían dado antes.

¿Y ahora cómo puedo seguir liderando a los Sobrenaturales si no tengo la fuerza para verme como un verdadero líder al mando de sus hazañas en este mundo?

— ¿Te preocupa que ahora rechacen tu liderazgo porque has vuelto a ser un simple mortal?

— ¡Pero es lógico que sí, Peter, ningún ser con tales poderes querrá someterse a las órdenes de un mortal! Incluso si son totalmente leales a mí, respetando mi alimentación, cambiarán de opinión.

— En mi opinión, parece que se está adelantando sin escuchar primero lo que cada uno tiene que decir al respecto. Acerca de este cambio repentino, reúna al grupo, explique lo que sucedió y luego veremos lo que sucede.

— Está bien, eras su líder más grande y deberías conocerlos mejor que yo, haré lo que me estás guiando. Después de todo, aunque hoy ocupan una forma física por dentro, siguen siendo los mismos Arcángeles Divinos.

— Haga esto, no se apresure a juzgarlos antes de tiempo

A la mañana siguiente convoqué a los Supernaturales presentes en la mansión y a los que trabajaban en diferentes partes del mundo, porque con sus poderes podían teletransportarse en segundos. Donde querían y nos conocimos en el auditorio que se construyó para momentos así, donde les expliqué lo que pasó la noche anterior. Fiquei suroresa ao ver que todos colaboraram. Después de escuchar los detalles del evento, hablaron a favor de que yo permaneciera a cargo incluso sin mis poderes.

— Creemos en tu capacidad para guiarnos en este largo viaje en la lucha contra las fuerzas satánicas que devastan este planeta, naciste preparado para luchar y vencer incluso antes de recibir los poderes otorgados por el Todopoderoso, de alguna manera él te eligió para liderarnos . Entonces, a pesar de que ya no tiene las credenciales divinas para ser nuestra Princesa, así como Miguel perdió el derecho a ser nuestro Príncipe, entendemos que ustedes dos son los más calificados para continuar en tales puestos.

— Agradezco la inmensa confianza que nos muestran a los dos, pero ¿cómo pretenden permanecer bajo nuestro mando si sin nuestros poderes

ya no somos capaces de comunicarnos telepáticamente? Será imposible mantener una buena comunicación, guiar a los encarnados sin sus poderes en batalla y guiarlos en combate

— Pensamos en este detalle. La solución es dejar a uno de nosotros aquí contigo permanentemente para que escuche tus órdenes y nos las pase telepáticamente.

— ¡Sí, es una gran idea! — Peter estuvo de acuerdo

— Está bien, entonces lo haremos de esta manera, pero ¿quién de ustedes estará dispuesto a renunciar a la aventura de luchar contra el mal afuera para quedar atrapado con nosotros en esta mansión?

— Y quien haya dicho que estaremos totalmente atrapados en esta casa, Luana. Seremos capaces de crear una Agencia de Inteligencia similar a la CIA, FBI que pueda mantener a nuestros agentes…

Dotados de poderes especiales en sintonía con los últimos ataques de la oscuridad de todo el mundo, también. , podrán actuar con mayor eficacia y destruir los planes del Maligno contra los seres humanos en la faz de la tierra

— Genial, mi amor, ¡eres increíble Peter!

— Entonces estamos de acuerdo, devuelve cada uno a su punto de acción y desde aquí te informaremos de la noticia, de inmediato crearemos nuestra Agencia de Inteligencia y juntos comenzaremos a trabajar contra las fuerzas del mal, usarás tus poderes para destruir aquellas amenazas que no somos capaces de tratar con seres humanos, por otro lado, combatiremos lo que supone una sutil amenaza ante la inmensa fuerza

— De acuerdo, princesa, y no te preocupes porque todavía te somos leales, tu liderazgo seguirá siendo respetado por los sobrenaturales.

— Gracias OTONIEL, les estoy muy agradecido a todos por el respeto y confianza que depositan en mi

Luego de que se creó la agencia de la que formamos parte, se dio a conocer mundialmente por sus grandes logros a favor de la paz mundial, todos los gobiernos más importantes comenzaron a apoyar, alentar, brindar todo y cualquier tipo de cooperación en las operaciones que realizamos.

Ccomenzamos a ser reconocidos como los más valientes defensores del orden público. Incluso las otras agencias gubernamentales de defensa no fueron rival para nosotros, lo que llevó a decenas de agentes a querer dejar sus agencias para unirse a nosotros en la lucha contra el mal.

Sin embargo, no accedimos a recibirlos para que no llegáramos a comprometernos. pureza de nuestras acciones, cuya mayor fuerza provino del Altísimo por el bien de su mayor Creación, no solo por la visión distorsionada de la justicia proveniente del hombre.

Entrenamos a todos los demás Arcángeles Rojos que vivían en la mansión donde teníamos un enorme gimnasio con el equipamiento más moderno para moldear sus cuerpos físicos.

Una academia de tiro al blanco para entrenar y perfeccionar una vista perfecta, varios estilos de luchas para la autodefensa y tantas otras cosas que los convertían en agentes casi invencibles, marcando una gran diferencia, en vista de estos avances, nuestra Agencia ha crecido.

Tanto en eficiencia como en prestigio. Lo que de alguna manera nos dio la oportunidad de alcanzar una extensión territorial global, llegando a América y Europa. Llegando a Brasil donde fundamos nuestra base de actividad en un lugar privilegiado con el pleno apoyo del Gobierno brasileño, pero ellos no sabían que como nuestro principal.

Final: Regreso a Casa

El objetivo era combatir la corrupción mundial ellos tendrían muchos problemas con nosotros, porque en cuanto empezamos a actuar en nuestras investigaciones descubrimos que satanás había colocado su trono en ese país.Nuestro Centro de Inteligencia estuvo ubicado en la Capital Federal donde iniciamos nuestras investigaciones para identificar posibles estallidos de criminalidad contra la sociedad en todos sus aspectos.

Peter y yo nos aseguramos de estar presentes desde la apertura hasta el inicio de las primeras obras, lo que facilitó enormemente la experiencia investigadora de los nuevos agentes. Nos quedamos perplejos al ver que Brasil se había convertido en el centro mundial de la corrupción política y social.

Realmente las puertas del infierno se habían abierto al país más grande de Sudamérica, el Diablo creó un núcleo de influencia satánica que se ubicaba debajo de los edificios de los Tres Poderes ubicado en Brasilia y desde allí comandó al resto de la nación a través del control telepático de las mentes del Gobierno y otros congresistas.

Tanto el Presidente de la República como los senadores, diputados, jueces de la Corte Suprema y todos aquellos que tenían la potestad de crear leyes para los lineamientos de la sociedad se corrompieron y sus mentes fueron tomadas por las fuerzas de las tinieblas.

331

Llevando al país a un desequilibrio moral y moral. espiritualidad sin precedentes, el pueblo brasileño más que otros estaba dominado por el mal debido a la influencia que tenía la oscuridad sobre sus representantes legales. Las autoridades en su conjunto alentaron a la población a hacer el mal.

Así, tomamos la decisión de invertir fuertemente en la lucha contra los poderes que vagaban libremente en los pasillos de los Tres Poderes que comandaban el país para que las fuerzas malignas de Satanás pudieran ser detenidas y el pueblo brasileño liberado de la esclavitud espiritual en la que vivía. Nos asombra ver cómo un pueblo se somete a las reglas creadas por políticos corruptos, ambiciosos y sin ninguna conexión con el Creador.

Creando y dándoles leyes fermentadas por conceptos erróneos.La nación brasileña se encontraba en un estado de calamidad moral. Tan grande que era una lástima solo de ver, en ninguna otra parte del mundo la inmoralidad sexual ha crecido tanto como allí desde que los representantes legales de la ley permitieron la unión entre personas del mismo sexo,

Apoyando descaradamente la homosexualidad como si fuera algo natural para el ser humano. Si la inmensa ola de corrupción entre sus gobernantes que robaron miles de millones de las arcas públicas no fue suficiente, la nación se perdió en sus nuevos conceptos morales atados a una existencia guiada por una inmoralidad sexual inconmensurable. Que transformó mi patria en el reino de las tinieblas. Si Satanás tiene su trono instalado en alguna parte de la tierra, seguramente este lugar debería estar en el centro de los Tres Poderes en Brasilia.Comenzamos a investigar y encontramos que los políticos brasileños eran parte de un esquema…

De corrupción que involucraba a empresarios y muchos otros sectores de la sociedad en un esquema multimillonario que desvió innumerables recursos de las arcas públicas, beneficiando a esa banda de delincuentes que llevaban una vida de comodidad y extravagancias a costa de contribuyentes compuestos por ciudadanos que pagaban fuertes impuestos. De ahí la idea de crear un grupo de trabajo formado por la Policía Federal,

Encabezado por algunos de nuestros agentes encubiertos para que encontraran pruebas concretas contra personas tan corruptas para desenmascararlas y al final meterlas en la cárcel donde pagarían sus deudas con la sociedad. A través de la gran influencia que tuvimos en el actual gobierno. Logramos que uno de nuestros integrantes fuera nombrado director del PF, quien comenzó a actuar en las investigaciones que nos llevarían a detener a los defraudadores. Con las falsas credenciales de ser un juez de renombre tomó el relevo desde donde comandaba todas las operaciones más secretas. En poco tiempo ya teníamos suficientes pruebas en la mano para detonar el cartel criminal.

Así que sin perder tiempo comenzamos a desenmascarar y arrestar a los miembros de la organización criminal. Primero cayeron los peces más pequeños, luego los medianos y finalmente el propio gobierno brasileño. Logramos demostrar en la corte que desviaron miles de millones de las arcas públicas y que terminaron llevándolos a la cárcel, donde permanecieron un tiempo. Cuando se eligieron nuevos representantes del pueblo y se hicieron cargo de la política nacional. Pero nuestra victoria duró poco, porque, cuando pensamos que habíamos terminado con la corrupción en el Congreso Nacional.

Abdenal Carvalho

En otros sectores del gobierno, nos decepcionó ver que nada ha cambiado. Pues los nuevos candidatos elegidos por voto popular eran más corruptos que los anteriores. Apenas asumieron el poder comenzaron a continuar los actos corruptos de quienes los precedieron, iniciando un período de mayor inseguridad, afectando a todos los estratos sociales con el declive de una economía que dejó a más de veinticinco millones de personas sin empleo, acceso a salud y educación, en represalia, el diablo influyó en sus mentes para que se volvieran contra nosotros.

Exigieron el fin de nuestras operaciones en el país. Ordenaron que se cancelaran todos los recursos puestos a disposición para nuestras operaciones, la oscuridad quería que se nos proscribiera y nunca más pudiéramos actuar contra sus ataques en esta parte del mundo. Sin embargo. A pesar de lo obstinado que soy con la costumbre de nunca ceder en mis propósitos,

Me negué a aceptar tal afrenta. Desafié a los políticos y jueces brasileños corruptos, ya que tenía suficiente dinero y poder para continuar la lucha contra el mal sin ellos. Venimos a ser citados por aquellos como una organización antigubernamental.

Enemiga del orden público, formada por personas contra la democracia y sin interés en contribuir al bien de la nación. Muchos de los brasileños aceptaron las acusaciones infundadas de nuestros enemigos, empezaron a difamarnos y perseguirnos en las redes sociales.

Marchando por las calles en forma de protestas, otros nos apoyaron, defendiéndonos para seguir actuando.De esta manera, se inició una guerra fría entre nosotros y los Tres Poderes.

334

Dominados por la corrupción, desde el reino de las tinieblas nuestro mayor enemigo, Satanás, guió a las autoridades brasileñas a perseguirnos. Varias veces fuimos atacados, algunos arrestados y torturados, usamos todos formas de intimidación, pero no pudieron detenernos porque nuestra fuerza estaba en un Dios poderoso que, a pesar de todo,

Todavía nos ayudaba en secreto. Con mucha lucha y un esfuerzo conjunto logramos levantar la alfombra de la oscuridad y revelar no solo a Brasil. Aino también al mundo entero la podredumbre que aún hoy existe en todos los que allí gobiernan y pudimos desenmascarar muchos nombres importantes, poner algunos de ellos detrás del rejas.

Ssin embargo parece que el infierno sí ha establecido su trono maligno en ese lugar y por mucho que denunciamos, arrestamos, condenamos a otros corruptos que vienen y toman sus lugares. Esto sin tener en cuenta que si metemos a un delincuente en la cárcel después de destruir su línea de acción contra la sociedad, ya sea un simple ladrón, narcotraficante o grandes nombres de la política nacional.

Un juez estará dominado por la ambición y ordenará su liberación al recibir la sentencia. altos honorarios pagados por los acusados. No hay otro lugar en este vasto planeta donde haya jueces más comprometidos con Satanás y su reino que en Brasil, seguramente todos irán al infierno.Hemos resistido todo tipo de persecuciones, nunca nos hemos rendido desde que empezamos a enfrentarnos al poder demoníaco. Que obra en este lugar influenciado por la oscuridad. Peter y yo seguimos implacables sin retroceder jamás.

Los otros agentes también demostraron ser dignos de quedarse con nosotros, estamos muy orgullosos de ellos, nuestras sucursales en todo el mundo están progresando más allá de las expectativas, somos un gran éxito.Desafortunadamente, perdimos el poder y la capacidad de enfrentar el poder del mal directamente en una batalla espiritual, ni siquiera podemos visualizar los demonios que se encuentran entre los gobernantes de esta pobre nación, para poder expulsarlos a base de patadas y patadas, solo los Sobrenaturales tienen esto.

Obsequiarnos e informarnos dónde están actuando en un momento dado. Sin embargo para pelear una pelea tendríamos que verlos. Recibimos informes de los logros alcanzados por nuestros agentes en todo el mundo y nos dimos cuenta de que la decisión de no darnos por vencidos en nuestra misión a pesar de que ya no podemos contar con la ayuda divina fue correcta.

Yo, Miguel y los demás arcángeles fuimos expulsados del paraíso y condenados a vivir un siglo en la tierra sin nuestros poderes, transformados en meros mortales. Con la maldición de no morir hasta completar el ciclo de existencia que nos fue dado como castigo. Sin embargo, prevalecemos y aquí nos enfrentamos al mal.

Usando solo nuestra fe, fuerza y coraje. Después de tantos años viviendo en el extranjero, entre personas de diferente habla y costumbres. Haber sido líder de guerra, agente número uno de la Agencia de Inteligencia más grande del mundo.Haber recibido el honor de ser arrebatado al tercer cielo y coronado como un Princesa de los Arcángeles, el más grande e importante de los ejércitos celestiales.

Ahora he regresado a mi país de origen y me he convertido en su defensor. Sé que quedan muchas décadas antes de que finalmente podamos dejar estos cuerpos físicos. Finalmente descansar de nuestros dolores, pero mientras tanto no pretendemos continuar en la lucha contra las malas influencias que devastan este planeta. No sabemos si, de un momento a otro, nuestro Padre Celestial decidirá perdonar nuestra rebeldía, devolviéndonos inmediatamente nuestros poderes.

Pero tenemos esperanzas, mientras esperamos a ver qué pasa. Huchamos contra los dominios malignos de este siglo, combatiendo la violencia, la corrupción, la maldad humana y el declive moral que provocan tanta oscuridad social que conduce ciegamente a la humanidad hacia el abismo espiritual. Aquella lluviosa tarde de invierno mientras conversábamos en un espacio ubicado en uno de los pisos de nuestra nueva sede, recordamos el pasado.

— Parece que ayer nos conocimos, Miguel

— Por favor, cariño, acordamos usar nuestros nombres como humanos, recuerda que no somos lo que solíamos ser

— Tienes razón, hoy no somos más que simples mortales y debemos tratarnos como tales

— Yo era Miguel, el más grande e importante de los guerreros celestiales, pero eso se quedó atrás. Bueno, al menos hasta que completemos nuestro castigo y tengamos el mérito de regresar al paraíso.

— Sí, al menos todavía tienes esa esperanza, ya que yo ...

— ¿Como asi? ¿Por qué dices eso? ¿Crees que el Padre te rechazará?

— ¡No tengo ninguna duda! Pareces olvidar a quién pertenecen la venganza y la justicia, si he pecado por ti me darás el castigo

— ¡Por favor, no seas pesimista!

— Cuando fui desterrado del paraíso el Señor dijo que viviría un siglo en el mundo de los mortales y después de desencarnar descendería al infierno sin la más mínima posibilidad de ser recibido nuevamente en su Reino.

— Eso fue solo porque estaba molesto contigo

— No creo que pareciera estar bromeando.

— Luana, Dios es amor y sabe perdonar no importa cuantas veces sea necesario

— Ya veremos, pero no soy muy optimista al respecto.

— Sabes, he estado pensando en algo

— ¿Qué pensaste sobre?

— Si vamos a vivir décadas juntos, ¿por qué no nos convertimos en pareja?

— ¿Quieres decir que nos casamos oficialmente, tenemos hijos, formamos una familia y todo?

— Claro, ¿y por qué no?

— ¿Estás loco, has pensado en todas las consecuencias que traería esta decisión para la Agencia y los agentes?

— ¿Cómo podría esto tener consecuencias perjudiciales para la Agencia?

— Todos los encarnados que actúen sin sus poderes sobrenaturales en la Agencia seguirían nuestro ejemplo…

Querrían casarse como lo hemos hecho nosotros, no olvidemos que están divididos entre los dos sexos, ya que unos recibieron cuerpos femeninos y otros masculinos. Si eso pasa y todos deciden tener una familia será el fin de la Agencia

— ¡Dios mío, tienes toda la razón, no había pensado en eso!

— Bueno, es bueno pensar, porque las consecuencias no terminan ahí, todos los agentes de las demás instituciones alrededor del mundo seguirán el mismo ejemplo, ¡la misión que tenemos de luchar contra el mal será una catástrofe!

— Sí, tienes razón, estuvo mal

— Seguiremos como estamos, viviendo nuestro amor sin mayores compromisos

— Sí, he visto rumores de que algunos de los agentes ya nos están imitando, se formaron algunas parejas

— Es cierto, pero siguen nuestro ejemplo y evitan a los niños para no perturbar sus actividades

— Realmente siempre estás un paso más allá de mí, no me di cuenta de la mierda que sería casarse

— Seguramente seguirían nuestro ejemplo

— ¡Sin duda!

Luego de esa conversación Peter y yo continuamos con nuestros agentes. Para luchar contra el mal y en nuestro tiempo libre vivimos nuestro amor sin, sin embargo, causar caos en la Agencia, generar hijos o algo así. Seguimos activos en Brasil a pesar de que es casi imposible acabar con una corrupción moral, social y política que ya está tan arraigada, pero nuestro objetivo no era permitir que el mal se extendiera definitivamente en la vida de nuestro pueblo. Todavía estaremos aquí, luchando incesantemente contra el mal hasta nuestro último aliento, cuando nos vayamos para la eternidad.

FIM

Lightning Source UK Ltd.
Milton Keynes UK
UKHW021837220221
379219UK00004B/808